LOS MUROS QUE NOS ENCIERRAN

NOVA REN SUMA

SUMA
de letras

Los muros que nos encierran

Título original: *The Walls Around Us*

Primera edición: mayo, 2018

D. R. © 2015, Nova Ren Suma

D. R. © 2018, derechos de edición mundiales en lengua castellana:
Penguin Random House Grupo Editorial, S. A. de C. V.
Blvd. Miguel de Cervantes Saavedra núm. 301, 1er piso,
colonia Granada, delegación Miguel Hidalgo, C. P. 11520,
Ciudad de México

www.megustaleer.mx

D. R. © 2018, Penguin Random House Grupo Editorial /Daniel Bolívar,
por la adaptación del diseño original de portada de Connie Gabert
D. R. © 2018, Aridela Trejo, por la traducción
ISBN: 978-607-316-487-0

Impreso en México – *Printed in Mexico*

El papel utilizado para la impresión de este libro ha sido fabricado a partir de madera procedente
de bosques y plantaciones gestionadas con los más altos estándares ambientales, garantizando
una explotación de los recursos sostenible con el medio ambiente y beneficiosa para las personas.

Penguin
Random House
Grupo Editorial

Para la chica que necesita
esconder su diario
Para la chica que no cree que
vale mucho

Y de nuevo, y para siempre,
para E

PRIMERA PARTE:

Sábado en la noche

Lo que temen no es que escapemos
—al fin y al cabo no llegaríamos muy lejos—,
sino esas otras salidas, las que una puede abrir en su
cuerpo si dispone de un objeto afilado.

Margaret Atwood,
El cuento de la criada

Amber:
Enloquecimos

Aquella noche calurosa enloquecimos. Aullamos, gritamos, perdimos el control. Éramos chicas —algunas de catorce y quince años; otras de dieciséis, diecisiete—, pero cuando las cerraduras se desactivaron, las puertas de nuestras celdas se abrieron de par en par y no había nadie que nos metiera a empujones, hicimos el sonido de animales salvajes, de hombres.

Desbordamos los pasillos, nos amontonamos en la oscuridad fría, confinada. Abandonamos nuestros colores asignados: verde para la mayoría; amarillo para las que estábamos segregadas; naranja de conos de tráfico, para las que tenían la desgracia de ser nuevas. Abandonamos nuestras pieles de overoles. Enseñamos nuestros tatuajes flácidos y furiosos.

Cuando afuera retumbó un rayo, irrumpimos en las alas A y B. Incluso nos arriesgamos en el ala D, de suicidas y en aislamiento.

Éramos gasolina que avanzaba hacia un cerillo encendido. Mostrábamos los dientes. Teníamos los puños cerrados. Éramos una estampida de pies resbaladizos. Enloquecimos, como cualquiera hubiera hecho. Perdimos el control, frágil de por sí.

Procuren entender. Considerando los crímenes por los que nos encerraron, considerando los actos horribles de los que nos acusaron y por los que nos condenaron, las cosas que algunas habíamos hecho sin remordimientos y las que algunas habíamos jurado no haber cometido (habíamos jurado por nuestras madres, si las teníamos; habíamos jurado por nuestras mascotas, si teníamos un cachorrito o un gato escuálido; habíamos jurado por nuestras míseras vidas, si no teníamos a nadie), después de tanto tiempo tras las rejas, esta noche éramos libres, éramos libres, éramos libres.

A algunas nos pareció aterrador.

Esta noche, el primer sábado del ahora infame agosto, había cuarenta y un chicas encerradas en la Correccional para Adolescentes Aurora Hills, en la frontera norte del estado, lo cual quiere decir que nos faltaba una para llegar a nuestra capacidad total. Todavía no éramos cuarenta y dos.

Para nuestro asombro, nuestro deleite, las celdas de las alas B, C y A, e incluso la D, se habían abierto y nos encontrábamos de pie en la oscuridad: un estruendo de corazones palpitantes. De pie afuera de nuestras jaulas. De pie, afuera.

Nos asomamos a las estaciones de los guardias: estaban vacías.

Nos asomamos a las rejas corredizas al final de nuestros pasillos: estaban abiertas de par en par.

Levantamos la vista hacia los reflectores en los techos altos: la luz de los focos era tenue.

Nos asomamos (o lo intentamos; así nos empujaron nuestros cuerpos) por los resquicios de las ventanas para ver la tormenta, todo el complejo. Si tan sólo hubiéramos podido ver más allá del perímetro con triple cerca, más allá de los rollos de alambre de púas. Más allá de las torres de vigilancia. Más allá del camino estrecho que se precipitaba colina abajo a la reja de hierro que se erguía al fondo. Recordamos, de aquella vez que el pequeño autobús pintado de azul del reclusorio del condado nos había subido hasta aquí, recordamos que no estábamos tan lejos de la avenida.

Entonces lo entendimos, que tendríamos muy poco tiempo antes de que los celadores del reformatorio regresaran a sus puestos. Quizá debimos haber sido más prudentes con respecto a nuestra repentina libertad, cuidadosas. No lo fuimos. No cuestionamos las cerraduras abiertas. No entonces. No nos detuvimos a preguntarnos por qué no se habían activado las luces de emergencia, por qué no sonaban las alarmas. Tampoco pensamos en los celadores que se suponía estaban de guardia aquella noche, a dónde habrían ido, por qué sus cabinas estaban desocupadas, sus sillas, vacías.

Nos separamos, nos dispersamos. Atravesamos barreras que antes siempre habían estado cerradas para nosotras. Corrimos.

La noche empezó de golpe como sucede en un buen disturbio, cuando se extiende en el patio, nadie sabe quién lo empezó y a nadie le importa. Los gritos, alaridos y hurras. Cuarenta y un delincuentes adolescentes, de las peores del estado libres, sin aviso, motivo ni guardias armados que nos detuvieran. Era hermoso y poderoso, como controlar los truenos con nuestras manos.

Algunas no estábamos pensando y sólo queríamos romper a patadas los cristales de las máquinas expendedoras de la cafetería, para quedarnos con las botanas, o robar los medicamentos de la clínica para meternos una dosis. Algunas queríamos golpear a alguien en la cara, atacar a alguien, a quien fuera, sin importar quién. Otras queríamos salir por la puerta de atrás y jugar basquetbol bajo la lluvia y el cielo brumoso.

Las demás, las inteligentes, respiramos profundo. Y pensamos. Porque sin celadores reprimiéndonos con macanas, sin alarmas activadas ni intercomunicadores que transmitieran órdenes con interferencia para regresarnos a todas a nuestras celdas, la noche era nuestra, de verdad, por primera vez en días. Semanas. Meses. Años.

¿Y qué puede hacer una chica en su primera noche libre en años?

Las más violentas —las que asesinaron a sus papis, las que le cortaron la garganta a algún desconocido, las que dispararon a empleados suplicantes de una gasolinería— admitirían más tarde que la suntuosa oscuridad les dio una sensación de paz, una especie de justicia que las cortes juveniles les habían negado.

Sí, algunas sabíamos que no merecíamos aquel indulto. Ninguna era inocente del todo, no cuando nos obligaban a pararnos bajo la luz y quedaban expuestos nuestros defectos, caries y amalgamas. Cuando enfrentábamos esta verdad que albergábamos en nuestro interior, de algún modo nos parecía más desagradable que el día que habíamos visto a un juez decir "culpable" y habíamos escuchado la celebración de la sala.

Por eso algunas nos quedamos. No salimos de nuestras celdas, en donde guardábamos nuestros dibujos y cartas de amor. En donde escondíamos nuestro único cepillo bueno y nuestras canastitas Reese's de chocolate rellenas con crema de cacahuate, que en Aurora Hills eran como doblones de oro porque no podíamos manejar efectivo. Algunas nos quedamos quietas en el lugar que conocíamos.

Porque… ¿qué nos esperaba allá afuera? ¿Quién nos protegería en el exterior?

En serio, ¿a dónde iría una chica de Aurora Hills? Una chica que había decepcionado a su familia, asustado a sus profesores de inglés, a trabajadores sociales, abogados defensores y a cualquiera que había intentado ayudarla. Una chica que había aterrorizado a su colonia, que era basura (le habían dicho), de quien seguro era mejor olvidarse (había leído esto en las cartas que venían de casa). ¿A dónde iría una chica así?

La mayoría intentó correr, incluso si era sólo por costumbre. Algunas habíamos estado corriendo toda la vida. Corríamos porque podíamos o porque no podíamos. Corríamos por nuestras vidas, aún creíamos que valía la pena correr por eso.

La mayoría no llegamos lejos. Nos distrajimos. Nos emocionamos. Nos sentimos abrumadas. En algún punto, un par nos detuvimos en uno de los pasillos fuera de nuestra ala designada y nos dejamos caer en el piso agrietado y picado, en señal de gratitud, como si nos hubieran exonerado de todos nuestros delitos, como si hubieran borrado nuestro expediente.

Aquello se parecía a todo lo que nos habíamos atrevido a soñar, cuando las fantasías burlonas se habían colado entre los barrotes. Coches para escapar, cuerdas de Rapunzel para bajar por las rendijas estrechas de la ventana. Recursos de apelación, venganza, vidas nuevas y relucientes en alguna ribera lejana en donde nunca tuviéramos que enfrentarnos al odio, la ley o el dolor. Estaba sucediendo. A nosotras. Nunca habíamos creído que esto le podía pasar a chicas como nosotras.

Algunas lloramos.

Ahí estábamos, libres en la noche indefensa, esperando todo lo que podíamos imaginar al instante: pedir aventón a la carretera más cercana. Llamar a un ex novio y tener sexo. Darnos un festín interminable de palitos de pan en el Olive Garden. Dormir debajo de cobertores esponjosos en una cama grande y suave.

En ese agosto se cumplió mi tercer verano en Aurora Hills. Había estado encerrada desde los catorce (homicidio culposo; me declaré inocente. Para el juicio me puse una falda y medias transparentes; mi madre volteó la cabeza cuando me declararon culpable, y no me ha vuelto a ver desde entonces). Pero no estoy pensando en mi llegada, ahora que tenemos mucho tiempo para pensar. No es el fallo del juez ni los años ensordecedores de mi sentencia, tampoco cómo llegué aquí porque nadie me creyó cuando dije que no había sido yo. Hace mucho que superé todo eso.

No dejo de pensar en aquella noche. Ese primer sábado de agosto, cuando las cerraduras no pudieron contenernos. Ese breve regalo de libertad que nos llevaremos a la tumba.

A veces me obsesiono, me pregunto qué hubiera pasado si las cosas hubieran sido de otra forma. Si hubiera cruzado las rejas y salido. Si hubiera corrido.

Tal vez hubiera llegado al perímetro con triple cerca y colina abajo, hasta la carretera. Y mi parte de la historia hubiera terminado. Tal vez alguien más hubiera tenido que ser testigo de todo lo que nos iba a ocurrir. Alguien más hubiera tenido que recordar.

Porque aquella fue la noche que enloquecimos. Recuerdo cómo peleamos y lloramos y nos ocultamos y nos aventamos contra las ventanas y movimos las piernas con toda nuestra fuerza y corrimos para llegar lo más lejos posible, que no fue lejos.

En aquella noche, nos asaltaron emociones que no habíamos sentido en seis meses, doce meses, once semanas y media, novecientos nueve días.

Estábamos vivas. Así lo recuerdo. Seguíamos vivas y no podíamos entender la oscuridad, así que no pudimos visualizar qué tan cerca estábamos del fin.

Violet:

Ovación de pie

Me escondo con disimulo detrás del telón, ya casi es hora; preparen los reflectores, ya casi me toca.

Éste será mi último baile antes de irme del pueblo. Mi última oportunidad de hacer que me recuerden, y me van a recordar.

Cuando estoy en el escenario me entrego, y ellos se entregan. Me alimento de lo que me dan y ellos se deleitan de lo que les ofrezco.

Cuando no estoy en el escenario, estas personas no significan nada para mí. Se podría decir que odio casi a todo con el que me cruzo en mi vida cotidiana. ¿Pero cuando estoy bailando? ¿Cuando me miran y les permito mirarme? Tengo mucho amor, soy como otra persona.

Después de esta noche, la última presentación del sábado, voy a empacar para irme a Juilliard, a la ciudad. Me aceptaron. Hace dos meses terminé la prepa. La semana pasada vendí mi coche. Ya me asignaron mi dormitorio. Mi compañera de cuarto es una bailarina de danza moderna-contemporánea de Oklahoma o alguno de esos estados donde hay tornados. Ya compré un montón de Grishkos de mi número y del estilo que me gusta porque tengo pies fuertes y mucho arco, así que en cuestión de diez días me acabo unas zapatillas de punta. He llevado la cuenta del tiempo que falta como si fuera una condena, y para finales de agosto me quitarán las esposas y seré libre.

No debería decir eso. Ni siquiera debería pensarlo. No después de lo que le pasó a ella, a dónde la mandaron. Aurora

Hills es una cárcel de verdad, con alambre de púas, cadenas y esos trajes holgados naranjas que se ven en la tele, aunque no la llaman cárcel. Como es para menores de dieciocho, la llaman "correccional".

En agosto la encerraron. A principios de agosto, hace casi tres años.

Debería quedarme tras bambalinas porque mi solo es el segundo número después del intermedio, pero me pongo unos calcetines sobre las zapatillas de punta y me retiro del escenario. Voy hacia la puerta de salida, en la parte trasera, como si tuviera algo radioactivo que quisiera echar al contenedor de basura.

Las chicas mayores le pusieron "túnel para fumar" a la zona detrás del contenedor, por razones obvias. Sucede que no es precisamente un túnel. Por encima hay árboles densos cuyas ramas cuelgan muy bajo, como si fueran un techo. No tiene salida, termina en un matorral de árboles. Así que si es un túnel yo nunca he visto a dónde lleva.

El túnel es verde por dentro, y en agosto seguro está infestado de tábanos y mosquitos. Uno creería que ya tendrían que haber talado estos árboles, hacer un monumento como la banca de un parque grabada con los nombres de las chicas o por lo menos una fuente, pero supongo que la gente no hace eso en lugares que preferirían no recordar.

No entro, pero tampoco me voy. Miro hacia atrás, a la puerta del teatro.

Si alguien se da cuenta del ladrillo que detiene la puerta, diré que estoy tomando aire fresco antes de mi solo. Puede ser que la mayoría de las solistas de élite, del Ballet de Nueva York al American Ballet Theater, del Ballet Real de Reino Unido al Bolshoi, sale a tomar aire detrás del contenedor de basura antes de cautivar a todos desde el escenario. Ya nadie en nuestro estudio es ni la mitad de buena que yo, así que no lo sabrían.

No necesito aire. Sino asomarme al interior por última vez.

No hay nadie en el túnel. Nadie está acurrucado debajo de la red que forman las ramas, como para que desde fuera se vean calentadores y moños rosas entrecruzados. No se escuchan risitas nerviosas maliciosas. Tampoco hay humo. Ni ataques de risa. Ningún zapato FiveFingers extinguiendo una colilla, rematándola en la tierra. No hay nada. No hay nadie.

Ni siquiera puedo explicar por qué pensé que habría alguien. Por qué sigo buscándola en todas partes, por qué me asusta cualquier ruido o sombra repentinos.

Cada agosto es como si Orianna Speerling se metiera en mi mente. Cada agosto, parece que Ori ha vuelto —yo le puse así, Ori—, pero no está en el túnel para fumar, no hay rastro de ella por ningún lado, ¿por qué habría de haberlo?

Se termina el intermedio, tengo que llegar al escenario. Cuando le doy la vuelta al contenedor de basura veo que la puerta se está cerrando. Alguien quitó el ladrillo. Pero quien haya sido no lo hizo tan rápido, porque salto hacia la puerta con todas mis fuerzas, atravieso espacio y tiempo como lo hago en mi coreografía y tengo la puerta en las manos antes de que cierre por completo, la cruzo. Creyeron que me iba a perder mi solo, se equivocaron.

De prisa, antes de que nadie me vea, estoy en mi sitio, entre bastidores. No sé quién se estaba metiendo conmigo, pero sí sé que nadie me está mirando, al menos no de manera directa. Todas las bailarinas están evitando hacer contacto visual, ni siquiera me desearon que me rompiera una pierna. Esto indica que todas son culpables, todas y cada una.

Esto se me ocurre mientras escucho el silencio del público cuando regresa a sus asientos después del intermedio. Se me ocurre. Todas aquí *quieren* que me vaya, ¿no? Les urge deshacerse de mí.

Pues que lo hagan. Que deseen nunca haberme conocido. Sigo después de este popurrí.

Se abre el telón. Se escucha música predecible, un movimiento desenfocado y fuera de ritmo, nada que valga la pena ver hasta que salga yo.

Camino entre bastidores y me asomo por el telón de terciopelo para ver los asientos a nivel de la orquesta. La señorita Willow, mi profesora de danza, rentó este teatro para la presentación del estudio, como todas las temporadas, y siempre olvido lo grande que es, cuántos asientos tiene. Veo a mi madre. Mi padre. Mi tía y primos, a quienes seguro obligaron a venir esta noche, y no me importa. También están las amigas de mi mamá, toda una fila. Mis instructores de danza: el anterior, el que mis padres despidieron cuando no entré al intensivo de verano, y el que he tenido desde entonces. También veo a mi novio, Tommy, bostezando y jugando algo en su teléfono. Algunas de las chicas mayores salieron de entre bastidores para verme, se sentaron en asientos del pasillo para poder regresar rápido cuando acabe mi pieza. Veo a Sarabeth sentada sola. En otra fila veo a Ivana, Renata, Chelsea P. y Chelsea C. Veo a gente del pueblo, como la señora pegajosa de la florería, el tipo chismoso del café. Veo a mi profesor de matemáticas. También a mi cartero, aunque él tiene que estar aquí porque su hija es un tulipán en ballet infantil. Sin embargo, la mayoría ha venido esta noche a despedirme. Diría que la mayoría del público ha venido por mí.

Además de mis conocidos, también veo a desconocidos, un montón de ellos, en la fila trasera y en el *mezzanine*. Nunca he actuado frente a tanta gente. Incluso en la corte, durante el juicio de Ori, no había tanta gente. La música se detiene y la caballuna de Bianca —no debería tener un solo pero también terminó la preparatoria y se va a SUNY, que ni siquiera tiene programa de danza— regresa del escenario dando pisadas fuertes y se coloca entre bastidores. Los aplausos son discretos, corteses.

—¡Buena suerte, Vee! —dice al pasar, aunque es lo último que deberías decirle a una bailarina que está a punto de salir al escenario.

Ori me puso *Vee*.

Las luces se apagan antes de que pueda revisar el gallinero, si estuviera aquí, estaría ahí sentada, hasta arriba, mirando hacia abajo.

Pero no está aquí. Por supuesto que no. La realidad es que está muerta y lleva tres años muerta.

Ori está muerta por lo que pasó detrás del teatro, en el túnel hecho de árboles. Está muerta porque la mandaron a ese lugar en el norte del estado, la encerraron con esos monstruos. Y la mandaron ahí por mi culpa.

Además, si no la hubieran encerrado no me estaría viendo desde el público. No, estaría aquí a mi lado, con su vestuario como yo, tras bambalinas, conmigo.

Estaríamos juntas entre bastidores, listas para salir. Sería un dueto en vez de dos solos separados. Si ésta fuera nuestra última actuación aquí en el pueblo antes de ir a la universidad, sé que así lo hubiera querido ella.

Me hubiera sentido ansiosa y ella me hubiera tomado de los hombros —era más alta, sus manos eran más delgadas, pero era sorprendentemente fuerte—, me controlaría para tranquilizar mis nervios y me diría: *Respira, Vee, respira*.

Ella no sentiría la presión para ser perfecta que siento yo. Ella estaría relajada, tranquila, incluso sonriente. Ella le hubiera dicho a la caballuna de Bianca que había estado exquisita y que no importaba lo fuerte que aterrizaba cuando hacía sus *grand jetés* como un torpedo. Le hubiera deseado a todas las bailarinas que se rompieran una pierna, incluso a las perras, y ella no lo hubiera dicho con malicia, como yo lo hubiera hecho.

Sé que me hubiera convencido de no llevar este traje tan simplón: tutú sencillo, mallas blancas, florecita blanca en el pelo. Ella hubiera elegido colores intensos, brillantes. Todos los colores que pudiera, así era Ori. Para la clase combinaba un calentador rojo y uno azul, se los ponía encima de unas mallas rosa pastel, y los subía hasta arriba; se ponía un leotardo morado con top verde, bra fucsia, con los tirantes de fuera. La diadema que le quitaba el pelo de la cara tal vez era amarilla, con puntos. Me parecía que se veía medio ridícula, y no sé por qué la profesora Willow la dejaba salirse con la suya. Pero entonces Ori bailaba y cuando lo hacía, olvidabas cosas como los calentadores que no combinaban y el exceso de color. Sólo podías ver lo que ella podía hacer, tenías que verlo.

Para Ori el baile era algo natural, sin nervios en el estómago ni preocupación por olvidar pasos. Bailaba como debía de ser, en un estilo que no podía copiarse, sin importar qué tan de cerca viera sus movimientos e intentara mover mi cuerpo como el suyo, esforzándome por aflojar mis extremidades y liberarlas.

Estaba llena de vida, la emanaba, y se podía ver con claridad cuando estaba en el escenario. Nunca he visto a nadie moverse así, supongo que nunca tendré oportunidad otra vez.

Si esta noche Ori y yo hubiéramos bailado un dueto, sin duda alguna ella hubiera sido mejor que yo. El público la habría disfrutado, la habría amado, habría seguido *su* luz por todo el escenario. Mi luz hubiera sido el trasfondo.

Es la verdad o pudo haber sido la verdad. Ya no lo es.

Dejo que se abra el telón.

Me toca, escucho mi entrada. Doy mis primeros pasos en el escenario y escucho su voz, lo que me hubiera dicho de haber estado aquí.

Vee, respira. Sal a ser increíble. Sal a enseñarles. Que lo vean.

Siempre me decía ese tipo de cosas.

Estoy en mi marca. Se disipa la oscuridad y con ella, mi cuerpo se eleva, ahora soy alta, tan alta como Ori porque sólo me llevaba unos centímetros, más alta incluso, porque tal vez desde que no está he crecido. Me equilibro en la punta del pie, en una pierna, sin temblar, sin movimiento. El reflector me rodea y siento calidez por dentro.

Me pregunto cómo me veo, desde el público, para esos desconocidos en sus asientos que sólo me conocen aquí, que no tienen ni idea.

No necesito un espejo para saberlo. Me veo cómoda en el escenario. Estoy estrenando Grishkos, esta mañana los moldeé masajeando la plantilla y azotando la parte dura de la caja en una puerta. Mi mamá le cosió los listones con un zurcido casi invisible. Llevo el pelo recogido con gel y el tutú es un anillo rígido en mi cintura, no endeble como parecería. Estoy vestida toda de blanco. Quería este color. Lo pedí.

El público aguanta la respiración por mí. Ori no está en el escenario, sino yo. El público mira mi pierna doblada y equilibrada, mis brazos moldeados en una línea grácil sobre mi cabeza, mi columna estirada y alargada. Todo mi peso recae en un sólo dedo gordo. Sostengo la postura. Por lo menos una docena de personas que me observan entre bastidores quieren que me caiga, pero no me caigo.

Ahora viene el *crescendo* de la música, cada incremento minúsculo de movimiento de mi cuerpo estudiado en un reflejo, entrenado y corregido. Puede que no sea espontáneo como Ori lo hubiera hecho, pero es impresionante porque soy muy precisa. No cometo errores, ni uno solo. El público no percibe el ruido de mis zapatillas nuevas cuando aterrizo entre cada voltereta vertiginosa. O si lo escuchan, si están cerca del escenario para hacerlo, lo ignoran. Quieren que sea nuestro secreto. Quieren que gane.

Sin embargo, hay otro secreto. Dentro, más allá del tul y las tres capas de tela ultraceñida, tengo cosas de las que no puedo hablar. Cosas que Ori y sólo Ori sabía. Si quitan la primera capa y la segunda capa y la tercera capa, debajo encontrarían algo desagradable. Algo roto. Ojos desgarrados y sangre pegada a un cuello femenino, a sus brazos, a su rostro. A veces creo que todavía tengo sangre en la cara. Hay un ruido sordo y no lo producen mis prístinas zapatillas de punta al tocar el piso durante la primera noche de su corta vida. Está en mi cabeza. Es una estampida.

Parecerá que estoy bailando, pero estoy en otra parte. Estoy detrás del contenedor de basura, en el túnel de árboles, estoy gritando y lanzando los brazos al aire, hay tierra en todas partes y piedras y ramas y hojas y oscuridad, todo el mundo noqueado como una dentadura. Incluso ahora estoy ahí afuera, igual que aquí.

Sin darme cuenta, termino la coreografía. Apenas puedo controlarme, pero de todas formas termino mi solo con una floritura, equilibrada en una pierna, sólida como una piedra.

Silencio.

No dicen nada, no hacen nada. Escucho su respiración.

Y entonces sucede. Sus asientos crujen y se mueven y las personas se ponen de pie. Les he dado todo, esta vez les he dado demasiado; después me doy cuenta, me toma un momento darme cuenta. Estas personas no tienen ni idea, ¿o sí? Les enseñé y no lo vieron. Empiezan a aclamarme. Estas personas —familiares, amigos, desconocidos, todos ellos inocentes— se ponen de pie por mí y aplauden con fervor, y su alboroto me empapa, como si quisieran que no me tuviera que ir de este pueblo o de este escenario. Me alaban. Me demuestran lo mucho que me quieren y siempre me han querido, sin importar nada. Qué ciegos están. Me están ovacionando de pie.

SEGUNDA PARTE

Reclusa #91188-38

Estábamos representando los papeles más extraños y trágicos, fingíamos ser criminales para buscarnos la vida. Y nuestra actuación era muy convincente.

Heather O'Neill,
Lullabies for Little Criminals

Amber:
Era demasiado tarde

Esa noche era muy tarde como para hacernos ilusiones. Pasaba de la medianoche. Ya no había esperanzas. Ninguna estaba en la cama, conteniendo el aliento, esperando que el próximo guardia del turno nocturno se apiadara y nos dejara salir. Así no fue.

Nunca nos habríamos imaginado lo que se avecinaba, ni esa noche ni en nuestro primer día en la Correccional para Adolescentes Aurora Hills, cuando descendimos del autobús pintado de azul de la cárcel del condado y vimos los muros grises, el edificio gris.

Porque esto era cierto incluso cuando atravesamos la reja para ser ingresadas: aun cuando nos desvistieron, inspeccionaron y despojaron, y nos pusieron el overol anaranjado y nos fotografiaron y nos encadenaron contra la pared mientras decidían en qué ala ponernos, si en la A, B, C o incluso en la D. Aun cuando determinaron a qué pandilla pertenecíamos (yo, a ninguna) y calculaban qué amenaza suponíamos para la población (yo, moderada). Aun cuando en segundos diagnosticaron si éramos suicidas o no, lo cual restringía privilegios como conservar nuestros lentes fuera del salón o dormir con las luces apagadas o ser civilizadas y usar un brasier. (Yo pude conservar mis lentes para leer y me dieron dos brasieres idénticos, grises y deprimentes.) Aun cuando nos empujaron a nuestras jaulas, liberaron nuestras muñecas, cerraron la puerta con barrotes y escuchamos el sonido asfixiante de la cerradura que se detenía en seco, en el último sonido metálico sordo, eso era todo, estábamos dentro, era el fin; aun entonces, nunca pensamos que todo se revertiría en un instante.

Nunca nos imaginamos que las cerraduras decidirían abrirse solas.

Estábamos en los bloques de nuestras camas, apretadas en nuestras literas, en donde pasábamos todas las noches y en donde despertábamos, atrapadas, todas las mañanas. Dormíamos, las que podíamos. Nos ensimismábamos, las que no podíamos dormir profundo. Hacíamos lo que podíamos para sobrevivir a otra noche de encierro.

Algunas sabíamos que era sábado, el primero de agosto. Algunas llevábamos la cuenta de los días, como Lian (su cargo era homicidio involuntario, como yo, aunque su arma fue una pistola. Sólo le quedaban noventa y nueve días de sentencia; a mí, muchos más). Las que llevábamos la cuenta de cada hora, como Lian, marcábamos la pared a un lado de nuestras literas o tallábamos las zonas privadas de nuestros cuerpos debajo de la ropa interior rasposa que nos daba el Estado. Nuestros muslos y tabiques decían que nos quedaban dos meses, otros, dos años.

Algunas no queríamos llevar la cuenta porque nuestras sentencias eran igual de extensas que las vías del tren, llegaban a lugares en los que nunca habíamos estado. Fingíamos que semanas eran días y años eran semanas. Que todavía podríamos seguir con nuestras vidas bajo el sol.

Estaba el caso de Annemarie, encerrada, por su propio bien, en el ala D. (Asesinato en primer grado; cuchillo de chef; cuando cumpliera dieciocho la enviarían al sur del estado, a una cárcel para adultos, para que terminara de cumplir su condena con otros asesinos adultos.) Para algunas, como Annemarie, con su cara de bebé, una niña tan pequeña que apenas veía por encima de mis hombros, el solo hecho de pensar en las noches que quedaban, el tiempo que nos faltaba, la hacía envejecer.

A algunas no nos quedaba mucho para cumplir nuestras sentencias, pero de todas formas sentíamos que nos robaban cada hora, como si hubieran arrancado todas las ramas de nuestros árboles en pleno crecimiento. En el ala C, la Pequeña T estaba de malas, aunque le quedaba menos de un mes. (Cumplía una condena por agresión en el patio de la escuela; ella decía que la niña se lo merecía.) La Pequeña T siempre estaba de malas, pero esa noche, más. Había una gotera en el techo, o sea que estaba lloviendo.

Por eso, cuando lo discutimos después, cuando sólo nos quedaba analizar nuestros recuerdos de aquella noche, estábamos divididas. No todas estábamos de acuerdo con que había sido agosto, y los calendarios no nos servían de nada. Annemarie estaba convencida de que seguía siendo julio y Lian deseaba que fuera septiembre. La Pequeña T sólo recordaba que llovía.

En lo que sí estuvimos de acuerdo fue en que hacía calor y que estaba oscuro. Cuando las cerraduras se desactivaron fue una noche profunda, sudorosa, en algún punto del verano en el que la peste es peor. Nadie podía negarlo.

El edificio de cemento gris que nos albergaba tenía más de un siglo de antigüedad y estaba tan al norte que su sombra casi caía en territorio extranjero. Como toda correccional, cada parada en la cadena entre la cárcel del condado y una cárcel a largo plazo, Aurora Hills tenía sus particularidades, y sólo quienes estábamos dentro podíamos conocerlas y apreciarlas. Sabíamos en dónde se situaban los conductos de la calefacción, así que una chica en el ala A podía hablar con una voz baja y clara a una chica del ala C sólo apoyando la boca en la pared para que las palabras se escaparan por los conductos polvorientos que conectaban las alas. Sabíamos que el pasillo, afuera del taller de carpintería, estaba fuera del alcance de las cámaras de seguridad, así que si alguna chica quería cortar a otra o empujarla contra la pared y meterle la lengua, era buen lugar para hacerlo.

Había otros detalles, pequeños secretos, como la forma en la que, durante el invierno, si levantábamos la cara nos caían copos de nieve suaves como el azúcar que provenían de un sistema de irrigación en el ala B. O como, a veces, sin el pretexto de un día feriado, si cerrábamos los ojos, lo que la cafetería presentaba como pastel de carne nos sabía a una rebanada esponjosa de pastel de chocolate horneado por una de nuestras queridas abuelas. Cualquier lugar puede sentirse como un hogar. Y lo que muchas teníamos en común era que nos había aterrado vivir en casa y necesitábamos desesperadamente escapar de ese barco a punto de hundirse. El hogar está en donde están el corazón y el infierno, y en donde radica el odio y la angustia. Por eso Aurora Hills se parecía tanto a casa.

A cada una se nos asignó a una de las cuatro alas, y cada ala tenía dos niveles. Las celdas estaban dispuestas en un cuadrado uniforme, el nivel superior estaba protegido con un barandal y cada celda daba a su opuesta del otro lado. El sonido y las voces atravesaban el espacio de reunión en el primer piso. En ese espacio pasábamos el tiempo libre cuando no nos obligaban a tomar clases, a aprender de libros maltratados, tan viejos que generaciones enteras se habían quedado dormidas y babeado sobre ellos años atrás. En el espacio de reunión, cerca de nuestras celdas, apostábamos con juegos de cartas desgastados y contábamos anécdotas de nuestra vida pasada afuera, exagerábamos nuestros actos vírgenes con chicos y con el crimen.

Dentro de nuestras celdas, si nos hacíamos amigas de nuestras compañeras de celda, podíamos elegir o no elegir compartir nuestros secretos.

Éramos dos personas por celda, dormíamos una sobre la otra, a quien le tocara la litera de arriba dormía casi pegada al techo rayado.

Nuestras habitaciones pequeñas, más largas que anchas, contenían dos escritorios en los que apenas cabía una hoja de papel, y dos estantes en los que cabían dos libros en cada uno, si los libros eran delgados. Había dos espejos cuadrados hechos de una sustancia metálica desconocida que no se rompía. Estos pobres remedos de espejo reflejaban nuestras caras como manchas, en pedazos, no la cabeza completa.

Teníamos dos casilleros y dos ganchos. Siempre pedíamos más ganchos. Teníamos un baño y un minilavabo. Teníamos una puerta pintada de verde y paredes en las que florecía moho, siempre con nuevos retoños. Teníamos cucarachas. Teníamos hormigas. Había ratas dentro de las paredes y ratones en el techo. Teníamos tubos de plástico afuera de las puertas para meter nuestros zapatos de lona sin agujetas, así que dentro de las celdas no llevábamos zapatos.

Había dos ventanas. Una en la puerta, con vista al pasillo, y la otra en la pared, con vista a la calle.

La primera ventana estaba cubierta de malla metálica y era de los celadores; esa ventana se repetía en todas las puertas de las celdas para que nuestros guardias nos vigilaran cuando quisieran, cuando nos desvestíamos o dormíamos o hacíamos lagartijas con un brazo en la espalda o nos pegábamos a la puerta y los mirábamos por el agujero.

Pero la segunda ventana era nuestra. Era una hendidura horizontal a lo alto de la pared. A través de ella veíamos una capa verde si estábamos en la planta baja del ala y ese verde era el bosque que rodeaba la cerca que delimitaba el terreno. Si estábamos en la planta alta, un piso más arriba, veíamos el cielo.

D'amour (contrabando de una sustancia controlada para un novio muy insistente; dieciocho meses) tenía la litera arriba de la mía. Estábamos en el ala B. D'amour dormía viendo a la ventana, mirando la luna si la encontraba, cosa que hacía todas las noches.

Dormíamos mientras llovía, quienes podíamos dormir. Quienes, como D'amour y yo, no podíamos dormir, contábamos nuestros errores como si fueran ovejas.

Entonces se desactivaron las cerraduras de seguridad.

Me gustaría decir que hubo una alerta, un cambio en el aire que sentimos en los dedos de los pies. Pero sería romántico, sería una mentira. No hubo nada, salvo el correr del tiempo. Los minutos que corrían sin dar ninguna advertencia.

Lola fue la primera que gritó desde la planta baja del ala C. Una vez más, se había despertado sobresaltada y se había encontrado con su compañera de celda de pie como un semáforo en la oscuridad, inmóvil como las piedras que conformaban las paredes.

Kennedy era la compañera que nadie quería debido a sus hábitos raros, como morderse los dedos y comerse el pelo. También era sonámbula, aunque en un compartimento cerrado y minúsculo como el nuestro, no podía caminar muy lejos. No quería revelar las razones por las que estaba aquí, pero nos imaginábamos: violación obsesiva de la propiedad, actos de canibalismo con el pelo de *otras* personas.

Últimamente estaba siguiendo a Lola. No es que la tocara o amenazara. Sólo se paraba en silencio a centímetros de la cara distendida e inconsciente de su compañera y la escudriñaba con la mirada.

No culpábamos a Lola por reaccionar como lo hacía.

A Lola le quedaban bastantes meses, había robado una tienda de abarrotes y golpeado al empleado hasta dejarlo inconsciente. El juez la consideró tan despiadada, tan carente de empatía, que su castigo fue severo. Pero desde entonces había aquietado esa parte violenta de su carácter —ella lo creía y nosotras estábamos de acuerdo con ella—, lo había encerrado en su sótano privado, hasta esta noche, cuando despertó y vio la mirada de Kennedy, la Caníbal. Otra vez.

Escuchamos gritos. Después la sacudida de un cuerpo que se azotaba contra la pared de ladrillo. Escuchamos un gorgoteo, un chasquido, algo que se aplastaba y un golpe.

No era extraño escuchar ruido de la celda de Lola en la noche. Ya nos habíamos acostumbrado a que le gritara a Kennedy, así como ya nos habíamos acostumbrado al llanto de una chica nueva en las primeras horas de su primera noche larga, y a que con frecuencia, las que parecían más rudas y se comportaban peor, lloraran por sus mamás.

Lo raro es que ningún carcelero vino a investigar. Kennedy se desplomó hasta que quedó como un montón de miembros en el piso. Lola regresó a la cama y no la ayudó a pararse.

Si las cerraduras estaban abiertas entonces, Lola no fue quien se dio cuenta, y Kennedy estaba inconsciente así que no pudo haberse dado cuenta. Fue una chica en el ala B —mi ala— quien lo descubrió. Jody, en la planta baja.

Jody se despertó en la madrugada, como era su costumbre. Disfrutaba de un pasatiempo, una especie de afición. Consistía en embestir la puerta de la celda con su cuerpo, golpeaba la superficie rígida con la cabeza, como un toro listo para pelear. Le gustaba el impacto y la descarga en el cráneo y, después, caer aturdida y con un chipote nuevo en la frente. Era un alivio, un dolor que anhelaba porque ella lo controlaba. No se parecía a nada en su vida, le pertenecía sólo a ella. *Ella* elegía cuándo sucedía.

Bajó de su litera y se acomodó. Se preparó, equilibrada como una corredora. Se impulsó en el excusado de acero y salió disparada. Entre ella y esa sensación sólo se interponía el aire.

Quería ese golpe. Lo esperaba. No esperaba encontrar resistencia ni que la puerta se abriera hacia afuera, tampoco tropezar en el piso resbaloso de mosaico al otro lado del umbral.

¿Acaso un carcelero había estado afuera de su puerta, tendiéndole una trampa? No le extrañaría de Rafferty, pero él sólo trabajaba en las mañanas.

Cuando levantó la vista, mareada por las vueltas y de rodillas, Jody se percató de que no había guardia. Incluso la cabina en la que Woolings, el celador nocturno, dormía cuando se suponía que debía vigilarnos, estaba vacía.

Sabía que en la noche la habían encerrado, como a todas, en todas las alas, igual que todas las noches. Pero, de algún modo, las cerraduras de seguridad de la puerta de Jody estaban abiertas. Y no sólo la suya, todas las cerraduras de todas las puertas estaban abiertas.

Cuando en el verano habían instalado el nuevo sistema de seguridad —completamente electrónico y controlado desde un centro de comando en el centro de las instalaciones— habíamos tenido ideas absurdas, no lo pudimos evitar. En nuestras fantasías (que desde luego protagonizábamos como superheroínas y no como criminales), la puerta que desembocaba en el centro de comando no cerraba. Sería facilísimo meternos para apretar el botón rojo (nos imaginábamos que un solo botón rojo controlaba todas las cerraduras, un botón rojo que pedía a gritos que lo oprimiéramos y que estaba a la vista para que lo encontráramos con facilidad).

Lo imaginábamos. Lo deseábamos. Lo visualizábamos. Si éramos del tipo que rezaba, rezábamos. Pero el poder de esas cerraduras y del sistema de la correccional para adolescentes era mucho más fuerte que nuestras fantasías.

Hasta ese agosto.

Jody fue la primera en salir de su celda. Pero incluso la cruel y grosera de Jody (a quien le habían dado un año entero por haberle pateado la cabeza al miembro de una banda rival) sabía que la libertad era para compartirla.

Tenía mala reputación entre nosotras. Una vez cortó a una chica nueva con un tenedor de plástico afilado por atreverse a llegar con el pelo pintado de colores alegres. Pero en los momentos importantes éramos todas contra los guardias.

Todas contra el director de la correccional. Todas contra el estado. Todas contra el mundo.

Jody le gritó a sus vecinas, quienes se levantaron para revisar sus puertas. Ellas les gritaron a las otras y revisaron sus puertas. Poco a poco todas lo hicimos, conteniendo el aliento, con cosquilleo en los brazos y el corazón desbordante, nos acercamos a nuestras puertas, estiramos la mano y empujamos.

Las puertas se abrieron. Y así de fácil, nos dimos cuenta de que era cierto. Nos habían liberado.

Titubeé

Titubeé en el umbral de la puerta de mi celda en el ala B, debajo del letrero que decía 91188-38 SMITH, el que me había seguido a cada celda a la que me habían asignado en estos tres años. En este punto exacto nos parábamos para que los celadores nos contaran todas las mañanas, y otra vez a medio día, después de las clases académicas y, por última vez, en la noche, antes de que nos encerraran en un compartimiento diminuto lleno de aire rancio con nuestras compañeras de celda.

Sin embargo, nadie intentaba contarnos o confinarnos en esta ocasión, y cualquier celador que hubiera llegado a intentarlo no lo hubiera logrado. Pude haber sido la única reclusa en el ala B que estaba inmóvil. Cuando Jody nos alertó de las cerraduras abiertas, emitió un alarido de guerra y salió disparada del ala. Vi a Mississippi (posesión de un arma de fuego cargada; siete meses) y Cherie (dieciséis semanas por intentar prostituirse con un agente encubierto y resistirse al arresto; "¡mentiras! ¡Sucias mentiras!", insistía) escapando en las sombras. Y otras chicas —irreconocibles en la oscuridad, sin número— pasaron deprisa y salieron disparadas por la puerta de salida al final de nuestra ala.

Detrás de mí, aún dentro de nuestra celda compartida, la reclusa número 98307-25 —D'amour Wyatt— revolvía su casillero a los pies de su cama, la caja pequeña con una cerradura de combinación en donde guardábamos nuestros artículos personales. (Conociendo a D'amour seguro estaba sacando una reserva de drogas que le había comprado a Peaches, nuestra *dealer* residente desde que habían soltado a la anterior.) Pero no podía estar segura. D'amour nunca me enseñó qué había en su caja ni yo a ella. Cuando cada par de semanas, más o menos, los guardias nos registraban al azar, me daba cuenta de lo poco que había guardado en los meses de su estancia. Ni siquiera tenía su propio cepillo.

D'amour dormía en mi celda desde su llegada. Al principio estaba en shock, no podía creer que estuviera encerrada con gente como nosotras, su primera semana estaba casi comatosa y necesitaba que le explicara hasta el mínimo detalle. Recuerdo cómo había entrado, como si se arrastrara con pies deformes. Sus ojos llorosos, pálidos como una botella de vidrio verde, cómo se sorbía la nariz y sollozaba. Las primeras noches sudó sus sábanas como si la hubiéramos contagiado de alguna fiebre del tercer mundo. De día caminaba hecha polvo, llorosa, un desastre de pelo amarillo y blanco y mejillas sonrojadas, incluso sin la ayuda de Maybelline prestado (contrabando, valía un puñado de Reese's). Destacaba.

Como compañera de celda de D'amour, yo era responsable de ella. Si lloraba mucho, debía callarla. Si se quedaba viendo con fijeza o mucho tiempo a alguien como a Lola, yo debía explicarle cómo eran las cosas en este lugar y a quién no debía mirar directamente a los ojos a menos que la reconociera primero. Era cuestión de respeto.

Pronto D'amour se aclimató. Encontró su lugar aquí, como todas lo hicimos, cuando aceptamos que nos habían robado la libertad, que vigilaban cada paso que dábamos y que ahora nos obligaban a vestir igual: con un overol holgado naranja las primeras semanas, y después amarillo o, en la mayoría de los casos, verde. Cuando llegábamos al verde, la mayoría dejábamos de patear, gritar y llorar por las noches.

D'amour también dejó de escucharme.

La crisis se suscitó en agosto pasado, cuando las chicas de Aurora Hills descubrieron que las enredaderas que crecían en las paredes exteriores de ladrillo del edificio se acercaban cada vez más a una de las ventanas de nuestras celdas y que un brazo delgado podía alcanzarlas a través de los barrotes. De casualidad, los barrotes y esa ventana estaban en la celda que compartía con D'amour. De algún modo nuestra ventana se había abierto y D'amour dijo que no hacía falta reportarlo a los celadores. Las chicas de Aurora Hills querían esas enredaderas y las flores que crecían en ellas. Y D'amour tenía brazos flacos. Y estaba dispuesta a colgarse, con las axilas apretadas en los barrotes, y extender los dedos el tiempo que fuera necesario.

Algunas dijimos que las enredaderas parecía estramonio, que habíamos visto crecer silvestre en las orillas de las carreteras o en campos sin podar detrás de nuestras escuelas. Algunas teníamos ideas. También estábamos desesperadas por escapar de este lugar, sin importar cómo, aunque fuera un poco.

Así que comenzó la experimentación. Las hojas eran del verde de los uniformes de la mayoría y sabían asquerosas. Pero a finales del verano, en las noches cuando los celadores apagaban las luces, las flores abrían. Parecían cabezas extraterrestres, tenían pétalos rosas, gruesos y húmedos, y era muy difícil arrancarlas. Por lo menos eran comestibles, para quienes podíamos tolerar algo tan dulce, como una gomita carnosa bañada en jarabe de maíz. Algunas las escupimos y sugerimos fumarlas o inhalarlas para que nos pusieran.

D'amour fue la primera voluntaria. Se fumó la primera tanda. Después inhaló demasiado y se puso verde (contrastaba mal con sus mejillas rosas) y empezó a vomitar. Pero antes, le habían brillado los ojos como diamantes, le habían explotado las pupilas y dijo que veía criaturas flotar sobre nuestras cabezas, color gris, vaporosas y echando humo al respirar; le hablaban, le decían cosas agradables y a veces le cantaban canciones y las canciones eran hermosas, aún más hermosas que cuando Natty nos cantaba, antes de que los celadores le dijeran que se callara el hocico. Así descubrimos que la planta trepadora en las paredes exteriores del edificio era un alucinógeno bastante potente.

Esperamos que los celadores le pusieran fin, que ordenaran podar las enredaderas y quemarlas en un hoyo en el patio, pero no se dieron cuenta. Pronto llegó septiembre, y las flores se cerraron, se encogieron como escarabajos marchitos.

D'amour recurrió a otras alternativas. Se le empezó a conocer por estar dispuesta a probar cualquier cosa. Últimamente, Peaches venía más de visita (su crimen: posesión de narcóticos con la intención de traficar; su sentencia: un año y nueve meses; a veces nuestra identidad correspondía con lo que éramos en el exterior, ni más ni menos). Algunas noches revisaba el pulso de D'amour en la litera sobre la mía, sólo para verificar que su corazón siguiera latiendo.

Compartí celda con D'amour trece meses, respirando su aire mientras ella respiraba el mío. No la juzgaba por sus hábitos. No la molestaba para que por lo menos se cepillara el pelo. Incluso dejé que conservara sus dibujos que había colgado en las paredes, los dragones deformes que decía ver en sus alucinaciones. Les puso collares y nombres como si fueran perros: Horacio y Gladys. Boris y Lázaro y Mazzy Star. Pensé que después de trece meses teníamos un vínculo. Una especie de acuerdo.

Sin embargo, en cuanto se abrió la cerradura de nuestra puerta compartida, en cuanto escuchó a Jody gritar que éramos libres, se puso en mi contra. Hurgó en el casillero a los pies de su cama y salió disparada de nuestra celda. Se detuvo un momento en el umbral de nuestra puerta, pero no para hablarme.

—Oye, ¿a dónde crees que vas? —le dije.

Ni siquiera me miró. Se limitó a tomar sus zapatos de lona sin agujetas del tubo de plástico, se los echó encima del hombro. Y luego se fue corriendo.

Supongo que no le dio miedo la oscuridad repentina. Supongo que nada le daba miedo. Mi compañera desapareció y con ella, el último mechón de pelo claro, el más claro de la unidad.

Así terminé sola, sin nadie que me cuidara y sin nadie a quien cuidar. Toda el ala B se había vaciado. No había nada qué hacer más que esperar que un celador me encontrara. O empezar a correr. Salí corriendo.

Si de la nada aparecía un celador y me atrapaba —con dos manos toscas me tiraba al piso, o peor, sin manos, con un garrote—, asumirían que yo era como las demás. Que buscaba problemas. Que los anhelaba. En todas partes, las chicas gritaban y corrían por los pasillos, en busca de venganza y la salida más cercana. Todas debíamos ser reprimidas.

Sin embargo, yo tenía un objetivo distinto, un destino repentino en mente. Me convencí de que quería comprobar que seguía ahí, eso era todo. No tenía nada que ver con que ahí me sentía más segura que incluso en mi propia celda. No era patético. No demostraba que era cobarde. Debí haber sabido que terminaría ahí.

La biblioteca estaba en el pasillo externo a la cafetería. Nunca estaba cerrada y ni siquiera tenía puerta, así que los libros no estaban a salvo de saqueadores o de cualquiera que quisiera destruir algo preciado para alguien más. Esperaba encontrarme con los libros tirados por todas partes, en toda la biblioteca y hasta el final del pasillo. Cada repisa derribada, portadas de libros pisoteadas, páginas escupidas y orinadas, cubiertas arrancadas cayendo del cielo negro. Llegué esperando encontrarme con un toque de caos, pero supongo que eso hubiera querido decir que a alguien además de mí le importaba.

Los libros estaban en las repisas, aún en orden alfabético, gracias a mí. Mis ojos se acostumbraron a la luz tenue y, como pude, revisé que estuvieran en su lugar en cada repisa a partir del tacto y la memoria. No faltaba nada.

Zora Neale Hurston estaba en su lugar en la H. En la B estaba Libba Bray. Sylvia Plath y Francine Pascal ocupaban toda una repisa de P. Dreiser, polvoriento, estaba en la D, aunque nadie más que yo había leído *Sister Carrie*. Había leído todo, a veces dos veces.

Me dejé caer en el piso. A gatas, me oculté detrás del escritorio y metí las rodillas, aunque el espacio era demasiado estrecho para mí y sobresalían mis espinillas y pies. No importaba qué tan bien creía conocer a las chicas de la correccional, seguía distanciada de ellas. Siempre lo estaría. Al escuchar la histeria a la distancia, sin ser capaz de no hacerlo, me di cuenta de la diferencia aún más.

Durante las tardes que llevaba el carrito de la biblioteca a cada ala —salvo el ala D porque las chicas perdían todos sus privilegios, el menos importante era el préstamo de libros— siempre sabía los títulos que ciertas chicas querrían. A Jody le encantaban las novelas eróticas y los romances (nunca te lo imaginarías al oírla hablar) y Peaches estaba aprovechando su condena para estudiar leyes. La Pequeña T se inclinaba por las novelas clásicas, no se separaba de nuestra única copia de *Jane Eyre*.

Nuestros gustos literarios revelaban pistas de nuestras identidades secretas y a veces yo era la única que podía ver esos secretos.

Por supuesto, después revisaba los libros, cuando los entregaban, buscaba manchas y palpaba las esquinas dobladas, creía que tal vez habría un mensaje para mí. Nunca lo hubo.

Sí había mensajes, pero eran para las demás. Para las chicas en las alas A y B, para una chica en el ala C que hacía un mes había estado en la B. Eran conversaciones en las que yo no participaba. Mensajes cifrados que no podía aspirar a descifrar.

En los días en la biblioteca en los que distribuía los libros como parte de mi trabajo vespertino, para desarrollar habilidades para la vida diaria (todas debíamos tenerlas; yo tuve suerte), podían confiar en mí para entregar mensajes importantes escritos en caligrafía diminuta en un cuadro de papel higiénico, los escondía en mi carrito y los transportaba de un ala a la otra. Algunas notas eran íntimas, dignas de sonrojar a cualquiera, de una chica a otra, y nadie más que ellas podían leerlas.

También estaban las notas desagradables. Un odio tan preciso y apasionado que podía confundirse con algo más. Las amenazas corporales de siempre. Descripciones gráficas de destripamiento e insultos. Insultos relacionados con las madres. Insultos creativos. También leía esas notas.

Nadie tenía forma de saber si yo leía el mensaje que distribuía, si tal vez lo memorizaba y lo repasaba después, accediendo a confidencias y secretos sórdidos, tácitos.

Nadie sabía cuánto recordaba. Que yo creía que era importante que alguien hiciera el esfuerzo de recordar.

No recordaba por qué, pero sabía que debía hacerlo.

Había otras formas de reunir información fuera de la biblioteca, además de escuchar a escondidas en la cafetería o pasar despacio junto a una conversación acalorada en el patio. El salón de belleza era otro trabajo dentro de Aurora Hills, cuyo objetivo era enseñarnos "habilidades para la vida" para nuestra salida en el futuro. Sólo quienes llevábamos tres meses sin atacar a nadie podíamos sostener unas tijeras cerca del cuello de otra chica o dejarnos cortar el pelo. Todo bajo la supervisión de un adulto, por supuesto. Y cuando una chica estaba en la silla, con el pelo mojado y cepillado, acostumbraba a hablar. Cualquiera podía estar en la silla contigua mientras le cortaban el pelo y fingir no escuchar. Cualquiera.

Por suerte el pelo me crecía rápido.

De todas formas, pese a mis mañas y a todas las posibilidades de escuchar algo que valiera la pena, no había escuchado nada sobre la fuga, ni siquiera de parte de chicas que se llevaban bien con los carceleros. Nadie había dicho nada. Nadie había sugerido que se acercaba algo grande, algo así de glorioso. Nadie sabía nada.

¿Entonces por qué tenía este cosquilleo? Esta comezón interna.

Como si ya hubiéramos corrido por estos pasillos, en una noche como ésta. Como si hubiéramos empujado nuestras puertas abiertas y hubiéramos visto con alegría, confusión y un miedo paralizante las estaciones de los guardias, y nos hubiéramos arriesgado y lo hubiéramos desaprovechado. Todo esto me resultaba familiar.

Como si ya hubiéramos vivido esta noche. Como si después de esta noche, la fuéramos a vivir de nuevo. Daríamos vueltas en círculo, reviviéndola para siempre, nunca saldríamos de ella, nunca dejaríamos de correr, y no entendía cómo lo sabía o por qué era así.

Estaba acurrucada detrás del escritorio de la biblioteca, esperaba que la oscuridad ocultara mis piernas y el resto de mi cuerpo, sentía que las repisas que contenían todos mis libros me protegían. Y me preguntaba: ¿estoy en lo cierto? ¿Y si era así? ¿Qué tal si esto ya había pasado y este espacio detrás del escritorio esperaba que yo lo ocupara, como siempre lo hacía y siempre lo haría?

Si estaba en lo cierto, entonces podía predecir lo que pasaría después. Me concentré e indagué en mi mente. Y lo recordé.

Justo ahora escucharía una canción.

Sería Natty (catorce meses, violencia doméstica contra su madre: habían estado discutiendo sobre un rizador para el pelo). Natty pasaría con tranquilidad por este pasillo en cualquier momento y estaría cantando algo familiar. Su voz resonaría en la correccional y cualquiera que estuviera cerca la escucharía y guardaría silencio un momento, olvidaría en dónde estaba, quién era, tendría la necesidad de escuchar. Natty era la única reclusa que podía lograr que todas y cada una de nosotras dejáramos de hacer lo que estábamos haciendo para ponerle atención sin amenaza de violencia. Natty no le pedía nada a las cantantes de pop, salvo su libertad.

Contuve el aliento y esperé. El ruido distante cambió, igual que antes. Reinaba la oscuridad. Tal vez me equivoqué.

Entonces la escuché. Natty dio vuelta en el pasillo, pasó a un lado de las repisas y el escritorio de la biblioteca, detrás del cual me ocultaba, cantando Beyoncé a los cuatro vientos, sin razón aparente.

Era tal como lo recordaba: oculta aquí, escuchando la canción pasajera de Natty. Un destello de la memoria. Una calidez me llenaba cuando identificaba la canción —la había escuchado afuera, antes de llegar aquí y Natty me lo había recordado, como lo hacía siempre—; luego la calidez desaparecía y salía por los dedos de mis pies cuando me daba cuenta de qué significaba.

Sabía qué seguía. Esta noche terminaría, y pronto. Lo que quería decir que había un lugar en donde tenía que estar.

Algo me llegó rodando por el piso, una linterna que uno de los carceleros debió de haber tirado, sólo que era distinta de las linternas negras que aseguraban en sus cinturones junto con sus armas. Ésta era de plástico amarillo barato, como la que alguien se llevaría a un campamento, si ese alguien estuviera libre en el mundo, a diferencia de mí, y pudiera dormir una noche bajo las estrellas.

Me quedé con la linterna amarilla, la apreté en mi mano. Salí escabulléndome del escritorio y me puse de pie. Me tranquilicé y deseé haber pensado en agarrar mis zapatos de lona, como D'amour.

Algo me atraía hacia el pasillo, para seguir a Natty y el origen del ruido. Lo recordaba. Iba a ocurrir algo y se suponía que debía atestiguarlo.

Dejé que me llevara

Dejé que me llevara. El ruido. El ajetreo de las presas se sentía como algo líquido que se movía con rapidez suficiente para llevarme, y no me opuse. Sentí —a ellas, a todas— cómo me empujaba; quería que fuera yo.

Y entonces eso —ellas— me soltó.

Aterricé en la escalera entre el ala B y la ventana de la cafetería, cerrada con una reja durante la noche. Este sitio, que ofrecía una vista panorámica de las instalaciones desde la protección de una pared en la cual podía apoyarme, era seguro contra ataques sorpresa, y regularmente estaba ocupado por un guardia armado en el día. Apagué la linterna que había encontrado, no quería que nadie me viera. Y esperé. Y observé.

Hacía tiempo que Natty se había ido y se había llevado las notas escalofriantes de su canción. Ahora la chica que no me había esperado ocupaba su lugar. Mi compañera de celda, D'amour.

La alcancé a ver en la penumbra efervescente que arrojaba el letrero de salida sobre la puerta de emergencias. De vez en cuando parpadeaba un destello rojo demoniaco que aún alumbraba débilmente gracias al sistema de emergencia del edificio. Ella era un contorno carmesí que se movía con un fin. Con tranquilidad.

Parecía saber con exactitud qué hacía.

La puerta de escape era una puerta que nunca habíamos visto abierta. No era una salida de emergencia por la cual teníamos autorizado pasar, incluso durante emergencias. Asumimos que desembocaba directo en el exterior, en el patio lateral, el estacionamiento del personal y en el aire libre y fresco más allá. Ésta fue la puerta que D'amour intentó abrir. Cuando no lo consiguió, intentó patearla.

D'amour era delgada y no pesaba mucho. Era voluble, un poco sosa y, sospechábamos, algo tonta. Ahora era alguien más. No parecía tonta. No parecía adormecida ni drogada por alguna de las sustancias nuevas que Peaches estaba vendiendo. Parecía dispuesta a todo. La luz en sus ojos era roja, llena de resolución.

Lanzó su cuerpo contra la totalidad de la puerta de acero, le voló el pelo amarillo. Quería salir. Nunca había visto a alguien querer salir tanto como ella en ese momento. Pero la puerta no cedía.

Después vio la ventana sin barrotes.

Lo demás lo vi en destellos. No era porque no pudiera concentrarme, sino por los truenos, por la tormenta de verano que golpeaba la ventana. Un instante todo estaba oscuro y al siguiente se iluminaba. Su pelo rubio era negro y su pelo rubio era blanco. La vi patear, y un golpe perfecto en el centro del cristal lo rompió. Y una segunda y tercera patada lo desplomaron. Le hizo un hoyo a la ventana, por el que se coló la noche.

Esta ventana era estrecha, igual que D'amour. Estaba adentro con nosotras, rompiendo el cristal con el pie, y luego estaba afuera, lejos de nosotras, desafiando el viento y la lluvia.

Se agachó para desenredar un mechón de pelo largo del marco de la ventana. Liberó su pelo y a ella. Corría con libertad hacia las primeras rejas.

Los rayos sacudieron la escena. Pero era sólo el clima. En algún momento la tormenta cedería, saldría el sol y el mundo estaría en la palma de la mano de D'amour. Así nos imaginábamos un escape, en una de nuestras fantasías de escape más cegadoras. Teníamos tantas.

Cualquier reclusa presa en la Correccional para Adolescentes Aurora Hills hubiera salido volando por esa ventana. Era nuestro sueño hecho realidad. ¿Entonces por qué no seguí a D'amour? ¿Por qué no intentaba escapar con ella? La escapatoria era real, estaba abierta y me llamaba. Avancé y me tropecé. Prendí la linterna y encontré las escaleras. No había nadie que me detuviera, nadie más que yo.

Debí haber corrido. Tendría que haberme lanzado, esperado caber en el hoyo, patear el cristal que quedaba si no cabía. Debí haber salido a la tormenta, debí haber corrido hacia la reja más cercana. Cualquiera de nosotras hubiera dejado a quien se hubiera rezagado y se hubiera ido corriendo.

A veces estoy segura que sí lo hice. Que tal vez lo enterré, lo bloqueé.

Tengo un recuerdo distante que cuelga de un tendedero raído en el patio trasero de mi mente, y en este recuerdo, estoy corriendo. Ahí estoy, corriendo rapidísimo hacia esa ventana, como si fuera un par de puertas que pronto cerrará ante los pasajeros y perderé mi oportunidad. Perderé todas mis oportunidades para siempre. Se siente muy real.

Cristal. Vidrios rotos. El borde de la ventana me rebana con sus dientes. Después dolor.

El dolor sugiere que sí lo hice, el dolor es muy preciso como para que no hubiera pasado.

Y la tormenta. La tormenta, ahora que la vivo desde fuera, golpea como una especie de alarma, pero no una alarma que me derribe, que me estrelle la cara en el piso y me ponga las manos en alto sobre la cabeza. Me atrae. Dice que me toca; el resto de mi vida podría esperarme del otro lado de esa reja. No tengo miedo. Por eso se siente tan artificial. ¿Cómo podría tener miedo?

No recuerdo mucho más porque, acto seguido, algo me golpea con la misma fuerza que un costal de piedras. La realidad.

Ese recuerdo —el dolor y el agua y acercarme, la vista borrosa de la reja próxima, la chica de pelo rubio corriendo hacia ella, y yo siguiéndola de cerca pero con torpeza, resbalando en el lodo, inestable, a punto de caer— regresa de forma intermitente. Y desaparece de la misma forma. Desaparece.

No importa cómo me haya imaginado que escaparía de este lugar —primero la cara o los pies—, la verdad es que no puedo irme. Nunca lo haré.

Ese es mi secreto.

Si D'amour lo hubiera logrado, para siempre, la hubiéramos olvidado. Siempre olvidábamos a las chicas cuando se iban. Una chica podía ser una leyenda entre nosotras durante meses, incluso años, pero cuando la transferían o —peor— la liberaban, no nos gustaba pensar en ella. La borrábamos de nuestras fotos imaginarias, de nuestras mesas. Contábamos sus historias hasta que desaparecían los nombres y los detalles, hasta que era esa chica de verde o esa chica de amarillo. O hasta que era una chica cualquiera, que bien podía ser alguna de nosotras.

Pero esto fue lo que le pasó a nuestra reclusa número 98307-25, la chica que conocíamos como D'amour:

Llegó a la primera reja. Cruzó el lodo para llegar a ella, empapada y temblorosa. Se agarró de los escalones de metal y empezó a escalarlos. Se resbaló un par de veces en el lodo y perdió un tenis de lona, pero siguió escalando.

Era una figura diminuta que escalaba hasta lo alto de la reja. Esperábamos disparos. La sirena. Por lo menos que soltaran a los perros.

Pero parecía que los únicos ojos que atestiguaban su escape eran los nuestros. Los míos.

La luz de mi linterna no la alcanzaba, pero de todas formas podía verla. Gracias a los rayos. Casi llegaba a la cima de la reja. Y sabíamos qué la esperaba. Alambre de cuchillas. ¿Acaso no se lo había explicado a D'amour a su llegada? ¿Acaso no le había contado lo que le había pasado a la última chica que lo había intentado? Una chica (nos confundimos con su nombre desde que la transfirieron) escaló durante el recreo, en el patio, cuando los carceleros se distrajeron. A plena luz del día, a la vista de cualquiera, de todos, y le pareció buena idea intentar escapar por la reja.

Todas vimos un rato, entre risas, criticando sus movimientos, hasta que los carceleros se dieron cuenta, algo tarde. La vieron escalar y sólo la miraron, ni siquiera levantaron sus armas. Supongo que sabían que la esperaba el alambre de cuchillas y se quedaron en silencio, en espera del contacto y los gritos.

D'amour no gritó cuando llegó a la cima. Era mucho más fuerte de lo que había creído. Se encogió y, de algún modo, saltó y cruzó, con una energía que no le había visto en todos los meses que habíamos compartido celda. Estaba cubierta de lodo y era casi imposible verla en la tormenta. O pudo haber sido sangre. Tal vez las púas filosas en el rollo de alambre la habían rebanado. Pero siguió adelante, corriendo hacia la segunda reja como si no necesitara su hígado o bazo allá afuera, si lograra salir.

Otra cosa que no estoy segura si sabía D'amour: la segunda reja estaba electrificada.

Tal vez pensó que por la tormenta todas las instalaciones habían sufrido un corte de energía, incluido el exterior, así que la segunda reja estaría fría y se podría escalar, que no sería un arma mortal que la golpearía como un tercer riel. Hubiera sido una suposición lógica en vista de que las cerraduras se habían desactivado.

Se equivocó, y sólo se requirió un salto hacia la reja sin probarla primero. El primer contacto y la reja cobró vida.

D'amour recibió todos los voltios que la reja le estaba reservando. El sonido fue un crujido crepitante que detonó a mitad de la noche. El aroma fétido que percibí, a pesar de que estaba lejos, era como una pila de llantas quemadas.

Fue la luz más resplandeciente que he visto en mi vida. Después esa luz cayó deprisa, como un meteorito en el lodo, cayó a la oscuridad.

En ese instante preciso sucedió. Y no puedo explicarle esto a las otras reclusas cuando preguntan si vi a D'amour electrocutarse, si la vi elevarse en una ráfaga de llamas blancas y rubias, y si fue increíble. Porque sí, sí lo vi, y después vi otra cosa.

Vi a alguien.

Cuando D'amour descendió en ese destello de luz, las paredes a nuestro alrededor cambiaron. Y se abrió una ventana distinta. Y se metió alguien igual de reluciente.

Había una cara

Había una cara en la oscuridad, bajando las escaleras en la zona abierta cerca de la cafetería, una cara que nunca había visto, y me descubrí atraída hacia ella. Tenía mi linterna apuntada a la ventana, pero esta cara estaba en medio de la luz.

Conocía todas las caras en Aurora Hills: las chicas en el ala C, el ala B, el ala A e incluso el ala D. Al director, por lo menos de lejos, cuando lo veíamos desde la ventana saliendo de su coche lujoso. Reconocía a los guardias por sus cachetes regordetes o sus barbas, sin mencionar sus nudillos en el ángulo del hombro, por cómo te agarraban.

Sin embargo, no podía identificar esta cara.

Era una chica, pero no era una de nosotras. Venía de fuera. Era civil. El jueves me había tocado el carrito de libros y me habría dado cuenta si hubieran admitido a alguien. El viernes estuve alerta, con la cabeza inclinada. Nadie mencionó una reclusa de nuevo ingreso. Y no pudo haber llegado hoy porque los sábados no había ingresos. Todos los días comentábamos las idas y venidas de la correccional, a quién iban a transferir a un lugar peor o mucho mejor y qué suertudas (aunque no lo decíamos en serio), a quién mandaban al hoyo y por qué, quién se cambiaría de ala y tendría una nueva compañera de celda, quién quería mudarse pero habían rechazado su petición (otra vez Lola), y yo escuchaba cada palabra porque siempre estaba escuchando. Conocía los nombres y las caras de todas, casi todos los crímenes confesos e incluso los que era mejor ocultar. Tenía buena memoria para los detalles. Antes de que me arrestaran sacaba dieces en la escuela.

Ésta no era una de las chicas que había visto descender del autobús azul de la cárcel del condado. Era alguien que no pertenecía a aquí. Alguien de fuera que había entrado.

Lo sabía por su aspecto. Tenía el pelo amarrado en un estilo que aquí no usábamos, un chongo limpio en la coronilla asegurado con pasadores brillantes que aquí confiscarían en segundos. Llevaba jeans, jeans azules de verdad, estrechos, y una blusa sedosa color turquesa, un color prohibido para los visitantes porque desde lejos se confundía con nuestro verde. Llevaba joyería, en las orejas, el cuello y los dedos, y un brazalete de oro en una muñeca. Se notaba que la cuidaban. Y era extremadamente limpia.

No entendía cómo pudo haber entrado en la madrugada. ¿Acaso se había escondido durante el horario para visitas? ¿Era familiar de algún guardia?

La desconocida miraba sin rumbo fijo. Al principio asumí que estaba asimilando todo, pero después me di cuenta. Cuando una de nosotras embistió a otra, la desconocida no se inmutó. Y cuando alguien lloró cerca del oído de la desconocida, a tal volumen que pudo reventarle el tímpano, ella no se apartó. Un grupo de chicas pasó corriendo por el pasillo y la desconocida no se dio la vuelta para ver, ni siquiera corrió, no corrió con nosotras, ni lejos de nosotras. No hizo nada.

Se comportaba como si no pudiera vernos. Estaba impávida frente a la luz de la linterna que le bailaba en todo el cuerpo, que le alumbraba la frente, en medio de los ojos.

Salí de mi escondite seguro cerca de la pared y me acerqué al barandal, corría el riesgo de que me viera. La desconocida estaba abajo, en el espacio abierto entre las rejas de entrada a las distintas alas. Muchas veces nos formaban ahí, de camino al recreo o a alguna clase, y una o dos veces, después de un incidente violento que creían que nos podría inspirar, nos encadenaban por los talones, como un tren triste y lento.

La multitud se había dispersado. Las demás nos habíamos ido y me habían dejado aquí, con la desconocida. Su ruido —nuestro ruido porque me identificaba más con ellas que con ella— se trasladó al otro extremo de las instalaciones. Aún así, no podía quitarle la vista de encima, y mis pies no se podían separar de lo que mis ojos estaban viendo.

Ella se dio la vuelta muy rápido, como si me hubiera escuchado. Pero no levantó la vista. No levantó la mirada para encontrarse con la mía, fija en la corona de su cabeza adornada con pasadores.

Estaba a punto de llamarla cuando todo se volvió confuso. La linterna que llevaba en la mano enloqueció. Todo lo que tocaba con su luz en el espacio circundante cambiaba. Los muros ya no eran del color verde soso y pálido que conocía y del que debían ser. Eran un caos colorido de pintura en aerosol.

En todas partes, en todos los muros y estructuras en pie había *tags*, letras de burbuja, garabatos y espirales con pintura en aerosol, descuidados, horribles y furiosos al mismo tiempo. Me recordó a algo del exterior: el grafiti en el bajopuente de una avenida, cuando pasas en coche a toda velocidad. Mi madre decía que era obra de vagabundos, pero yo estaba segura de que eran niños que querían que los recordaran, como yo.

Me parecía hermoso cuando desde la ventanilla del coche veía un trozo de grafiti. Ahora no. Ahora estaba en todas partes, en nuestros muros, marcaba este lugar que conocíamos. Demasiados colores. Colores feos. Me mareé sólo de mirar. No encajaba.

Muchos *tags* eran casi ilegibles, pero entendí algunos. Un *Stevi + Baby* trepaba una pared (ninguna nos llamábamos

Stevi ni le decíamos Baby a nadie, por lo menos las que estábamos aquí encerradas), y me puse a pensar si seguían juntos, Stevi y Baby, y deseé que se hubieran hecho pedazos, que hubieran terminado y hubieran pedido órdenes de restricción. Deseé que nunca encontraran el amor verdadero.

Muchas iniciales, garabateadas una encima de la otra, bajaban en cascada de un extremo del amplio espacio al otro. Alguien llamada Bridget Love había escrito su nombre en todas las superficies vacías, y alguien de nombre Monster se había propuesto taparlo. Quería tapar a Monster, que había tapado a Bridget. Quería eliminar todos y cada uno de esos nombres. Ninguno de los nombres en la pared decían Amber Smith. Ninguno decía Mississippi o Lola o Pequeña T (llevábamos meses molestándola, queríamos saber qué significaba la T). Ninguno decía Cherie ni Jody ni D'amour. Esos eran algunos de nuestros nombres, y no alcanzaba a ver ninguno de nuestros nombres.

No hubiera sabido en dónde estaba de no ser por la única letra pintada en el techo, a una altura que ni siquiera el *tag* más alto alcanzaba. Un esténcil negro que decía sólo *b*. Eso quería decir que estábamos a la salida del ala B.

Cerca había un grafiti negro tan enorme que mi linterna apenas podía abarcarlo. Decía rip.

Cerré los ojos y cuando los abrí, me di cuenta de que otras cosas no estaban bien.

El letrero que daba instrucciones para la zona de visitas había desaparecido. Habían quitado los letreros que enlistaban las reglas que debíamos obedecer (no correr, manos a la vista en todo momento). Habían roto con un corte limpio la rejilla que bloqueaba la cafetería y en donde debía estar la cafetería había un hoyo oscuro en la pared y no había nada a la venta.

Lo único que no había cambiado era la ventana que la propia D'amour había quitado para salir. Seguía rota.

Mientras observaba, una ráfaga levantó lo que parecía un bulto de ramas y hojas sueltas en el piso sucio. Parecía que nadie lo había limpiado en años.

No pensé en lo que hice después, al menos no de forma consciente. Bajé las escaleras, con dirección a la intrusa. De algún modo ella tenía algo que ver en todo esto. Era su culpa. Llegué a la planta baja y corrí. Corrí tan rápido que ni siquiera logré detener mis pies y casi choco con ella, y quería que ella se cayera, quería que se cayera de espaldas y me explicara unas cuantas cosas.

Salvo que no había nadie.

Embestí al aire.

Di la vuelta.

Ella titubeó frente a mí. Su expresión era insistente y pálida, como la cara de un muerto. Hasta el momento, ninguna de las dos había dicho nada.

Sus ojos eran de un azul intenso, como el cielo del que caía una fuerte lluvia y truenos ensordecedores, pero ahora ya no podía escuchar la tormenta. Ni los truenos. No podía escuchar nada, salvo su respiración. Era azul, como una especie de advertencia. No, ya habíamos superado la advertencia. Azul como si te aventaran de un precipicio y cayeras a las profundidades del mar.

Eso vi cuando la miré. No tenía idea de lo que ella vio al mirarme. Sobre todo después de lo que dijo a continuación.

—¿Ori? —dijo ella.

Sacudí la cabeza, confundida.

—¿Ori, eres tú? —dijo con una voz apagada y débil, como si estuviera comunicándose a través de la pintura, el yeso y el aislamiento de una pared que separa dos habitaciones, y yo estuviera del otro lado, en esa otra habitación, con el oído pegado a la pared, intentando descifrar lo que ella había dicho.

Estiró el brazo, como para tocarme, pero no la dejé. ¿Con quién me confundía?

Lo dijo de nuevo, ese nombre. Y el sonido de ese nombre me hizo recordar, la comezón interna, la electricidad que me escocía en una sección silente del cerebro.

Entonces, sí.

Sí, Ori. ¿Recuerdas? Sí, recuerdo. Número de reclusa 47709-01. Su libro favorito de los estantes sería una edición rústica, gruesa, maltratada, que teníamos de *Cien años de soledad*. Diría que llevaba aquí tiempo suficiente para haberlo leído cien veces. Se peinaría parecido a esta desconocida, con un chongo alto apretado, pero sin los pasadores porque no nos permitían tener nada con puntas afiladas y punzantes. Tendría unos pies deformes que no querría que ninguna viéramos, y una mirada que parecía abarcar 900 metros de distancia. También tendría una bondad que para nosotras sería desconocida y, dentro de más o menos una semana, no habría ni una sola entre nosotras que la querría muerta.

Ella todavía no llegaba, pero lo haría pronto. Tenía que hacerlo. Era la número cuarenta y dos.

¿Pero cómo era posible que esta intrusa supiera quién era Ori? ¿Y cómo lo sabía yo si Ori todavía no subía a nuestra colina ni descendía del autobús pintado de azul para hacernos compañía?

La expresión de la intrusa cambió. Debí haber hecho algo para asustarla, siempre he asustado a la gente sin querer. Tal vez por mi tamaño, ya sé que soy mucho más alta que la mayoría de las chicas, o porque siempre tengo el ceño fruncido, aunque no es eso, mi cara es así. Pero ella no lo sabía porque retrocedió, levantó las manos como para protegerse de mí y abrió su boca diminuta. Emitió un sonido y el sonido fue incluso más débil, más patético de lo que esperaba. Su cuerpo entero temblaba como si supiera exactamente quién y qué era yo, porque ella hizo lo que yo hubiera hecho.

Corrió.

Perdimos

Perdimos la comunicación. Perdí la noción del tiempo. Esto pudo haber durado segundos. Pudo haber sido una hora entera estática bajo el calor del verano.

Se había ido corriendo y me quedé con una sensación de vulnerabilidad. Esta desazón bajaba por la garganta hasta llegar al estómago, en donde se hacía más pesada, peligrosa. Hasta que se convertía en una bomba.

Ya la había sentido antes.

La primera vez fue en la boda de mi mamá, cuando yo estaba en primaria. Se había puesto un vestido blanco para él, cuyas costuras estaban a punto de estallar gracias a él, en vista de que ella tenía varios meses de embarazo de un hijo suyo. Le había dado el sí. Había tomado esa decisión, que había implicado taparse los oídos y los ojos. La decisión de decirle al doctor en la sala de urgencias que me había golpeado el brazo en la puerta de la cocina o llamarse torpe por haberse golpeado con la barra de jabón en el ojo mientras se bañaba. La decisión de él por encima de mí, de ella misma, y ese día en el registro civil se confirmaría.

Le advertí varias veces: vomité en el coche de camino al registro civil, por eso entré a la corte sin calcetines ni zapatos. Le tomé el brazo en el estacionamiento, me obligó a ponerme guantes blancos de encaje que combinaran con mi vestido rasposo y demasiado ajustado. Le jalé el brazo, intenté detenerla, la jalé tan fuerte que el encaje entre mis dedos se rompió y quedó expuesta mi piel.

Le dije que no quería entrar. ¿Podía quedarme en el coche?

Recuerdo lo que me dijo y cómo me lo dijo, con una luz intensa y cegadora en la mirada:

—Por única vez haz algo por mí. Hazme feliz.

Y después se fue sin mí, el velo blanco le caía de la parte posterior de la cabeza mientras subía las escaleras erguida y entraba a la corte, en donde la esperaba mi próximo padrastro. Sabía que la seguiría. Me invadió un sentimiento: ira visceral. Ira y un poco de miedo que iba aumentando a medida que subía las escaleras. Era porque sabía, incluso entonces, que ella no podía escucharme. No estaba poniendo atención.

La segunda vez fue una semana después del accidente de mi padrastro, años más tarde. Cuando los dos policías me llamaron y tuve que salir de mi clase de lengua; me asaltó la misma sensación del día de la boda mientras caminaba por el pasillo apretando mi libro contra el pecho. (Estábamos leyendo *La colina de Watership*; quería que me gustara más de lo que me estaba gustando.) Recuerdo detalles pequeños como la esquina doblada de la página, para marcar dónde me había quedado. Mis uñas sucias, negras y grasientas como si hubiera escarbado en tierra húmeda. El palpitar de mi corazón en el pecho. Nunca supe cómo terminaba ese libro.

Rabia y miedo porque temía saber lo que me iban a decir. No me creerían. Nunca nadie lo hacía.

Todo lo que sé sobre bombas me dice que su propósito es estallar. Pero primero algo debe detonarlas. Debe haber un detonante antes de que emita el sonido, antes del estallido de humo resplandeciente y sofocante. De otro modo, una chica podría permanecer en silencio durante años.

Cuando la intrusa salió corriendo, activó algo en mí.

Tal vez por su cercanía, había estado a punto de tocar su hombro desnudo y limpio. Llevaba una pulsera en la muñeca que me llamó la atención, era una cadena de oro con cuentas tintineantes. Pude identificar todos los dijes en esa pulsera de oro. Una bailarina. Una segunda bailarina. Una tercera bailarina. Y más. Todas eran bailarinas. Ni siquiera había visto una bailarina en la vida real. Las bailarinas miniatura de oro tenían las piernas abiertas y desarticuladas. Los brazos levantados, los dedos del pie apuntaban hacia afuera. Todas eran iguales. Ella había acariciado la pulsera con la mano. Sujetaba una figurita de oro en la palma de la mano, como si pudiera apretarla hasta hacerla pulpa, pero cuando abrió la mano, la figurita seguía ahí.

Esto me despertó.

Parecía que la intrusa tenía todo y eso me molestó. No era hermosa como sus partes externas. No tenía la piel suave, los pómulos pronunciados ni brillaba como sus labios delgados, no estaba hecha de oro reluciente. Por dentro estaba hinchada, tenía un rojo desagradable, estaba inflamada debido a sus secretos costrosos. También percibí un olor que se escapaba cada que ella respiraba. Estaba podrida.

Lo único que sé es que cuando empezó a correr, yo también me eché a correr. Necesitaba alejarme de ella, de esa cosa miserable de cara blanca que se equivocó al llamarme. Necesitaba alejarme de lo que le había hecho a nuestro pasillo, nuestras paredes, nuestra casa. Ahora que estábamos bajo la custodia del estado durante toda nuestra sentencia, era nuestra casa, incluso si nunca lo reconocíamos en voz alta. Ella no tenía derecho.

Escuché pasos a mis espaldas, estaba segura de que ella me perseguía. ¿Había vuelto? ¿Había decidido volver por mí?

Pero conocía estas instalaciones mucho mejor que ella, mucho mejor que cualquiera, además de los carceleros. Había llegado recién cumplidos los catorce, llevaba más tiempo que todas.

Di la vuelta en una esquina. Di la vuelta a la derecha, luego a la izquierda y otra vez a la derecha. Ella casi me alcanzaba.

Este corredor me llevó a los pasillos de atrás que albergaban la lavandería y, más allá, al centro de la Correccional para Adolescentes Aurora Hills. Seguía convencida de que aparecería un celador y que me descubriría, pero no había ninguno. No había nadie más que nosotras dos.

Una puerta de acero gris me impedía seguir adelante y la abrí. La cerradura estaba abierta, y cuando la puerta se azotó hacia afuera, la impresión de lo que me esperaba del otro lado fue enorme.

El aire fresco me golpeó como un puñetazo en el un ojo y me caí. De espaldas. En el terreno de grava afuera de la correccional. En lo alto se extendía un pedazo de cielo y la luna creciente con total claridad. A mi alrededor había pasto crecido, cubierto de hierba mala, enredaderas y basura. Había logrado salir. Sobre mí cabeza se extendía el cielo con claridad.

Aunque no atronaba ninguna tormenta como hacía unos minutos. Ni siquiera caía una gota de lluvia. Los granos de grava debajo de mi cuerpo estaban sequísimos. El enrejado frente a mí se había caído. Una ráfaga de viento de verano de olor dulce pasó a mi lado como una cascada.

En cualquier momento ella saldría corriendo por la puerta a mis espaldas. Si levantaba la mirada, ella estaría de pie sobre mí, vacilando en la noche tranquila con su cadena de oro reluciente y los pies plantados en el piso, tan cerca de mi cabeza que daba vueltas, que podría patearme si quisiera.

No salió.

Estaba sola afuera, cubierta por un silencio tan denso que se parecía a mi vida anterior. Antes de que me incriminaran, cuando todo el mundo, incluidas mi mamá y mi media hermana pequeña, todavía creía que era inocente. Ese verano de la infancia, cuando los rociadores del patio trasero se encienden sólo para ti y la paleta de hielo es toda tuya para devorarla a lengüetazos, cuando la escuela no ha comenzado y parece que nunca lo hará; cuando tu madre todavía no se ha casado con ese hombre, ni siquiera lo ha conocido, y todavía son tu madre y tú. Me refiero a que me recordó a uno de los momentos más felices de la infancia, antes de las muñecas rotas, los moretones e insultos a espaldas de mi madre. Antes de: "¿Quién crees que eres? Eres fea. No eres nadie". Antes de un pellizco fuerte y abrasador debajo de la mesa del comedor; antes de llorar, de ser obligada a sentarme toda la noche, durante cinco horas, a la mesa en la oscuridad hasta que me tragara la cena fría porque él le dijo a mi madre que tenía que hacerlo, porque él lo había dicho. Antes. Antes del accidente que ellos dijeron que no fue accidente. Antes de que me acusaran y condenaran. Antes de abordar el autobús pintado de azul para subir por esta colina y ser escoltada al interior de este edificio. Según algunos de los relatos en nuestros libros más felices y optimistas alguna vez pude haberme convertido en lo que hubiera querido ser. Alguna vez tuve un futuro.

Me recargué en la pared de piedra gris del edificio. Las piedras estaban frías, pero secas y suaves, y la sensación en mi espalda era agradable. Me recibieron. Me pidieron no apartarme, quedarme.

Entonces se reventó la burbuja silenciosa. Un estallido y un portazo sacudieron la pared a mis espaldas, me subió por la espalda como un temblor que sacude la calma.

Gritos. El aullido agudo de un silbato. Los guardias habían salido de donde quiera que hubieran estado. Si habían estado dormidos, habían despertado. Si habían estado encerrados, habían salido. Se encendieron las luces exteriores en lo alto de los postes, y las que apuntaban hacia todas las entradas. Un foco encontró mi rostro levantando. Un guardia no tardó en descubrirme en el piso, tumbada ante la puerta abierta de par en par. Estaba mojada por la lluvia que caía de nuevo y se encharcaba a mi alrededor, empapándome.

Un brazo grueso como un tronco me ciñó el cuello; me levantaron y me metieron al edificio, como si fuera un paquete de carne y huesos más que una chica.

Caí en el concreto, de cara, como nos obligaban a hacer cuando un grupo se salía de control. Tenía la vista clavada en el piso y la nariz aplastada en el cemento. Me quedé quieta, con las manos en la cabeza. Si la levantaba un par de centímetros podía ver del otro lado de la puerta que seguía abierta; y lo que vi no fue la noche clara a la que había salido.

Caía una tormenta. Supongo que nunca dejó de llover.

Y supongo que, cuando me pararon, empecé a rasguñar y azotarme y a golpear con los codos. Pateaba y golpeaba con los puños en la superficie más cercana, que resultó ser el cuerpo rígido del guardia. La bomba que llevaba dentro había detonado y ya no podía controlarme; no podía controlarla. Ni siquiera sabía por qué o con qué peleaba. Esto era familiar, seguro. Sabíamos que a veces el porqué no importaba, y si queríamos pelear, siempre podríamos recurrir a ello.

Me llevaron por la fuerza por los pasillos que tan bien conocía y, en cámara lenta, rodeada por las insípidas paredes color verde, vi cómo desaparecía el grafiti y me percaté de que todo volvía a la normalidad, tal como lo recordaba. Me tranquilicé. Relajé los puños que llevaba apretados. Mi boca se cerró y en ese momento escuché que el grito llegaba a su fin.

Lo único que me pasaba por la mente eran preguntas.

¿Quién era esa chica? ¿Cómo había entrado? ¿Había tenido algo que ver con la apertura de las cerraduras? ¿Con la salvaje conclusión de la noche? ¿Con la interrupción y el reinicio de la lluvia? ¿Con la confusión generalizada y mi involucramiento en esa confusión?

¿Y por qué el nombre de Ori me sonaba tan familiar, tan importante, como la llave correcta que se mete en la cerradura oxidada y olvidada?

No encontraría respuestas en lo que restaba de la noche. Me ataron a una silla mientras los guardias nos reunían a las demás; me callaron y me dijeron que no me metiera en lo que no me importaba, que me tranquilizara y esperara mi turno. Les tomaría horas, pero al final nos atraparon a todas. Ninguna logró cruzar el perímetro, aunque varias lo habíamos intentado. Lo único que sabíamos era que la habíamos probado, ¿cierto? La libertad. El aire libre en la lengua.

Lo que yo había visto había sido nuestro después. Se me había permitido ver lo que sería de este lugar, cuando ya hubiéramos partido.

Descansa en paz. Salvo que ninguna podía descansar.

Por ahora, el sistema electrónico de seguridad se había reinstaurado y la electricidad había vuelto, así que ya nada se ocultaba en la oscuridad salvo la verdad. Un guardia volvió por mí, al fin, pero me llevó al ala D en vez de a la B. Eso estaba mal, aunque las cosas se pondrían peor.

Cuando ya se veía la reja del ala D, supe que nos quedaban sólo tres cortas semanas. Y después, nada. En ese momento me empujaron al hoyo y me encerraron.

TERCERA PARTE:

Vee

Justicia. Conozco esa palabra. La probé.
La anoté. La anoté varias veces y siempre
me pareció una maldita mentira. La justicia
no existe.

Jean Rhys,
Wide Sargasso Sea

Gusanos y podredumbre

Sí, el público me adoró.

Es decir, por supuesto que me ovacionaron de pie. Casi me devoraron, así reaccionaban ante Ori, antes de todo lo que ocurrió aquí hace más de tres años, cuando la arrestaron justo antes de que interpretara el Pájaro de Fuego, el protagónico en nuestra presentación de primavera. Antes de que todos le dieran la espalda, y mis papás me obligaran a cortar toda relación con ella, y a asistir a los funerales de las otras chicas, y casi se clausura el estudio. Quiero decir, antes. El público le aplaudía en el escenario como ahora me aplaude a mí.

Demasiado depende de tu aspecto. Es lo que le importa a la mayoría. Ponte todos los pasadores que quieras. Límpiate las manchas de delineador de las comisuras de los ojos. Ponte ropa bonita. Los colores pálidos y neutros ayudan, así como el rosa pastel. Conserva esa máscara de niña buena y nadie podrá ver el lado malo, la chica inestable que llevas dentro. Por lo menos conmigo nunca se dieron cuenta.

Si hubieran podido verlo, Ori era buena por dentro. Le encantaba bailar y no necesitaba música para hacerlo, incluso lo hacía en las banquetas o a media calle. Detestaba usar zapatos y no le importaba lo que dijeran de las ampollas con pus que tenía en los dedos de sus maltratados pies de bailarina. Una vez lloró inconsolable cuando atropellé a un gato por accidente. Ella salió del coche y se puso frente al resplandor de los faros, se quitó su abrigo para tapar al animal y abrazó su cuerpo afelpado hasta que dejó de convulsionarse y murió. Arruinó su abrigo. Yo permanecí al volante.

Éstas son algunas cosas de las que nadie en el juicio se enteró.

Porque por fuera, después de que Harmony y Rachel murieron, algo le sucedió a la cara de Ori. Intento no recordar ese día demasiado —es mejor no hacerlo—, pero sí me acuerdo del cambio en su expresión y de lo repentino que fue. Se le hundieron las mejillas. Las cuencas de los ojos se le veían demacradas, lo blanco se volvió amarillo. La boca se le abrió por el shock, supongo, y su papá nunca le pudo pagar el dentista así que cualquiera podía ver sus dientes frontales chuecos. Cuando la gente decide que albergas fealdad por dentro, esperarán encontrarla en tu cara.

Además estaban los aspectos prácticos: definirla como enemiga fue fácil en un mundo en donde las personas con vidas familiares tristes hacían cosas malas y tristes.

Ella no venía de una familia decente como la mía, era obvio por el lugar donde vivía. No tenía mamá y muchas personas tenían preguntas sobre su papá. Después, mi propia madre me empezó a preguntar:

—¿Cuándo fue la última vez que viste a su papá? ¿Alguna vez está en casa? ¿Hay alguien en casa que la cuide? —como si eso hubiera supuesto una diferencia. Intenté explicarle que su papá era chofer en una empresa de camiones y a veces podía estar fuera hasta dos semanas, o tal vez no le expliqué. Tal vez sólo dije que no sabía. Según mi mamá, sin supervisión paterna los niños se vuelven demonios. Lee las noticias y verás a muchísimos jóvenes abandonados hacer cosas terribles.

—Esa niña estuvo en mi casa —mi madre, de nuevo—. Le di de comer. Le lavé las sábanas —mi mamá decía muchas cosas más, y también compraba sábanas muy costosas, pero el punto es que expresaba lo que muchos pensaban. Era fácil decir que Ori era mala en los días y semanas posteriores porque las pistas estaban ahí para examinarlas. Conmigo no fue tan fácil.

Se levantará el telón, todas las bailarinas de la noche van a regresar al escenario para recibir más aplausos, además de algunas flores, si a alguien se le ocurrió traer rosas para lanzarnos a los pies; eso espero.

Salgo sola para recoger mis flores. Intento recordar lo bien que se sintió bailar para tanta gente, pero vuelvo a estar fría por dentro, estoy en un túnel vacío que llega a un callejón sin salida.

Después de que se levanta el telón, el elenco se aparta del latigazo que produce el terciopelo que se cierra por última vez esta noche y todos siguen absortos en la sensación de calidez posterior a la presentación que se produce por haber concluido sin ningún desastre. El público no salió disparado hacia las salidas durante el largo y aburrido adagio. Ninguna de las bailarinas se cayó ni se rompió el coxis. El pequeño tulipán en la primera fila no dio una vuelta y golpeó al pequeño tulipán de la segunda fila, como lo hizo en el ensayo, que tuvo que interrumpirse porque los dos tulipanes lloraron. No hubo incendios. Nadie vomitó. Tampoco hubo cadáveres detrás del tiradero de basura ni chicas corriendo pidiendo a gritos que alguien llamara al 911.

Nos fue bien. Ahora el telón se ha cerrado y el espectáculo terminó, las bailarinas mayores gritan hurra, ríen, se abrazan y se besan en ambas mejillas como si estuvieran en Francia, dan una pirueta al aire, se toman de las manos y dan una vuelta como si fueran niñas. Básicamente lo son.

Yo no beso ninguna mejilla ni abrazo a nadie.

Lo que hago es retirarme y meterme entre bastidores, en el hueco más cercano. Llevo todas mis flores en los brazos. Necesito un momento a solas y no es para contar mis ramos.

Hasta que estoy oculta en la sección posterior de las cortinas, en la pared trasera del escenario, tras las cuales sólo hay dos capas de terciopelo y concreto, me encorvo y sale todo lo que había reprimido. Es por la presentación de esta noche. Por lo bien que salió, por cómo todo me está saliendo bien, una cosa a la vez, mis sueños se están volviendo realidad, y no estoy segura de merecer tener estos sueños.

Doblo las rodillas y apoyo la cara en mis medias blancas, con fuerza, la embarro en ellas y abro la boca. Y nada. No produzco ningún sonido. El dolor es agudo, quema, presiento que tal vez así se hubiera sentido recibir esa puñalada. Pensar en eso me aniquila, la visión poderosa del cuchillo entrando, clavándose y atorándose, porque habría huesos, músculo, ligamentos y órganos blandos y grumosos después de la piel, y la hoja no entraría de forma limpia, como en un flan.

Estoy en el piso, tengo la espalda recargada en la pared. No me importa estar ensuciando el traje y aplastando el tul. No necesito este tutú. En Juilliard hay tutús. Todo está bien. Nadie sabe.

Sarabeth tiene la maldición de pies de payaso, así que antes de que diga mi nombre ya sé que está del otro lado de la cortina.

—¿Vee? —me llama—. Tiraste todas tus flores —en algún momento debí haber tirado los ramos porque hay muchísimas flores esparcidas en el piso, como si alguien hubiera saqueado el jardín de alguna viejecilla.

Tarareo un poco detrás de las cortinas. Me doy cuenta de que aquí, en donde el público nunca entra, este lado del telón está desgastado y soso. No hay terciopelo brillante. No hay destellos ni reflejos. Está carcomido por las palomillas. Está deshilachado. Y apesta a perro mojado.

—Mi mamá me compró flores, como a ti —Sarabeth balbucea mientras busca un espacio en la cortina—. No son rosas. No es que te hayan dado rosas. O sea, ya sé que yo no tuve un solo, pero sigue siendo especial que me haya dado flores, ¿no crees, Vee?

El problema con Sarabeth, quien sé que ahora se considera mi mejor amiga, aunque nunca hemos hablado de eso, es que no sabe cuándo dejarme en paz.

No me entiende.

Ser mejor amiga de Ori nunca fue así. Una vez me encontró llorando en la parte trasera del salón de ensayos después de clase de ballet, creo que teníamos doce años, o trece, y se metió con cuidado para no asustarme, colocó su mano en mi espalda e hizo dibujos en mi columna, como me gustaba que hiciera en nuestras pijamadas.

—¿Qué te pasa, Vee? —me preguntaba. Sabía que cuando lloraba mucho me daba hipo y no se reía cuando eso pasaba y me temblaban las costillas.

Era fácil saber qué me pasaba, por qué lloraba. La profesora Willow había escogido a Ori para pasar a puntas, lo cual implicaba un entrenamiento nuevo, clases especiales tres veces a la semana, y a mí no me había escogido. Necesitaba más tiempo para fortalecer los tobillos, había dicho ella. Pero los tobillos de Ori estaban listos. Los míos seguían siendo débiles como un espagueti, los de una niña pequeña.

Cualquier otra amiga me hubiera dado una palmadita en la espalda y me hubiera asegurado que ya me tocaría, pero Ori hizo una promesa, y ella siempre cumplía sus promesas. Dijo que no entraría a puntas hasta que yo lo hiciera. Tampoco se puso las zapatillas de punta perfectas que le había regalado la profesora Willow a modo de caridad porque su papá no hubiera pagado ni un centavo por ellas, esperó hasta que yo tuviera mi propio par en raso rosa.

Recuerdo sus dedos dibujando en mi columna. Recuerdo su mejilla en la mía. Recuerdo que dijo:

—Todo lo que yo haga, tú también lo harás —cómo dijo—: No lo haré hasta que la profesora Willow diga que estás lista. Te voy a esperar.

Y me esperó. Esperó seis meses y medio para que mis tobillos y yo la alcanzáramos.

Y nunca me molestó por ello.

Sarabeth sigue peleándose con el terciopelo. No para de hablar de mis rosas. Tal parece que tengo muchas porque muchísima gente vino a verme.

—Sarabeth, ya. No me importan las flores.

—Ah, está bien. Vee, estuviste maravillosa. Todos lo dijeron.

—Ya sé.

—Sí, claro que lo sabes —se calla mientras yo paso mi dedo por la parte posterior de la cortina, la parte fea que sólo yo puedo ver—. ¿Vas a salir? Aquí está Tommy. Pensé que ibas a cortar con él. Pero vino. Y tenemos la fiesta del elenco, ya sabes. Y como es tu última presentación, eres invitada de honor…

Todas las alumnas de último año serían supuestas invitadas de honor en la fiesta del elenco. Sarabeth era de primer año.

Encuentro el espacio en la cortina, la abro y dejo que me ponga todos mis ramos de flores en los brazos. Pero mientras reunimos los últimos ramos, Sarabeth da un grito agudo y ensordecedor. Comienza a golpearme con manos torpes presa del pánico, como hace al aire cuando ve una palomilla en vez de abrir la ventana como una persona normal.

Tal vez Sarabeth tiene motivos para ponerse como loca. Uno de los ramos que llevo en los brazos está goteando. Y no es agua.

Lo que gotea de la punta inferior del ramo, envuelto con esmero, es una sustancia roja y densa, como jarabe tibio. Se filtra, mancha y grita, se desliza por mi cuerpo hasta solidificarse en mis medias blancas. El ramo está sangrando. Se desangra sobre mí.

Horrorizada, ladeo el cuello y miro hacia abajo. Al principio mis ojos no están seguros de lo que ven y después la imagen se vuelve más nítida y mi cerebro la entiende. En los brazos, envuelto en un delicado papel para envolver color rosa, tengo un ramo de basura asquerosa: pañuelos hechos bola, algunos trapos y lo que parece una playera blanca y vieja de hombre, cortada, pero se sigue viendo Fruit of the Loom en el collar decapitado, todo cubierto, mojado, no, empapado en sangre.

Relajo los hombros y cae el ramo sangriento, rociando sus contenidos en todas partes. Una hemorragia. Una pesadilla. La sangre salpica y cae en la cortina. Es pegajosa, se pega a mis dedos como una telaraña de mocos. Sarabeth está agachada, vomitando. Una sustancia pegajosa, amorfa, densa, casi negra, cae de la rótula de mi rodilla a la punta de mis zapatillas y la miro, perpleja. Por el olor sé que no es sangre de verdad porque juro que nunca te olvidas del olor de la sangre.

—Ay, dios —dice Sarabeth en tono agudo—. Dios mío, Vee, dios mío —levanta un brazo ensangrentado, pegajoso y brillante y apunta con un dedo ensangrentado al piso.

Se cae una tarjeta, de esas pequeñitas que te envía la florería, sólo que ésta está boca abajo en un charco viscoso y ninguna de las dos hacemos el intento por recogerla.

—¿En serio alguien te dio ese ramo? —pregunta Sarabeth.

—No, me lo regalé yo. ¿Tú qué crees? Obvio algunas perras creyeron que sería gracioso. No pueden decírmelo a la cara, así que hacen esto.

—¿Decirte qué a la cara? —dice Sarabeth y nunca la había compadecido tanto por el cerebro de chícharo que lleva en esa cabeza esponjada como un malvavisco.

La miro hasta que ella aparta la mirada, sonrojada. Ya se acordó.

Esto no tendría que estar pasando. Nada de esto. Las chicas capaces de hacerme algo así en mi noche importante ya no están. No tiene sentido. Porque Harmony y Rachel ya no están. Ori se deshizo de ellas, todo el mundo lo sabe. Ori se deshizo de ellas para ayudarme. Y después nos deshicimos de Ori también, y ahora sólo quedo yo.

Lo que no comprendo es cómo acabó este ramo en mis brazos. Lanzaron algunos ramos a mis pies y otros me los entregaron directamente, con un abrazo, felicitaciones. Todo esto ocurrió frente a todos.

Los rostros se vuelven borrosos. Sonrientes, todos sonríen, así que recuerdo dientes, labios estirados, aliento amargo, a veces un olorcillo a mentas o a algún cigarro furtivo. Nadie parecía albergar la crueldad de regalarme un ramo lleno de sangre falsa, pañuelos mugrientos y una playera sudada y después sonreírme a la cara y felicitarme. Por lo menos nadie que siga vivo.

Siento escalofrío en la espalda. Me recuerda que estuve buscando a Ori —no a las otras dos, sólo a Ori— antes de salir al escenario, que algo tácito me indicó que podría estar ahí afuera, aunque lleva años muerta. No estoy segura de qué creo, pero sé que la vocecita en mi cabeza lo cree.

Vee, estuvo aquí esta noche. Vino hasta aquí para verte.

Quería que tuviera un regalo desagradable y explosivo para no olvidarla, así que lo envolvió en papel rosa, mi color favorito, y en los pliegues rosas metió una tarjetita. La parte de la tarjeta que podemos ver en el piso dice: "¡Felicidades en este día maravilloso!". Es blanca con plata, o lo fue, como si fuera para celebrar un aniversario o boda, el tipo de objeto que te regalan si compras flores. Pero alguien tuvo que tomarse la molestia de comprar esta tarjeta —o por lo menos robarla—, para llevarse el crédito. Si alguien la firmó, la firma estaría del otro lado, del lado que está boca abajo en el charco.

—¿De quién es la tarjeta? —pregunto.

—No quiero tocarla —dice Sarabeth, pero se da cuenta de que quiero que haga justo eso, así que se agacha con delicadeza y la recoge, envuelta y goteando. La voltea y lee.

Su mirada la delata.

A veces se me olvida que ella estuvo ahí hace tres años, no con nosotras, pero en algún lado. También tomaba clases en el estudio, como nosotras, aunque era tan mala que le tocaba en la última fila y era lenta a la hora de aprenderse las rutinas de piso o cualquier combinación rápida. La ignorábamos, pero estaba ahí. Tendría que recordar. Tal vez fue una de las chicas afectadas que corrió entre bambalinas llorando, creo recordar que escuché un par de alaridos de llorona cuando la policía me escoltó a mi casa. Más tarde, me enteré de que hubo una chica que descubrió la sangrienta escena detrás del teatro y se desmayó, lo cual contaminó la zona. Tal vez fue Sarabeth. ¿Eso explicaría por qué me tomó cariño y lo bloqueó todo?

Es gracioso cómo una persona puede ser testigo de las secuelas de un asesinato doble, después de que los cuerpos se enfriaron y la escena del crimen está en silencio, y alguien ya ha cubierto los cuerpos con una sábana de modo que sólo se asoman los pies rosas, y eso baste para impresionarla. Ni siquiera vio qué fue lo que pasó.

Sarabeth tiene los ojos bien abiertos:

—Creo —traga saliva y sorbe la nariz—, creo que esto es horrible, quienquiera que te lo haya mandado…

No asiento. No puedo. Sé que lo merezco.

—No podemos ir a la fiesta del elenco así, Vee —dice Sarabeth, asume que voy a ir y que iremos juntas—. Parece que las dos tenemos el periodo al mismo tiempo.

No parece eso para nada. Parece que cometimos un asesinato horripilante. Y que decoramos nuestros cuerpos con la sangre. Se ve espeluznante.

—Lo tienes en el pelo, Vee. Guácala, también yo. Tenemos que bañarnos y cambiarnos. Vamos a salir por atrás. No quiero que mi mamá me vea así, se va asustar. Además, ¿por qué escribirían eso en la tarjeta? ¿Por qué fingir ser ella? ¿Por qué ser tan malos?

Espera respuestas, como si yo fuera una psicóloga experta o algo así.

Pero no es de las chicas del estudio. Reconozco la letra de Ori.

Pude haber engañado al público, a mis padres, a Sarabeth y al comité de admisión de Juilliard; mi audición los impresionó. La pieza de ballet que preparé fue el baile de *El pájaro de fuego*, de la obra maestra de Igor Stravinsky que se estrenó en París en 1910, y que hace tres años había sido el solo de Ori. Me lo aprendí copiándole a Ori y me lo sabré de memoria para siempre.

Sin embargo, a Ori no la pude haber engañado ni un segundo. Me conocía mejor que cualquiera. No me juzgaba, pero tampoco me evitaba. Sabía quién era yo y aún así, por alguna razón que nunca terminaré de comprender, siempre me fue leal, siempre fue mi amiga. Fui yo quien le dio la espalda.

Como esta noche. Ori hubiera visto a través de mi leotardo, antes blanco, ahora manchado de rojo, y de mi tutú esponjoso, antes blanco, ahora rojo. No el segundo leotardo debajo del primero, sino más profundo, bajo mi piel. Las partes asquerosas de la persona que soy en realidad, la sangre, las vísceras, el lado feo, los secretos viles, la mentirosa que oculto ahí, la persona que soy en realidad, enredada con los gusanos y la podredumbre.

Nunca más

El día que encarcelaron a mi mejor amiga yo estaba a casi doscientos kilómetros de distancia comiendo queso.

Es lo único que como el día de las audiciones, por la proteína, energía y buena suerte. Un trozo de queso en la mañana. Otro una hora antes, para darle tiempo de bajar por el intestino y digerirlo, y un trozo pequeño minutos antes, me lo como tan rápido que casi no lo mastico, así que me da ese último golpecito que necesito antes de salir. El aliento a queso no importa cuando tienes los músculos calientes, los pies se mueven rápido y bailas como la estrella que estás destinada a ser.

Era la primera semana de agosto, el verano de mis quince años. Fue el mismo verano que Ori estuvo en la cárcel del condado, en donde la encerraron antes de mandarla a Aurora Hills. Fue mi primer verano sin ella, cuando parecía que el hoyo en mi vida era descomunal si lo miraba directamente, así que no me permití mirarlo. Estaba en una audición. Estaba comiendo un pedazo de queso. Estaba atando los listones de mis zapatillas, atándolos con esmero en la parte posterior y escondiendo el nudo. Tarareaba a Stravinsky y cuando se volvió sobrecogedor, cambié a Tchaikovsky. Su vida terminó ese verano, ¿y la mía? Apenas comenzaba.

Tenía las piernas en *split*, el estómago en el piso, la columna estirada todo lo posible. Los brazos extendidos. No había nadie del otro lado, frente a mí, para tomarme las manos.

Entonces escuché a alguien decir: "Al norte del estado". Aunque ya de por sí vivíamos muy al norte. Era como si la hubieran enviado a un campo de trabajos forzados en Siberia, sentía que estaba así de lejos. Demasiado lejos como para visitarla.

Ella debió haber estado conmigo en la audición, arrugando la nariz cuando yo sacara mi queso, poniéndome pasadores en el pelo y yo a ella. Pero claro, de haber estado en la audición y no rumbo a la cárcel, con toda seguridad le hubieran dado un papel y a mí no, me hubieran dicho que lo intentara el año que viene y no hubiera habido rosas esperando a mis pies.

La mañana de la audición supe que ese día anunciaban su sentencia. Mis papás quisieron decírmelo. Creyeron que al saberlo me sentiría mejor. Como si me fuera a relajar y eso me ayudara a dormir mejor por la noche, sabiendo con exactitud cuántos días estaría encerrada.

Nadie tenía que decirme que era el día. Ya lo sabía. Lo vi en directo en mi computadora durante los *pliés* matutinos. Vi cómo la vistieron de naranja y la escoltaron frente a los medios. Las cámaras capturaron detalles como que tenía el ojo izquierdo más maquillado que el derecho y me pregunté si se le había acabado el rímel, después me pregunté si, para empezar, en la cárcel tenían o no rímel y qué podría ser esa mancha en su ojo izquierdo. También me di cuenta de que su pelo oscuro y grueso, que siempre envidié, por ser lacio y sin *frizz*, parecía menos abundante y se le veían partes del cuero cabelludo. Me pregunté si era posible quedarse calva a los quince, por el estrés.

También se veía un poco pálida. A lo mejor eran las cámaras o el naranja de su overol reflejado en su piel, pero casi siempre tenía un tono moreno atractivo, nunca necesitaba broncearse, y ahora en pleno verano parecía un demonio. La Ori que yo conocía, la que todos conocían, o que creían conocer, era el tipo de chica que parecía segura de sí misma sin importar su apariencia. No era tan aprensiva como yo. Salía empapada en sudor de la clase de ballet avanzado, resplandeciente, radiante y llena de vida, como si hubiera salido de un comercial de tampones, mientras yo quería meter la cabeza en agua fría y abrazar mis rodillas hasta que dejaran de temblar.

Pero al verla ahí, en las noticias en vivo, me llamó la atención lo que faltaba. Apenas ponía un pie frente al otro, en automático. Llevaba los tobillos encadenados y los brazos detrás de la espalda. El pelo le caía en mechones, tenía la mirada inestable y preocupantemente gris.

La presentadora daba los detalles del crimen, le quité el volumen.

Sólo quería ver a Ori. Ahora la empujaban para entrar por una puerta, no miró hacia atrás ni una sola vez, la puerta se cerró, y la cámara siguió enfocada en la puerta cerrada como si fuera una película europea. Después la cámara giró y recorrió a la multitud, acercándose más a las madres de las víctimas. Entonces cerré la imagen. Terminé mi última serie de *pliés*.

En la audición me senté sola, apartada de las otras chicas, y me devoré el queso que llevaba en mi bolsa. Después me puse de pie, me sacudí y me troné el cuello y los nudillos; intenté no pensar en ella, no me permití pensar en ella, llamaron mi número, me puse en mi lugar, no pensé en ella, hice la combinación, no me equivoqué, todos los pasos fueron precisos, no pensé en ella. No pensé en nada. Ni siquiera sentí mis propios pies, lo cual fue un milagro porque tenía una ampolla inmensa.

Por supuesto, me dieron el papel. En el cuerpo de baile, en donde te tienes que mover exactamente igual que las demás y bailar en el fondo; es la parte menor del elenco, a menos que seas un miembro del equipo técnico y muevas cosas en el escenario.

Me dijeron que me quedé con el papel porque tengo una técnica sólida. Tengo el cuerpo apropiado. Pies decentes. Extensión correcta. Buen nivel de entrenamiento. Tengo mucho potencial. Tengo futuro, si quiero y me esfuerzo.

No dijeron que mi actuación les impresionó, que los dejó sin aliento, que les detuvo el corazón, que fui inolvidable, asombrosa. Si Ori hubiera bailado para ellos, es probable que eso le hubieran dicho a ella, cuando hubieran recobrado el aliento.

En todo caso me quedé con el papel. Y lo conseguí porque después de que enviaran a mi mejor amiga a la Correccional para Adolescentes Aurora Hills al norte del estado, un sitio tan lejos y recóndito que tuve que buscarlo en un mapa, mi suerte cambió. Mi vida empezó a mejorar. Todo lo que hacía era algo que ella no podría hacer, así que tenía que hacerlo mejor. Tenía que ser ella de algún modo porque ella ya no podría ser ella misma. No tenía su talento natural, su chispa. Pero era buena. Y la gente empezó a darse cuenta.

No pude evitar pensar que para cuando Ori saliera de la cárcel, sería demasiado adulta y sería demasiado tarde. Nunca volvería a bailar en un escenario.

Transcurrieron los días después de la audición y de que Ori recibiera su sentencia y la enviaran a Aurora Hill. Hice una lista de nuncas en mi mente: Ori nunca volvería a construir un fuerte con cobijas conmigo. Nunca nos esconderíamos en el fuerte como niñas. Ori nunca me pintaría las uñas de los pies de morado para combinarlas con un moretón. Ori nunca inventaría juegos para darme Cheerios en la boca. Nunca descubriría a Ori haciendo cosas atentas para desconocidos ni burlarme de ella por eso, como abrirle la puerta a personas lentas y decrépitas o buscar en toda la colonia al perro obeso de ese mocoso quejumbroso. Ori nunca se pararía en un escenario e impresionaría al público hasta hacerlo llorar. Ori nunca sacudiría la cabeza y se avergonzaría cuando le dijeran lo perfecta que era. Lo increíble. Lo asombrosa. Lo trascendente. Trascendente, usaban esa palabra. Nunca me pediría que dejara de mencionarlo y yo nunca le preguntaría: "¿Viste cómo te miraron? Es como si fueras la próxima Anna Pavlova". Nunca me preguntaría, horas después, con una voz tímida y nerviosa: "Vee, ¿no te incomoda lo que dijeron de mí, verdad? ¿Me dirías, verdad?". Y nunca tendría que mentir mostrando mis dientes derechitos —ella los tenía chuecos, necesitaba brackets—: "Estoy bien, no te preocupes por mí. Estoy bien". Nunca más.

Planeaba visitarla, algún día. Y planeaba escribirle, algún día. Pensaba qué le diría ya que mi abogado me prohibió hablar con ella, no sólo de los cargos, de nada.

Sabía que algún día tendríamos oportunidad de hablar. Teníamos que. Pero supongo que no había terminado con mis "nuncas".

Porque Ori nunca me volvería a ver y yo nunca volvería a ver a Ori. No intercambiaríamos un hola o un adiós, un quieres un trozo de queso, o me gusta tu leotardo, me lo prestas otra vez. No podría verla a los ojos y averiguar si me odiaba. Si en el fondo me detestaba. Si soñaba con salir y asesinarme con un hacha o un disparo en la sien o si elegiría dispararme en la espalda como los cobardes en los Westerns viejos. Si soñaba con hacerme lo que yo soñaba que ya me había hecho, lo que me despertaba sudando, agitada, con el corazón desbordado.

Lo peor era esto: nunca volvería a ver a Ori con vida.

Siempre recordaría en dónde estaba yo cuando la enviaron a Aurora Hills —la audición, con mi ritual del queso, consiguiendo el papel en el cuerpo de baile—, pero no sé en dónde estaba cuando ella, y todas esas chicas, murieron. No en la escuela porque todavía era agosto. Seguro en el estudio de ballet porque en dónde más estaría, poniendo a prueba los límites de mi cuerpo, como me gustaba cuando tenía el estudio para mí sola e intentaba perfeccionar un paso o lograr más altura en mis saltos o más flexibilidad en mis *splits* o practicar una triple pirueta porque todavía no la dominaba, aunque pronto lo haría.

Ese año la presentación de primavera de nuestro estudio de ballet se había pospuesto, como era de esperarse tras perder tres bailarinas principales del elenco, pero cuando subí al escenario en el verano como el Pájaro de Fuego, el papel que originalmente había sido de ella, estuve mejor de lo que cualquiera esperaba. Mi traje no fue tan complejo como había sido el de ella, pero me veía encantadora, escuché decir a alguien. Inolvidable.

Pude haber estado haciendo un montón de cosas ordinarias el día de su muerte: bañarme por segunda o tercera ocasión en el día. Amoldar mi nuevo par de zapatillas. Viendo representaciones antiguas del Bolshói en YouTube. Compartiendo otra comida con mis padres, después subir a la barra instalada en mi suite para quemar la comida. Exprimiéndome las ampollas de los dedos de los pies. Limpiando mi cuarto.

Lo único que sé es que no estaba pensando en ella. Me mantuve ocupada para evitarlo.

Mis papás me dieron las noticias, juntos, un fin de semana en el sillón blanco de la sala, aunque nunca nos sentábamos en ese sillón, ni siquiera entrábamos a esa habitación, a menos que tuviéramos visitas. Escuché frases raras, fragmentos de enunciados confusos que no tenían que ver con nada, así que más tarde tuve que descifrar la verdad a partir de un par de búsquedas de Google.

—… envenenamiento masivo… —dijo mi papá.

—… el Señor actúa de maneras misteriosas… —dijo mi mamá.

—… estoy segura de que hubo mucho vómito. Cariño, ¿quieres un poco de agua?

—… cerca de The Falls, una zona de viñedos hermosa…

—… sí, querida, algunas eran pandilleras, ¿se dice así?

—… cuarenta y dos muertas…

—… cuarenta y dos chicas…

—… pacto suicida, uno esperaría…

—… nadie sabe bien…

—… ¿se te antoja almorzar paté? —esto último lo dijo mi madre.

Y porque no lo vi con mis propios ojos, creo que no lo creí. No llevaba ni un mes en ese lugar. No podía estar muerta. Todavía no la visitaba.

Cumplí dieciséis durante el otoño tras la muerte de Ori y ese año bailé la parte de Odette en la presentación de nuestra escuela en el teatro comunitario. Y me sentí bien. Cumplí diecisiete el otoño siguiente y bailé el papel de Giselle, lo cual pudo haber sido una hazaña de no ser porque Jon me tiró durante nuestro *pas de deux* y el público guardó un silencio sepulcral, intenté no pensar que en estos días es lo que ella escucha, todo el día. Seguía sintiéndome bien. Cumplí dieciocho. Ella no pudo. Me sentí bien. Audicioné para dos intensivos de verano y para algunas compañías de repertorio, para ser aprendiz, me dio hipo, tuve mala suerte, algunos idiotas no me aceptaron, pero después vi la convocatoria para las audiciones en Juilliard.

La escuela es famosa no sólo por ballet sino por danza contemporánea, por eso mi instructor me dijo que no era lo ideal para mí, pero algo parecía hablarme. Tal vez era Ori. Veía a través de los ojos de Ori. Así que intenté canalizarla, intenté ser ella en la pista de baile, extendí mis horas de práctica, dupliqué los cubos de queso.

Aunque no había bailado *El pájaro de fuego* desde los quince, lo elegí para el solo que preparé para la audición para entrar a Juilliard. Bailé lo que me perseguía. Le debía este reconocimiento. Cuando lo practicaba, en el estudio o en casa, mientras mi instructor me corregía frente al espejo, sentía su presencia, seguía todos mis movimientos. A veces la sentía dentro de mí. Respiraba cuando yo respiraba. Su cuerpo se estiraba cuando el mío se estiraba. Sentía que sus ampollas en los dedos se reventaban cuando las mías se reventaban.

Cuando entré, fue como si las dos hubiéramos entrado. Los meses transcurrieron. Me asusté un poco cuando me diagnosticaron tendinitis aquílea, pero me recuperé y no me fue tan mal. Me sentía bien. Empecé a salir con Jon, lo corté, me sentía bien. Me hice novia de Tommy, que ni siquiera estudió ballet, no me importó. Dejé que Sarabeth, de nuestro estudio, se juntara conmigo. La dejé pensar que éramos mejores amigas. Me gradué de la preparatoria. Promedio general: perfecto. Empezó el verano, mi último verano en casa. Sabía que decidiría cortar con Tommy tarde o temprano. Supongo que permití que la vida siguiera su curso y, mientras tanto, practiqué en la barra todos los días, me miré en el espejo todos los días para comprobar si me veía bien, si me veía decente.

Porque es más difícil ocultar lo que llevamos dentro.

Después de la ovación de pie y el ramo lleno de sangre por el cual Sarabeth y yo tuvimos que salir a escondidas del teatro y regresar a mi casa a cambiarnos antes de la fiesta del elenco, me descubrí haciéndolo de nuevo. Mirando. Ya me había lavado la cara por tercera vez, levanté el cuello, escurriendo agua, para estudiarme en el espejo. Al principio me veía decente. Mojada, pero bien. Después la vi. Había una manchita roja que no había visto, una gotita de sangre falsa en el lóbulo de la oreja. Me la limpio y la pruebo. Sabe dulce.

Sarabeth se asoma por la puerta.

—¿Vee? ¿Me prestas algo de ropa?

—Ponte lo que quieras de la cajonera alta o lo que queda en el lado izquierdo del clóset. Son las cosas que no me voy a llevar.

Ella espera. Como si tuviera miedo o algo.

—Quédatelo —insisto—, lo que sea.

—¿En serio? ¿Estás segura?

—Quédate lo que quieras. Presiento que nunca voy a regresar.

Arruga la cara.

—Ok, no sé si me va a quedar, pero está bien.

Desaparece y después vuelvo a mirar el espejo para comprobar si se me nota la culpa en la cara. Sin importar cuántas veces me lave, sigo viendo rojo.

—¿No vamos a ir a la fiesta, verdad? —me pregunta.

—Na —respondo, aunque sé que mis padres estarán ahí, mis instructores estarán ahí, la profesora Willow, quien ha sido mi instructora desde hace años, estará ahí. Mi mamá ya me llamó dos veces y estoy esperando que lo vuelva a hacer.

Me lavo la cara una vez más. Cuando salgo del baño me doy cuenta de que Sarabeth ha estado rebuscando en mi clóset y tiene una pila de ropa en el piso que se quiere llevar. Sucede en cámara lenta, cuando se estira para sacar una blusa de un gancho y la manga se atora en la repisa superior. La jala y la sacudida provoca lo siguiente.

Cae de las alturas del vestidor y me pega, su punta puntiaguda y afilada me pega en medio de los ojos, directo, como si tuviera un blanco color rojo que no me pude quitar con jabón.

Caigo en el piso alfombrado del vestidor, de rodillas, aprieto la estridente pluma roja en la mano, y veo otro rastro suyo, aunque estaba segura de que había tirado todos. Pero ahí, acomodado con las zapatillas viejas desgastadas, que ya no me quedan, que he roto un poco, que he roto a la mitad, de las que me he aburrido, que he manchado de Coca-Cola, que tienen hoyos en los dedos gordos, suelas negras, listones ralos, ahí. Un par suyo que no había visto. Sé que son suyas por las iniciales dentro de la funda de raso: no vad, de Violet Allegra Dumont. Siempre uso la inicial de mi segundo nombre. Ori me copió y también usó la suya. ocs. Eso dice en el raso. O de Orianna. C de Catherine. S de Speerling. Siento el pulsar de la sangre en los brazos. En el corazón.

Saco un zapato y lo sostengo. La caja está blanda, como papilla, los listones deshilachados y el raso en la parte inferior del dedo gordo, que toca el piso, está desprendido. Huele horrible, como si llevara años pudriéndose bajo tierra.

La plantilla, la pieza rígida que abarca la suela, está tallada tres cuartos con un cúter para darle nueva vida a los zapatos cuando la plantilla se rompe. Esto es común. Ori y yo leímos de este método en internet, las bailarinas profesionales ajustan sus zapatos para poder usarlos más tiempo. Ori no tenía dinero para comprar pares nuevos constantemente y no le gustaba que yo engañara a mis papás para que compraran los suyos, así que hacíamos estos ajustes. Ella sostenía el zapato con firmeza para la operación y yo rebanaba.

Ese corte me hace recordar. Puedo ver el puente, la línea que dibujábamos con el Sharpie, el tallado profundo. Recuerdo la sensación del cúter en mi mano. Estábamos en el vestidor del estudio, las dos en una esquina, y las demás, todo un grupo, cuchicheaban y se burlaban.

Hice un corte profundo, recto, y quería preguntarle: ¿Por qué estás aquí conmigo? ¿Por qué no estás con ellas?

Corté con demasiada fuerza y me corté el dedo. Ella me hizo un torniquete con un pañuelo en mi mano herida y una gota de mi sangre le manchó las mallas. Una manchita diminuta.

Pero eso fue después, más cerca del fin.

Ella pudo haber elegido a cualquiera. Pero al principio yo no tenía a nadie y ella quería a alguien, aunque no lo supiera. El momento se consolidó una tarde, muy al principio de nuestro entrenamiento de ballet, cuando nadie la recogía al terminar la clase. Mi mamá estaba adentro, hablando de hacer una donación al estudio, como haría cada año a partir de entonces, y me pidió que esperara afuera, en el coche. Pero yo me fui a dar una vuelta.

Fue entonces que vi a una chica de la clase: la que tenía el pelo largo, larguísimo, parecía que nadie la llevaba al salón a cortárselo, y tenía un nombre gracioso que parecía inventado: Orianna; como si fueran dos nombres pegados. Hablamos. Tendríamos unos ocho años. Incluso entonces yo tenía mis ideas.

—Un día voy a ser *prima ballerina* —le dije. En aquel entonces le decía lo mismo a todos hasta que años después se volvió evidente y todos empezaron a decírmelo a mí.

—Lo harás —dijo, no anunció que ella también.

—Voy a ser famosa. Todas las noches lo anoto para que en la mañana se haga realidad.

—Qué buena idea —respondió.

—¿Y tú?

Me miró raro, y ahora pienso en ello siempre, como si desde entonces ya supiera que no tenía futuro.

—Todavía no sé —fue lo único que contestó.

Miró el estacionamiento. No se acercaba ningún coche.

—No va a venir, seguro se le olvidó —concluyó.

—Vamos —le tomé la mano. No tenía hermanos, ni amigos cercanos en la escuela, nadie a quien agarrar así, salvo a mis papás cuando me obligaban a darles la mano para cruzar la calle.

Ella tenía la palma delgada y muy suave. Tenía la piel fresca, como si nunca sudara. Me dejó jalarla y no se paró, entonces pensé que no vendría conmigo y estuve a punto de soltarla. Entonces se paró y agarradas de la mano nos fuimos corriendo. Un coche café derrapó en la orilla de la banqueta, frenó justo frente a nosotras y casi nos corta las piernas, con lo cual hubiera terminado con nuestras carreras dancísticas antes de que comenzaran. No era su papá. El conductor tocó el claxon y nos gritó por la ventana. ¿Queríamos que nos mataran y causar un accidente? Pero entonces éramos niñas y apenas estábamos descubriendo cómo vivir. El coche terminó la vuelta en U y regresó a la avenida. Me reí. Creía en escribir mi futuro, pero no sabía cómo cuidar el de ella.

Llevé a mi nueva amiga al coche de mi mamá, abrí la puerta y le mostré el asiento trasero.

—Vamos, súbete.

Todavía me pregunto qué hubiera pasado si ese coche nos hubiera atropellado, si su papá hubiera llegado a tiempo o si ella no se hubiera subido al asiento trasero y no la hubiéramos llevado a casa.

Ahora ya no está. Diez años después estoy en mi cuarto con Sarabeth, doy la vuelta y juro que es como si Ori estuviera ahí, como otras veces, acostada en mi cama, una cascada de pelo lacio y negro, piernas musculosas y ampollas en los dedos. Siento su presencia. Siento su pérdida. También siento el peso de lo que sucedió, en mi cama, y tendré que dormir con esa sensación todas las noches hasta que haga algo y enfrente lo que hice.

Nunca la visité, nunca tuve oportunidad. Si me preguntan, eso responderé. La verdad es que incluso si hubiera tenido oportunidad, incluso si no hubiera sucedido ese accidente, o pacto suicida o comida echada a perder en la cafetería, que fulminó a toda la población a menos de un mes de que la hubieran encerrado, no estoy segura de que la hubiera visitado en la cárcel.

¿Qué le habría dicho?

¿Cómo hubiera sido esa reunión?

Me enteré qué fue de Aurora Hills. Ya está cerrada. No sé en dónde leí que la habían vandalizado. Los pasillos están llenos de grafiti, ventanas rotas y señales de incendio.

La gente que conocía a las chicas que murieron se siente atraída por la reja de entrada al pie de la colina. Había una foto en algún sitio de internet, por eso lo sé. Los familiares y amigos se reúnen ahí. A veces los curiosos o algún morboso a quien le prende la idea de todas esas chicas muertas.

Estamos en agosto, el tercer verano, y dentro de poco la gente se reunirá para recordar. Tengo un deseo repentino. Quiero ir allá antes que las familias; antes que las velas, las canciones, las plegarias; antes del aniversario, antes del 30 de agosto. Antes de irme a Nueva York. Ahora lo veo. En esa pila de cadáveres podridos de osos de peluche que vi en internet, osos con corbata de moño, osos hadas y osos gordos, oseznos escuálidos, los enanos que nadie quiso. En la reja con los osos y las tarjetas con dibujos mal hechos por niños de alguna primaria enajenada, y las flores, la fosa común de flores descompuestas, sí, ahí abajo en algún punto, enterrada en las profundidades, tal vez tenga que dejar algo.

No hay en dónde más hacerlo, no la enterraron en el cementerio, así que no puedo visitar ninguna tumba. Su papá pidió que la incineraran antes de mudarse.

Tengo a Sarabeth encima, con los ojos saltones. Apenas tengo que voltear para decirle que ahora le estoy hablando a ella.

—¿Te apuntas a un viaje por carretera?

—¿Cuánto tiempo? Me mareo en el coche… ¿Puedo escoger la música? —pregunta, pero se da cuenta. Abro la mano y la pluma brillosa, teñida de carmesí, es visible en la palma de mi mano. ¿Recuerda? Yo sí.

Es del tocado del vestuario del Pájaro de Fuego, el último traje que usó Ori, y el último vínculo entre las dos. Ori está diciéndome que eso no es algo que podré olvidar, como intenté hacer con ella. Nunca más, dice. Nunca más.

El hoyo en la reja

Al día siguiente, le pido a Tommy que maneje. Pronto él pasará a la historia.

Sarabeth me asegura que viene, aunque se maree en el coche y no la deje escoger la música. Tenemos que esperar a que salga del trabajo para irnos. Quiere que le preste un suéter porque siempre tiene frío, incluso en verano, y le digo que revise lo que queda en la cajonera alta. Después tenemos que inventarles un pretexto a mis papás y para cuando bajamos las escaleras para encontrarnos con Tommy, ya cayó la tarde. Él nos espera estacionado afuera, no quiere entrar y no explica por qué.

Sarabeth y yo bajamos, vemos su coche en la calle, pero está vacío. Lo encontramos en la rocalla, justo debajo de mi cuarto, como si me estuviera espiando. No está solo.

Tommy está apoyado en la celosía y cuando me acerco me saluda con un gesto de la cabeza, lo cual no es normal en él. Tal vez debí haber contestado su mensaje después de la presentación de anoche. Pero la silueta merodeando en las sombras detrás de Tommy hace que me agarre de la pared para no perder el equilibrio. Aunque no puedo permitir que se den cuenta, así que finjo tener comezón en el tobillo.

Me rasco un par de veces y me enderezo.

—Miles —digo, y asiento con la cabeza.

Mira nada más. El Miles de Ori, el único e inigualable, vestido de negro, qué sorpresa, y con su copete de siempre, como si no tuviera un cepillo. Han pasado años desde la última vez que lo vi y ahora se ve más alto, tiene el ceño más fruncido.

Asiente, no me mira a los ojos. Tampoco me dice hola. Miro a Miles y luego a Tommy, a Tommy y luego a Miles. ¿Y ahora qué, son amigos? ¿Adónde vaya Tommy irá Miles?

Tommy no me mira a los ojos. No aparta la vista de mis pies. Es verano y llevo sandalias, aunque tengo los pies cubiertos. Él sabe que detesto que me mire los pies tan de cerca. Lleva la gorra de beisbol al revés, pidiendo a gritos que la acomoden, y parece que en las mejillas le está saliendo moho, pero me doy cuenta un poco horrorizada de que es su intento por dejarse crecer la barba. Los bailarines de ballet nunca tienen barba.

—¡Hola, Tommy! ¡Hola, Miles, no sabía que venías! —dice Sarabeth, tan distraída como siempre.

—¿Tommy? —quiero una explicación. Quiero que me diga por qué trajo a este chico a mi casa, por qué le permite que vaya con nosotros a la cárcel, a una expedición personal que no tiene nada que ver con nadie salvo con Tommy, que debe manejar porque ya vendí mi coche y Sarabeth no puede pedirle prestada la camioneta a sus papás. Le dije que era un asunto privado. Que no le incumbía. ¿Y su respuesta es invitar al ex de Ori?

Tommy me aparta y me apoya en la celosía para hablar en privado.

Creo que intentará disculparse, explicarme. Pero no. Me besa y me pregunto si no se ha dado cuenta de que están a punto de ocurrirme muchas cosas importantes y que no voy a perder el tiempo volviendo al pasado. ¿No lo entiende? Hay cosas que nunca me pregunta, como: "¿Vamos a cortar o qué?". Ni siquiera: "Oye, ¿tu mejor amiga no es una asesina convicta, no fuiste testigo en el caso, no murió envenenada en circunstancias muy raras y ahora, de la nada, quieres visitar el lugar de los hechos? ¿Qué onda con eso?".

Nada, el chico no me ha preguntado nada.

Lo empujo con suavidad y aparta su cara rasposa de la mía:

—¿Qué está haciendo aquí? —por el rabillo del ojo veo que Sarabeth sonríe e intenta platicar con Miles; más tarde tengo que aclararle a quién le hablamos y a quién no.

—Le pedí que viniera —dice Tommy.

—¿Por qué? —pregunto sin entusiasmo.

—Sabe cómo llegar. Ya ha ido.

—Tu teléfono tiene gps.

Tommy se defiende. Uno creería que le es leal a Miles y no a mí. Miles también quiere verla, continúa, y yo respondo que no vamos a ver a nadie porque ella no está ahí. Pero él insiste: ¿acaso Miles no tiene derecho a venir por haberle mandado cartas o incluso por haberla visitado una vez con su padrastro antes de que ella muriera? Yo nunca estuve en su lista de visitas ¿o sí? Es la primera vez que Tommy habla tanto de Orianna Speerling, a quien ni siquiera conoció en vida. No tenía idea de que tuviera tanta información.

Me quedo callada, me contengo.

—Está bien, Tommy. Entonces vámonos.

Le trueno los dedos a Sarabeth, ella pisa una piedra de costado y casi se cae, ágil como siempre.

Miles sonríe con suficiencia. Él camina hacia la orilla de la banqueta, abre la reja del jardín sin tener que buscar el pasador oculto, porque sabe en dónde está. Antes venía siempre, pero nunca a verme a mí.

Tal vez entonces las cosas entre Ori y yo empezaron a cambiar. Se juntó con Miles por alguna razón misteriosa que nunca comprendí y ya no estaba siempre conmigo, como antes de él.

Ori se asomaba por la ventana para comunicarse con él —tenían varias señales con la mano que ella nunca compartió conmigo—, después volteaba a verme, en mi cuarto, y me decía: —Miles quiere platicar, voy a bajar un ratito.

Entre que se ponía los zapatos y encontraba una sudadera siempre hacía una pausa. Tenía que decirlo porque estaba en mi casa:

—¿Quieres venir? —por supuesto que nunca quise bajar y verla besarse con él en los muebles de mi jardín.

—No, ve, estaré bien —contestaba.

Ella subía las escaleras de puntitas cuando ya había dejado de esperarla. Se metía a las cobijas porque yo ya estaba acostada, respirando acompasadamente para que pareciera que estaba dormida. Susurraba mi nombre, pero muy bajito, con poco entusiasmo. Suspiraba. Daba varias vueltas en la cama, volteaba las almohadas para acomodarse. Después volvía a suspirar y yo lo escuchaba, no podía no hacerlo, llenaba la habitación oscura: el suspiro satisfecho de su felicidad. Yo mantenía los ojos cerrados.

—Vámonos —digo. Nos dirigimos al ridículo coche verde de Tommy; tiene las llantas demasiado grandes y una raya blanca de coche de carreras. Miles me gana el asiento del copiloto, así que me tengo que apretar en el asiento trasero con Sarabeth, quien nos recuerda que puede marearse, pero que no pasa nada, pero que si le pide a Tommy orillarse, esa es la razón.

Miles se sienta con la mirada al frente, jugando con su teléfono. Así me enteré de lo suyo con Ori: con los mensajes que él le mandaba y que ella le contestaba. Ori intentó ocultármelo, como si no me fuera a gustar. Tenía razón.

—¿Estás cómodo? —le digo a Miles— ¿Tienes espacio para estirar las piernas? —tengo el asiento del conductor en las rodillas, así que yo no.

Miles no responde. No necesita hacerlo. El odio que exuda es tan fuerte que casi espero que las ventanas se empañen, que lluevan ranas, que se abra una grieta en la calle de la privada y me trague. Y tal vez después de eso, un tornado.

Cuando empezamos a avanzar, siento un calor en mi cuerpo, distante. Me doy cuenta de que es la mano de Sarabeth. Me está acariciando el brazo. Creo que intenta consolarme.

Me hace recordar.

No es un recuerdo cálido, resplandeciente, que nos incluya a las dos; Sarabeth no significa nada para mí. Me recuerda a una mano cálida en mi hombro. Dos manos cálidas. Si Ori estuviera aquí, me diría que lo ignore. Asomaría su cabeza entre los dos asientos delanteros y le exigiría que fuera amable conmigo. ¿Por qué? Porque ella lo decía.

Ahora que lo pienso, la idea de la presencia de Ori aquí y no en ninguna parte, que es en donde está, provoca un estruendo en mi conciencia.

A ella no le gustaba que la gente me tratara mal. Cuando éramos niñas pudo haber entrado a cualquier grupito en nuestro estudio de danza e irse sonriendo. Pudieron haber sido Harmony, Rachel y Orianna. O Harmony y Orianna, y haber hecho a un lado a Rachel; y tal vez Harmony hubiera sido quien le empezara a decir Ori. Yo no la hubiera conocido, salvo cuando hubiera tenido que ponerme a su lado en la barra para ensayar, o a veces compartir la pista durante una combinación grupal, mientras evitaba sus patadas en las espinillas. Pero ella me eligió a mí, nada más a mí, tal vez porque se dio cuenta de que nadie más me había elegido.

Tenía un don para identificar a los marginales, como si quisiera ser una especie de protectora. Se sentaba con la persona con quien nadie más hablaba para hacer la situación menos incómoda para todos, le ayudaba a sentirse menos solo. Miren a Miles. Él no era nadie, y ella lo rescató de la nada.

Lo miro en el asiento del copiloto, entrecierro los ojos mientras pienso. Hasta que la idea se revierte y me doy cuenta de lo que esto podría revelar: de todas las personas de quienes Ori pudo ser amiga, por compasión o no, me escogió a mí.

El trayecto no es muy largo. A juzgar por mi desidia, cualquiera creería que la correccional está a días de camino, casi en otro país. Es verdad que está al norte, cerca del lago Ontario y la frontera canadiense, pero no vivimos tan lejos de la frontera. Si Tommy respeta el límite de velocidad, cuando mucho son tres horas de camino; es un viaje de ida y vuelta más cercano que las cataratas del Niágara.

—No deberías haberte puesto eso —dice Miles, de la nada. Es lo primero que dice en una hora, desde que salimos de mi privada y entramos a la carretera I-90. No me está hablando a mí, sino a Sarabeth, a quien debe conocer de la escuela, ya que los dos van a una pública.

Ella se sonroja. Siempre reacciona así ante la mínima provocación. Cuando estamos en la barra y la profesora Willow ajusta los brazos de Sarabeth o hace una corrección microscópica a su primera posición, se le incendian las mejillas. Sus pecas revientan como manchas de sangre. Las únicas partes de su cuerpo que no enrojecen son sus manos, sus pies y la punta de la nariz. Es aquí cuando recuerdo, de la nada, por primera vez desde hace siglos, que antes la llamaba Gallito, aunque a Ori no parecía gustarle que lo hiciera.

—¿Qué? ¿Por qué? —responde— ¿Qué tiene de malo lo que llevo puesto?

Lo entiendo antes que ella. Miles se refiere al suéter que tomó prestado de mi cuarto. Tiene rayas y una gorra. Rayas naranjas, rayas amarillas, rayas azules, rayas verdes. Una que otra raya negra. Eran demasiados colores para ponerse al mismo tiempo, resultaba repulsivo y, por supuesto, el suéter no era mío. Era de Ori. Otra de sus cosas que todavía quedaba en mi cuarto.

Miles recordaría el suéter. Recordaría a Ori usándolo. Parecía el tipo de novio que prestaba atención a ese tipo de detalles.

—Se refiere a tu suéter —le digo a Sarabeth.

—Ah, no es mío. Es de Vee.

Miles me mira a la cara. Es la primera vez que me mira a los ojos.

—No es tuyo. Es de ella. ¿Se lo robaste antes o después de que hicieras que la metieran a la cárcel?

Me quedo pasmada. Entonces Tommy toca el claxon como si hubiera un venado en la carretera, sólo que no hay ningún venado, sólo yo. Ori no va regresar, nunca va a regresar, está muerta.

Y Miles tiene razón. Fue mi culpa.

—¡¿A quién le importa de quién es la camisa?! —grita Tommy—. Miles, ¿ésta es la salida? —con esto Miles vuelve a poner atención a la carretera, a nuestro destino, a la reja, al altar dedicado a las chicas que nunca salieron.

Necesito verlo con mis propios ojos antes de pasar página. Sé que no podremos acercarnos al edificio en donde la encerraron, hay rejas y cadenas y todo está cerrado, no vamos a entrar ilegalmente y provocar que nos arresten porque en una semana tengo que estar en Juilliard. Pero tal vez veamos una torre. Un alambre de púas. Algo relacionado con ella. Algo.

¿Será suficiente?

Salimos de la primera autopista para entrar a otra; después, al fin salimos de todas las autopistas y entramos a una carretera arbolada y cada vez más estrecha. El sitio no me resulta para nada familiar, pero al mismo tiempo es todo lo que me imaginé. Hay baches y topes en la carretera mal asfaltada, así que el estómago se me sube a la garganta y Sarabeth deja colgar la cabeza entre las rodillas, dice estar mareada. Estamos subiendo por una pendiente ininterrumpida, pero hay demasiados árboles como para ver a dónde vamos. El cielo se ve más pequeño a medida que los árboles se van cerrando hasta que lo tapan por completo. Estamos cerca.

Siento escalofrío. Casi quiero pedirle el suéter a Sarabeth. Además de eso, no siento nada.

Pasamos un letrero viejo, doblado y oculto entre las hojas. Dice:

Zona de cárcel.
No dar aventón.

Sigo sin sentir nada.

Miles es quien nos dice en dónde estacionarnos antes de que veamos siquiera la reja. O sea que sí ha venido. Tommy no está seguro de dónde dejar su coche. Es tan delicado con la pintura, no quiere que ningún coche lo roce al pasar, pero no es que haya un estacionamiento para visitas. No es que haya *valet parking*.

De pronto, estoy parada en una carretera de un solo carril en un sitio remoto, frente a la entrada de la correccional para adolescentes. En una mano llevo un ramo de claveles que chorrean agua, los compramos en un súper en el camino; en la otra, apretada en el puño, la pluma del último traje de Ori. Algo me dice que ella quiere que la deje aquí.

De algún modo ella verá este gesto mío. Está mirando desde la cima de esa colina, y entenderá. Lo verá y se irá tranquila. Me dejará tranquila. Y las dos seguiremos adelante, hacia nuestros futuros distintos. El mío incluye la emoción y las luces de la ciudad, Juilliard, el escenario, la fama, el reconocimiento y todo lo que siempre he querido. El suyo implica la eternidad en un hoyo negro.

Me acerco al altar patético en la reja cerrada y encadenada. Agradezco que se queden atrás, que me den un momento a solas. No hemos visto un solo coche desde que dimos la vuelta en ese primer letrero viejo que decía "Correccional para Adolescentes Aurora Hills, 18 km". No hay dolientes. No hay turistas. No hay mirones. Nadie que roce el coche de Tommy.

Sólo somos los cuatro y los peluches en la reja.

Me acerco, me acuclillo. Hay velas secas. Ninguna está prendida. La pila de osos de peluche sucios que vi en las fotos en internet sigue aquí. También hay otras cosas. Un delfín azul. Una muñeca para bebé, con cabeza de plástico rígido y cuerpo suave y afelpado. Sus partes están negras por el deterioro y una pierna está podrida.

Hay una caja musical. La bailarina en el interior es del tamaño de los dijes de la pulsera que mis papás me regalaron, la pulsera que a Ori le gustaba tanto, la que me sigo poniendo casi todos los días. Cuando abro la caja, comienza a girar, comienza a sonar y bailar. Pero la bailarina de esta caja es de plástico y se rompe de inmediato en mis dedos. La caja sigue sonando y girando, pero ya no hay nadie que baile. Coloco la bailarina en la palma de mi mano y me la meto en el bolsillo de mis jeans.

Empiezo a leer las tarjetas, las que no están muy desgastadas. Los tres se quedan atrás, tal vez se dan cuenta de lo que me llama la atención, lo que toco y no toco, lo que piso, apachurro, tiro al piso. Ojalá me dejaran sola. Hay algo aquí que me hace querer estar sola.

A un lado, atorada en la reja de hierro, hay una hoja de papel retorcida por el agua. No es colorida. La caligrafía es pequeña, contenida, de un adulto. Cuando me acerco distingo algunas palabras: *despreciable, basura, monstruos.* Me pregunto quién manejaría hasta acá para dejar correspondencia de odio para los muertos.

Cierro los ojos y hago mis respiraciones. Me recuerdo pensar en Nueva York. Una voz en mi interior del tamaño de un mosquito se pregunta si me estaría yendo a la ciudad si Ori nunca hubiera terminado aquí —¿mejor?, ¿peor?—, si la hubieran declarado inocente de todos los cargos.

Entonces lo escucho. Miles.

—¿Sabes que se puede entrar por allá? Hay un hoyo en la reja. La cárcel está en la cima de la colina. No está lejos.

—No es cierto —dice Tommy, gritando. Finge estar sorprendido. Lo sabía.

—Un momento —dice Sarabeth porque nadie le cuenta nada, nunca—, pensé que sólo veníamos a dejar flores. ¿Vamos a entrar? —baja el celular, estaba a punto de tomar una foto.

—¿Para esto vinimos hasta acá? ¿Para ver una reja, darnos la vuelta y regresar a casa? —dice Tommy—. Miles dice que hay una forma de subir. Así que vamos a subir.

—Hay un camino —Miles dice entre dientes—, ya lo he hecho antes.

—Pero ya va a anochecer —dice Sarabeth.

Voltea a verme. Es tarde, ya casi es de noche porque tuvimos que esperar siglos a que saliera de trabajar.

—Entonces llevamos linternas —dice Tommy, como si ella fuera tonta—. Aunque dudo que las necesitemos.

—Pero es ilegal —continúa, casi para sí porque nadie la está escuchando.

Tommy regresa corriendo a su coche y busca linternas en la cajuela. Sólo encuentra una y dice que los demás tenemos que usar la luz de nuestros teléfonos. Incluso tiene unas latas de pintura en aerosol, asumo que las compró justo antes de pasar por nosotras.

Miles me mira. Tiene los ojos negros como lodo; tiene el pelo parado, despeinado, y su boca dibuja una mueca de desdén que me insulta, una contracción nerviosa.

—¿Vee? —Sarabeth dice en algún punto detrás de mí—. ¿Violet? Oye. Mmh, ¿vamos a subir? ¿Por qué no esperamos en el coche?

La ignoro. Todos lo hacemos.

Miles ha estado cerca de Ori y yo no. Él ha subido y yo no. Él ha visto lo que ha visto. Él sabe demasiadas cosas que yo no sé.

Empiezo a recordar cosas. Más cosas. Como cosas que compartieron ellos dos, juntos. Esa vez que me contó que se acostó con él en el sótano de la casa de sus padres, lo importante que fue, que él la abrazó después. Supongo que debí haberme embelesado y decir: "Ay, qué tierno", pero no pude. ¿Por qué para ella todo era tan fácil y para mí tan difícil? Ella casi no practicaba después de clases. Tenía los pies de bailarina más perfectos y flexibles del mundo y no hacía los ejercicios de fortalecimiento para entrenar los tobillos y metatarsos como yo. Ella no dormía en sus zapatillas para moldear sus arcos, ya eran así de nacimiento. Tenía novio y tal vez, incluso, él la amaba.

—¿Qué? —dijo, cuando me contó lo de Miles y yo no había dicho ni mú—. ¿No crees que deberíamos haber esperado, o sí?

—No puedo decirte qué hacer. Siempre haces lo que quieres. ¿Cuándo fue la última vez que pensaste primero en mí? —fue una pregunta muy peculiar, pero ya tendría oportunidad de responderla después.

Ahora aquí está Miles, con resplandecientes ojos negros y los puños cerrados, retándome a subir a la colina, como si supiera algo que yo no sé.

—¿Vienes? —dice. No le pregunta a Sarabeth, no le pregunta a Tommy. Me pregunta a mí.

¿Voy a ir? ¿Veré en donde vivió sus últimos días y comió su última comida envenenada y vomitó por última vez? ¿Tengo el valor para hacerlo? ¿Tengo la fuerza? ¿Tengo el corazón? Es gracioso, más bien triste, porque eso fue lo último que me dijo Ori, en la corte. Fue lo que susurró furiosa cuando los guardias de la corte la sacaron y pasó a mi lado, le escurrían mocos de la cara, y tenía la mirada furiosa, como nunca la había visto. Sus últimas palabras fueron:

—Vee, sabes lo que hiciste. ¿Que no tienes corazón?

Sí tengo. Lo juro. Enséñame el hoyo en la reja.

Empuja

Se cierne en las alturas. El lugar es mucho más grande de lo que creí.

Para cuando llegamos a la cima, después de atravesar matorrales, alambre de púas derribado, maleza con espinas, nos encontramos con la estructura gigante de cemento que el estado cerró hace tres veranos, estamos sin aliento. El corazón nos late deprisa. Incluso el mío; debería tener condición física para escalar.

Miles se hace cargo de una sección de alambrado que está derribada. Si pasamos por ahí, dice, después zigzagueamos por allá y pasamos por abajo, podremos entrar.

—Parece peligroso —escucho a Sarabeth protestar a lo lejos mientras señala un letrero que dice que la reja es eléctrica.

—No hay energía eléctrica —dice Miles—. Hace años la cortaron. No te vas a chamuscar.

Sarabeth se queja con voz estridente.

Miles me mira. Asiento y doy un paso al frente. Una reja eléctrica inservible no me va a detener.

Tommy me mira sorprendido:

—¡No me dijiste que estaba en una cárcel de máxima seguridad!

—Mató a dos personas. ¿Qué esperabas? —siento las palabras salir de mi boca. Casi me duele decirlo y duele más escucharlo. El cielo oscurece como si una tormenta se cerniera sobre nosotros.

A juzgar por cómo Miles me fulmina con la mirada, apuesto a que si le damos una piedra o una de esas latas de pintura o cualquier otro objeto cercano que pueda usar como arma, el conteo de cuerpos se reduciría a tres. Cuatro, su mirada me corrige, si somos honestos e incluimos a Ori.

Le doy la espalda y empiezo a caminar a la próxima reja.

El lugar parece de principios del siglo pasado. Las torres de vigía están vacías, pero siguen pareciendo amenazadoras, nos siguen observando. Las paredes de la cárcel son grises. Los árboles están lejos, apartados con lotes de grava y capas de enrejado. Igual de lejos que cualquier posibilidad de escapar. El lugar parece una fortaleza.

Supe que aquí encerraban a chicas de hasta trece años. No lo entiendo. Vislumbro a Ori. Es su fantasma acercándose por la grava, tiene una mano en la reja más lejana, como la última vez que la vi, a los quince, a punto de cumplir dieciséis. Pero no, no es la Ori que conocí. Es una Ori que nunca conocí. La Ori en quien la convertí.

Lleva un resplandeciente atuendo naranja que me lastima la vista. El sol de la tarde brilla más que antes, su luz la hace brillar como una linterna encendida. Tiene el cabello graso, peinado con raya de lado, chueca; acomodado sin cuidado detrás de las orejas. Lleva una pala, no tiene sentido pero eso es lo que veo. La agarra por el mango de madera. La pala está enterrada en la tierra a sus pies, como si hubiera estado excavando.

¿Qué intenta decirme? Abre la otra mano, extiende la palma, me mira. La aprieta contra la reja. Tal vez quiere que me acerque.

¿Esto es real? Creo que sí. Avanzo, y como no le quito los ojos de encima no la veo y me caigo.

Hay una pequeña zanja en el piso, me tropiezo con ella y me tuerzo el tobillo.

Miles se ríe y al principio Tommy se ríe con él, pero después ve mi cara y se calla. Me da el brazo para ayudarme a salir, pero ya no lo necesito. Estiro el tobillo, masajeo el tendón y pongo algo de peso en mi pie para asegurarme de que está bien. Lo está. Estoy bien.

Por supuesto que cuando miro a la reja lejana, el destello ha desaparecido. Tampoco pregunto si lo vieron. No lo vieron. No pueden. Ni siquiera Miles podría.

—Vamos a entrar —dice. Quiere demostrarme algo, como si pararme al interior de esas paredes me fuera a cambiar más que aquí fuera.

No necesito que me aliente. Siento un impulso, un deseo de acercarme. Estoy encontrando muchas preguntas y quieren respuestas. ¿Cómo sería entrar por esas puertas pesadas de la entrada y escuchar cómo se cierran a tus espaldas? ¿Cómo sería vivir bajo ese techo, al interior de esas paredes? ¿Helado? ¿Te darían un suéter? ¿Cómo dormías? ¿Te daban una almohada, había camas lo suficientemente largas como para estirar las piernas? ¿Los guardias te gritaban para despertarte en la mañana o tenías un despertador? ¿Podías quedarte dormida los sábados o todos los días eran iguales cuando estabas en la cárcel?

No me había permitido pensar en todo esto. Ahora me preguntaba sobre muchísimas cosas. Cosas sórdidas. Cosas de ignorante, como: ¿te registraban desnuda?, ¿tenías que desnudarte?, ¿había violaciones en las regaderas? Si era así, ¿qué usaba una chica para violar a otra? ¿Había disturbios? ¿Guardias enormes y corpulentos que golpeaban a las prisioneras con garrotes? ¿O tenían picanas? ¿Cómo se sentía una descarga? Apuesto a que dentro había nuevas leyes de la civilización que debías seguir. ¿Si eras blanca tenías que ser parte de una pandilla blanca? ¿Si eras negra tenías que ser parte de una pandilla negra? ¿Si no eras ninguna de las dos, de qué banda podías formar parte? ¿Y si eras mitad de una cosa y mitad de otra, como Ori? De todas formas nunca hubiera podido hacer esas preguntas en voz alta, ni antes ni ahora.

También pensaba en otras cosas. ¿Qué harías si estabas a punto de cumplir dieciséis, recién terminado tu juicio, un juicio durante el cual te negaste a decir una sola palabra en el estrado, ni siquiera atestiguaste para defenderte —nunca lo entendí pero supongo que Ori tenía sus razones—, y entraste por esta puerta que acabamos de cruzar, y miraste al pasillo que estamos viendo ahora mismo y te diste cuenta? Te das cuenta. De que ahora ésta es tu casa.

Está oscuro y hay un olor rancio, de algún lugar se filtra agua, es una fuga constante, y hay vidrios en el piso; se siente un frío inconsistente, cambiante, un segundo estás mojada por la humedad y al siguiente estás temblando. Todo está roto. Las puertas, las ventanas. Las paredes están pintadas con grafiti y parece que lleva así varios años. Pero sé que cuando ella estuvo aquí el pasillo en el que estamos parados era muy diferente.

Sarabeth, Miles y Tommy están por ahí, pero no me importa. Intento revivirlo, intento seguir sus pasos, ponerme en sus zapatos, o como se diga, pero no hay nada que pueda hacer para ponerme en su lugar. Ya no.

Si a mí me hubieran enjuiciado, nunca hubiera terminado aquí. Mis padres nunca lo hubieran permitido. Sin embargo, nadie peleó por Orianna Catherine Speerling.

Estoy pensando en eso ahora. Estoy pensando mucho en eso. Tenía un matorral de flores silvestres y hierba en el patio trasero de su casa y le gustaba meter ahí las manos. A veces tenía las rodillas sucias cuando mi mamá la recogía para ir a ballet. Un par de veces Ori llevaba ramos recién cortados a mis padres para que los pusieran en el recibidor, pero eran ramilletes escuálidos y demasiado coloridos para mi mamá, así que dejaba que las flores se secaran en un jarrón sin agua y al día siguiente las tiraba. Un gesto amable, eso decía mi mamá, con voz que revelaba que no lo consideraba del todo amable, en vista de que alimentábamos a Ori en el desayuno y la comida, cuatro o cinco veces a la semana; casi la estábamos criando.

Ori no sabía que mi mamá decía esas cosas. Sólo sabía que las flores desaparecían, así que la siguiente vez que iba a la casa llevaba más. No me importaba lo que mi mamá decía cuando Ori no estaba en casa. Te puedes quedar cuando quieras, le decía yo, y lo decía más por ella que por mí. Mis habitaciones en la planta alta se sentían menos solitarias cuando ella se quedaba.

Entonces ella me tenía a mí. Pero sin mí, cuando le di la espalda, porque mi abogado dijo que tenía que hacerlo, se quedó prácticamente sola.

Miles va adelante. Parece conocer bien el lugar.

—Por aquí —dice—, es por aquí.

Tommy está leyendo en voz alta fragmentos del grafiti de las paredes, que vamos pasando, los apunta con la linterna, ya que está muy oscuro.

—*Ray Ray Six Oh Nine* —Tommy lee las paredes—. *Holla K, las amo, Perras.*

Sigo a Tommy, Sarabeth va atrás, pisándonos los talones, haciendo sonidos a nuestras espaldas.

—*Bridget Love, Bridget Love* —lee Tommy—. *Monstruo. Monstruo. Monstruo.*

Son puras tonterías que no tienen nada que ver con Ori.

—¿Crees que haya *vagabundos*? —me pregunta Sarabeth al oído, con voz de ratón—. ¿Crees que salgan con bats a defender sus casas? ¿Que lleven viviendo en la oscuridad tanto tiempo que les haya salido piel sobre los ojos?

No sé a qué película se refiere, así que la ignoro. Ella no lo oye. Nadie lo oye. ¿Cómo podrían, con Tommy? Ahora está saltando sobre cosas, abriendo puertas a patadas, parándose en las casetas de los guardias, fingiendo ser el sádico a cargo de una cárcel poblada de chicas traviesas.

Escucho un estruendo. Un estruendo lejano.

Miles nos lleva a un ala de celdas, una planta baja y otra alta de puertas de acero, todas rodean algunas mesas en el centro de la habitación. Las mesas están volcadas en el piso. Igual que las bancas. No hay nada aquí que no esté volteado de forma permanente.

Se siente importante que diga algo, pero sólo se me ocurre una tontería, el frío que hace, ahora que entramos a esta zona de la cárcel, aunque parece que soy la única que se estremece, me froto los brazos desnudos porque llevo una blusa de tirantes, se me enchina la piel.

Arriba de la sala —si a este espacio gris y vacío se le puede llamar así—, por encima de nuestras cabezas —y a una distancia imposible de alcanzar sin una escalera—, hay ventanas. En realidad son cortes en el concreto. Estos cortes filtran lo que queda de luz exterior, pero muy poca, no lo suficiente para alumbrar el lugar.

—Estuvo en esta ala —dice Miles y señala una puerta verde—. Esa. B-tres. Me contó en su última carta.

Quiere que reaccione a las palabras "última carta", pero no lo hago. No lo haré. Quiere que le pregunte qué le contó ella en esas cartas y no le voy a dar ese placer.

La puerta a la celda B-3 está abierta de par en par. En la pared de cemento junto a la puerta hay una hoja de papel rota montada en una mica de plástico. Está al revés, casi se desprende. La levanto para ver qué dice, pero sólo puedo entender una palabra y unos números: *38 Smith*, que para nada alude a Ori.

—No es su nombre —digo, y me aparto—. No es su cuarto.

—Hola, tenía una compañera de celda. Creo que se llamaba Smith algo... ¿Ashley? ¿Amy? ¿Anne? Algo con A —dice Miles.

Sarabeth estudia el nombre y toca los dos números:

—Treinta y ocho —dice, reflexiona como si significaran algo—. ¿Qué creen que hizo su compañera de cuarto? ¿Creen que también haya sido una asesina?

Miles le lanza una mirada asesina.

—Tal vez —respondo—, la mayoría de las chicas aquí lo eran —he leído más sobre el accidente, si se le puede llamar así, de lo que todos creen.

Paso a un lado de Sarabeth y Miles para entrar. Tommy está atrás, escalando una mesa.

El tamaño de la habitación es ridículo. En mi vestidor cabrían dos habitaciones de estas con un recibidor pequeño para poner todos mis zapatos. La ventana en la pared es diminuta y la cubre una enredadera, así que está más oscuro de lo que debería, incluso si se hace tarde. Ya le quité la linterna a Tommy —por su conducta no se la merecía—, así que dejo que la luz de la linterna explore todos los recovecos; estoy de pie en la puerta, sólo mis dedos están dentro. Por reflejo, apunto hacia los dedos de mis pies dentro de las sandalias cubiertas. Hay cierto poder en apuntar agresivamente a un pie, sobre todo si nadie lo ve.

Detrás de mí reina el silencio, todos dejamos que la linterna nos muestre lo que fue suyo esa última semana, esos últimos días, hace tres agostos. Incluso Tommy se baja de la mesa y se acerca a nosotros, se asoma.

Hay una litera, como las de los campamentos, pero ésta tiene el ancho de una cama de bronceado y parece de piedra. La litera está atornillada a la pared de cemento, como las bancas y mesas de afuera. Casi todo aquí está pegado a las paredes o asegurado, para no moverlo. Aunque veo una silla suelta, volteada, y sin darme cuenta me estiro para alcanzarla. Ori se sentó en esta silla. Tal vez, si en verdad éste fue su cuarto. Con cuidado meto la silla bajo el escritorio atornillado al piso. Ori le escribió cartas a Miles en ese escritorio, si es que éste fue su escritorio.

De todas formas nunca se sentó aquí para escribirme una carta.

Hay un excusado horroroso, ni siquiera tiene asiento, debió haberlo utilizado frente a su compañera y frente a los guardias y frente a cualquiera que pudiera verla a través de la puerta, y los olores, la vergüenza y la falta de humanidad. Me aparto del excusado, pero no hay a dónde ir. Nadie podría bailar en un cuarto como éste. Si extiendo una pierna, golpearía la pared con fuerza

La ventana microscópica está abierta, pero tiene barrotes, así que nadie podría haberse salido por ahí. La litera de arriba está cubierta de hojas secas, hojas verdes, agua fría y turbia y un manojo de ramas. Una flor rosa brota de la punta de una de las enredaderas, luminosa como veneno. No es una rosa como las que lanzaron a mis pies. No sé qué es. La toco y una espina enterrada me corta.

Tengo a Miles a mi espalda, demasiado cerca en un espacio tan reducido. No hay suficiente aire para los dos. Nunca lo hubo. Pero no piensa irse y no pienso irme, y uno de los dos tendrá que decir algo, uno de nosotros tendrá que decirle al otro que se quite, que deje salir.

Ya no veo a Tommy así que me imagino que está por ahí divirtiéndose, subiéndose a cosas, estrellándose en ellas o rompiéndolas. No veo a Sarabeth, así que debió haberlo seguido, tomo nota para verificar por qué está pasando tiempo a solas con mi novio de forma voluntaria, aunque tengo planeado cortar con él antes de irme a Nueva York la próxima semana.

—¿No te la imaginas aquí, verdad? —dice Miles

Otra vez escucho el murmullo discreto a la distancia. Ahora es un grito lejano y lo que parecen cantos, como si afuera se desarrollara un juego de futbol. Muy discreto. Muy difícil descifrarlo. Pero Miles me hizo una pregunta y por cómo me mira —me mira la boca, esperando que se abra y revele mi respuesta— sé que no dejará que vayamos a ningún lado hasta que le haya contestado.

—No, no puedo —respondo.

No me imagino a ningún conocido aquí. Y no es porque no tenga imaginación. Es porque nunca creí conocer a nadie que haría el tipo de cosas que desembocaran en encarcelamiento en una correccional como ésta. Parece una cárcel de verdad, para criminales de verdad. Después recuerdo y doblo los dedos de los pies.

—Sí —contesta. Mi respuesta fue la correcta.

A veces tengo mis dudas sobre él, sobre qué tanto confiaba en Ori. Me pregunto si de verdad cree que era inocente. Me pregunto si pelearía por demostrar su inocencia. Me pregunto qué haría si viera el filo de un cuchillo apuntándole, el filo ensangrentado en manos de una mano sanguinolenta. ¿Intentaría quitármelo o gritar para que me detuviera? ¿Correría?

—Pero yo intento imaginármelo —continúa, y camina de un lado a otro, bloquéandome el paso. Tiene las piernas largas, sólo necesita dar un paso de un lado al otro frente a la entrada, un paso, una y otra vez, un paso—. Creo que lo necesito. Por eso he venido aquí. Con ésta son tres veces. Pensé que al hacerlo lo entendería mejor.

—¿Y bien? —pregunto en voz baja.

Miles y yo siempre nos parecimos en algunos aspectos: podíamos ser muy serios, nos retraíamos y sólo Ori podía animarnos a salir. Ella lo decía. Si Miles se hubiera metido en problemas, me pregunto qué hubiera hecho ella para protegerlo. Es decir, qué tan lejos hubiera ido. ¿Lo suficientemente lejos como para no regresar? ¿Tan lejos como hizo conmigo?

—No —contesta enojado—, no tiene sentido.

De ser necesario, podría entender por qué a Ori le gustaba este chico. Es difícil no hacerlo. Tiene un andar fluido, cualquier bailarín se daría cuenta de ello, y una mirada intensa cuando eres tú a quien contempla. Es como verte envuelta en el centro blanco y cálido de tus propios reflectores.

Me atrae, siempre me atrae ese tipo de luz, es un poco retorcido de mi parte, pero si él pusiera la mano sobre mi hombro y la dejara caer o si se diera la vuelta y su boca se acercara a la mía, no sería yo quien se apartara.

—Yo esperaba, esperaba que estar aquí facilitara, ya sabes… —ni yo lo sé, ni siquiera sé qué intento decir—. Que todo esto tuviera sentido.

—No —se da la vuelta y ya no puedo verle la cara—. La única persona que puede lograr que tenga sentido eres tú.

Siento un ardor en las mejillas propio de Sarabeth y tengo que desviar la mirada.

—Tú —repite.

Hay algo pegado a la pared que está a punto de caerse, está chueco e inclinado hacia un solo lado, parte de la cabecera de la cama lo tapa, y me distraigo con eso. Es un pedazo de papel que se ha aferrado a esta pared durante tres años. Estiro la mano para ver qué es.

—Violet —detesto cómo dice mi nombre. Suena a *violento*.

Arranco el trozo de papel y me distraigo estirándolo. No puedo imaginar a Ori aquí, ni en la cama, ni arriba ni abajo ni en esa esquina o aquella, tampoco de pie en el espacio mínimo que ocupa Miles, ni en la silla ni el excusado ni en la pared, apoyada en ella, tampoco en el piso de concreto. Sin embargo, de repente la imagino con este papel que rescaté, este dibujo, y estoy segura de que lo tuvo en sus manos.

Es una cabeza. Una cabeza sin hombros.

Algo me llama la atención de la cara. La boca está apretada. Los ojos, crueles. Las orejas sobresalen. Es sencilla, es honesta, es llamativa. Apago la linterna para no verla.

Miles dice lo que pienso:

—Se parece mucho a ti.

Cuando lo dice sé que es verdad. Es un dibujo de mí. Ella estuvo en esta celda y me dibujó y dejó el dibujo aquí para que yo lo encontrara. Mis manos ya no pueden sostenerlo y lo tiro. Y es cuando estoy agachada de espaldas. Es en ese momento.

La puerta de la habitación se cierra con violencia.

Miles está del otro lado, afuera. Y soy la única que sigue en la habitación.

Para llegar a la puerta no puede haber más de un par de pasos, pero en la oscuridad repentina que se cierne sobre mí como si me hubieran cubierto la cabeza con un costal, pierdo toda orientación. Avanzo y me golpeo la espinilla con lo que podría ser el excusado. Me salpica un líquido tibio y limoso. Me aparto y me golpeo con una pared. Me hago a un lado y un pedazo de lo que se siente como acero me hace una incisión en el cuello. Podría ser la cama. Retrocedo con la mano en la garganta. Me envuelve un susurro que parece proceder del interior de las paredes, como si viajara de las habitaciones contiguas, las circundantes y las superiores, como si se colara por el cemento.

¿Va a llorar? Hay que esperar. Apuesto cien pesos a que la perra enloquece.

¿Quién? ¿Yo?

—Basta —grito—. Basta.

Estoy acalambrada, cortada por todas partes, atrapada. En el túnel para fumar, las dos lo estuvimos. Después ella me dijo que me fuera. Me dijo que escapara, que ella se encargaría, se echaría la culpa. Me dijo que corriera y corrí, y parte de mí ha estado corriendo desde entonces.

¿Si hubiera contado eso en la corte, hubiera servido de algo? ¿Hubiera terminado aquí, con ella? ¿Las dos hubiéramos comido el veneno y nos hubieran recordado con un oso de peluche putrefacto en la reja?

Regreso al presente y los susurros se detienen, las paredes respiran y se asientan, y reina el silencio de nuevo. El silencio total y el aroma persistente a polvo. Estornudo.

De algún modo llego a la puerta con los brazos estirados al frente. Creo que es la puerta. Levanto la vista y no está tan oscuro como antes, hay una ventana de cristal en la puerta y puedo ver hacia afuera. Lo cual quiere decir que alguien puede ver hacia adentro. No puedo mantener encendida la linterna.

El rostro de Miles está enmarcado en el hoyo. El sonido de su risa se escucha amortiguado, pero deduzco por la forma de su boca que se está carcajeando.

Intento abrir la puerta, pero no cede.

—Muy gracioso. Déjame salir, Miles. Abre la puerta.

—¿Cómo se siente? —dice del otro lado del hoyo con su rostro—. ¿Te estás acostumbrando?

—Miles, la puerta —digo con la boca pegada en el cristal.

—¿Cuántos años crees que aguantarías en una celda como ésta?

—Miles, abre la puerta.

Primero cierra los ojos, como un parpadeo lento, como si lo estuviera pensando, y después cierra el hoyo. Hace algo, no sé qué, para taparlo, así que ya no puedo verlo a través de la puerta. Podría ser que está tapando el hoyo con la mano o que cerró la compuerta de acero.

Vuelve a estar oscuro. Estoy jalando la puerta con todo mi peso y no hay nada que pueda hacer para abrirla.

Ya no lo escucho del otro lado. Esta habitación está aislada, la puerta es así de gruesa. Me encerró y piensa dejarme aquí, en esta habitación diminuta y oscura.

El frío se vuelve más intenso, me hace cosquillas, como un enjambre de mosquitos o tábanos, salvo que no hay calor de verano. Tengo miedo de volver a escuchar esos murmullos burlones. Escucharlos llamarme perra. Estoy temblando y despido un vaho cristalino, el frío se me filtra en los huesos. Me pregunto si así se siente morir sola.

—¡Déjame salir!

Entonces escucho algo muy extraño: el sonido metálico de una cerradura abierta. La puerta parece vibrar, aunque nadie dijo que Miles tuviera una llave. Hay un momento en el que olvido en dónde estoy, quién soy y qué hice.

Estoy en la puerta. Toco la superficie helada y lo siento. Un zumbido.

La empujo y abre hacia afuera. Nunca estuvo cerrada, ¿o sí? Sólo tenía que empujarla.

Corre

¿Oscureció más? Estuve en la celda de Ori con la puerta cerrada unos minutos y ahora el amplio espacio exterior está inundado de oscuridad, tibia y pegajosa como el alquitrán, me hace sudar y la ropa se me pega a la piel ya de por sí pegajosa. Siento que las gotas densas me escurren por la espalda y se acumulan en el coxis. La humedad se filtra por mi pelo, me pica cuando llega a los ojos. Me avergüenza haber actuado así, haber gritado. Además me duele el cuello por el golpe que me di en la cama rígida, también la cadera por el golpe que me di en la pared, y tengo inflamada la espinilla.

—¿Tommy? ¿Sarabeth?

Hay un sonido distante, un eco de amplio alcance, pero bien podría ser mi propia voz chocando en las paredes.

Tommy y Sarabeth no están por ninguna parte.

Aunque me odio por hacerlo, le grito a él.

—¿Miles?

Es inquietante que llegué a contemplar por un segundo que él podría besarme y todavía peor, que estuve a punto de responderle el beso. Que ni siquiera consideré apartarlo.

No hay respuesta. Nada. Miles no está. Tampoco Sarabeth, ni Tommy. No hay nadie.

Comienzo a caminar, la linterna se prende y apaga. Ahora decide volver a funcionar.

No puedo confiar en mis oídos. Sigo escuchando espirales de sonido, pero cuando me detengo e intento escucharlos bien, desaparecen. ¿Sarabeth está gritando? ¿Es Tommy? No, es demasiado ruido como para provenir de una persona. Esas hendiduras que sirven de ventanas apenas permiten el paso de la luz y mi linterna sólo alumbra un círculo diminuto y tenue. Lo único que puedo hacer es seguir caminando por este pasillo.

Me viene a la mente una canción de Beyoncé y ni siquiera me gusta Beyoncé. No me la puedo quitar de la cabeza, pero después se me va, la melodía, la letra. Ni siquiera recuerdo qué canción era.

Las paredes se cayeron en esta sección del pasillo. Hay repisas volteadas cuyos contenidos están en el piso. Me tardo un poco en darme cuenta de que el piso blando y musgoso por el que estoy caminando no es pasto sino papel húmedo y podrido. Son libros. Un mueble bloquea el paso como un árbol caído —otro librero— y tengo que escalarlo. Mi sandalia se atora en un montículo de libros inundados, lo que alguna vez fue una copia de *Desayuno en Tiffany's* se me pega a la suela del zapato. Me lo sacudo de encima. Cuando paso todo esto me doy cuenta de que ya no llevo la linterna en la mano, debí haberla tirado.

Escucho a Tommy. Está gritando que encontró el tomacorriente —siempre le ha gustado jugar con enchufes y estar a punto de electrocutarse— y que quiere ver qué pasa si sube el interruptor. En la próxima esquina o la siguiente, le grito que deje de hacer tonterías, pero es demasiado tarde. Ya lo prendió. Activa la energía eléctrica.

Se encienden varias luces. Pero el resplandor es de un verde nauseabundo, turbio, y el sonido es estrepitoso, ensordecedor: una sirena de ataque aéreo, como si estuviéramos en un bombardeo.

Escucho maldiciones. Tommy hizo alguna tontería. Destellan luces y se revientan focos, hay un hedor a quemado en el aire que pica la garganta. También una chispa que desaparece muy rápido, como un rayo. Mi brazalete de dijes de oro capta la luz.

Me toco la pulsera en la muñeca. Sigue ahí. A Ori no le interesaban las cosas costosas, pero siempre le gustó esta pulsera. Le gustaba jugar con las bailarinas que cuelgan de la cadena, las hacía bailar en mi muñeca. Sabía que cada año mi papá me regalaba un dije nuevo de cumpleaños, de 24 quilates, y sabía que no me daría cuenta si faltaban uno o dos dijes porque tenía muchos, pero nunca le quité uno para dárselo. Tampoco le presté la pulsera para que se la probara en su muñeca, ni siquiera en la seguridad de mi cuarto para que no lo perdiera.

Estoy en un espacio abierto. Ahora reina el silencio. Mis ojos ya se acostumbraron a la oscuridad, así que puedo leer lo que está escrito en las paredes: secciones de grafiti, polvo derruido, tubería expuesta, cojines de lo que con seguridad era asbesto. Levanto la mano para cubrirme la boca y la nariz.

Y entonces siento un golpe. Algo me atraviesa. Una sacudida fría, en la cara, y luego nada. Es otra cosa que no tiene sentido. Y sé que no le puedo contar a nadie, ni a Sarabeth, ni a Tommy, pero sobre todo no Miles, porque no me creerían y no quiero que me hagan preguntas. No me quiero hacer preguntas.

Sin embargo, la veo. O a alguien. Y juro por mi vida que veo a alguien que hace dos segundos no estaba ahí. Doy un paso al frente. Sé que esto no tiene sentido, pero digo su nombre. Digo:

—¿Ori? ¿Eres tú? —y ella no responde, pero percibo que alguien arrastra los pies, se desplaza en la oscuridad, un movimiento rápido, cada vez más rápido, un baile cuyo ritmo no puedo seguir y soy la única que siempre sigue el ritmo.

Ella viene por mí, las piezas y partículas que la conforman forman un rayo difuso de luz grisácea, las partículas y piezas caminan en piernas humanas. Está vestida de verde. Me ve y baja las escaleras hacía mí, está vestida de verde y viene para acá.

Ya está aquí, a centímetros de distancia, y dice en voz baja, parece casi un gruñido:

—¿Quién eres? ¿Cómo entraste?

De repente veo muchas cosas al mismo tiempo: el verde es verde militar, no es un color brillante y vívido que a Ori le hubiera gustado, para nada. La figura no es tan alta como Ori, porque ella siempre fue más alta que yo, por lo menos un par de centímetros. La figura no es igual de delgada que Ori, quienquiera que sea, es robusta y tiene el pecho fuerte y grueso, es casi un tractor. Su voz no suena para nada a la de Ori.

No sé quién es. O *qué* es.

Doy un paso atrás y balbuceo:

—¿Quién eres?

—¿Quién eres *tú*?

—¿Qué haces aquí?

—¿Qué haces *tú* aquí?

Estoy intentando comunicarme con un fantasma.

Mis piernas toman el control, como suelen hacer cuando me aprendo de memoria una combinación y es mi turno. Saben lo que hacen, mis piernas. Las he entrenado bien. Aquí van, pero no están haciendo un *pas de bourrée* o un *pas de chat* ni ningún paso rápido que mis pies pueden marcar de memoria. Hacen lo que necesito que hagan, la acción más elemental. Corren.

CUARTA PARTE

Amber y Orianna

Ella está feliz en donde yace
con el polvo en los ojos.

Edna St. Vincent Millay,
"Epitafio"

Me encontré

Me encontré sola por primera vez en tres años, un mes y trece días. (Llevaba la cuenta.) Tenía una celda para mí sola, con la puerta cerrada y el hoyo de la ventana cubierto y oscuro. Tenía privacidad.

Sólo que todas sabíamos que debíamos tener cuidado con lo que deseábamos. Tal vez era mejor no desear mucho. Porque esto no era un regalo, era la celda de aislamiento, en el ala D, una sección de la Correccional para Adolescentes Aurora Hills de la que sólo había escuchado hablar, en relatos contados de boca en boca y un par de mentiras exageradas. (Sabíamos que había una chica que había intentado morderle las orejas a otra y que, después de dos incidentes distintos, la habían dejado en el ala D y nunca había vuelto a ver la luz, como un hongo carnívoro. Las Suicidas, como les llamábamos, también estaban en esta ala, en donde se hacían rondines nocturnos constantes. Oficialmente se le conocía como Vigilancia Suicida. Registraban a las Suicidas desnudas para buscarles plumas y lápices todos los días al terminar las clases, porque en 1993 una había intentado cavar un hoyo en su propia garganta con una Bic azul. Sólo una de esas historias era mentira.)

En mis años en Aurora Hills, había pasado mi carrito de libros por la entrada del ala D muchas veces. Me desviaba a propósito, iba más lento, permitía que el carrito se atorara, y aprovechaba para asomarme. Se veía más gris que las otras tres alas y se escuchaban más aullidos. En mis viajes sólo eso podía escuchar o ver.

Sin embargo, ahora estaba dentro y no sabía cuánto tiempo me quedaría aquí. Cuando llevaban a alguna a Aislamiento, mejor conocido como el hoyo, ninguna sabía cuándo la dejarían salir. Había escuchado rumores de que la comeorejas seguía ahí.

Las puertas de Aislamiento eran diferentes de las puertas verdes de las alas regulares. Así como mi ropa, que ahora era amarilla, para identificarla con facilidad en un pasillo a oscuras si las cerraduras volvían a abrirse y yo salía por segunda vez en un fin de semana. Las puertas eran más gruesas y estaban reforzadas con paneles, como barricadas blindadas. Eran grises, como concreto, como si hubieran creído que no valía la pena pintarlas. La superficie era rasposa y áspera al tacto, lo descubrí cuando me estampé con la puerta, intentaba llamar la atención de alguien al otro lado del hoyo. Mi cara y cuello se llenaron de chichones. Rasguños en los antebrazos, y las palmas de las manos rezumaban y me picaban.

Esa fue la primera noche. Y debí haberla pasado en el piso.

Fuera del ala D, la mayoría habíamos vuelto a nuestras celdas. El último sonido de la noche que casi todas escuchamos fue el sonido metálico de las cerraduras cuando cada una de las puertas de acero se cerró detrás nuestro. Se nos oprimió el corazón, el ánimo se nos vino abajo. Se nos hizo el ya familiar nudo en el estómago. La noche llegó a su fin.

También escuchamos otras cosas pues nos quedamos despiertas en busca de respuestas. Escuchamos la conversación amortiguada de los guardias al otro lado de nuestras puertas cerradas. No podíamos entender todas las palabras, pero sentíamos la conmoción en sus voces, la confusión, incluso quizás el miedo. No era frecuente presentir el miedo de nuestros captores.

Los guardias estaban relatando lo que les había pasado cuando las cerraduras se desactivaron: nadie vio nada, a todos los que tenían el turno nocturno, en todo el recinto, los había sorprendido. Uno había estado en el baño. Dos habían salido a fumar. Uno estaba revisando los fusibles y se había quedado atorado en el sótano a oscuras, llegó a la salida a tientas. Esta coincidencia tan espléndida nos pareció mágica, milagrosa, cualquiera de las dos cosas, porque al final nos proporcionó lo mismo.

No nos compadecimos de los guardias ni tantito. Esperábamos que los amonestaran por perdernos de vista, que el castigo fuera severo. Algunas queríamos que los despidieran. Un par fantaseaba con alinearlos contra la pared detrás del recinto y darles una paliza con cadenas.

Algunas todavía teníamos las marcas de sus manos en el cuerpo, de cuando nos agarraron, o los tímpanos reventados de las detonaciones de sus armas cuando nos gritaron que nos tiráramos al suelo. A una chica la descubrió Minko, el peor guardia, en las escaleras, y gracias a él no podría sentarse en una silla durante días.

Estábamos reuniendo nuestras propias historias. Eran nuestras, no suyas.

Lo último que Jody —del ala B— recordaba de la hora que pasamos fuera de las celdas era que un guardia le azotó la puerta en la cara. Sonrió cuando él dio el portazo. La noqueó, pero no se sintió tan bien como cuando se lo hacía a sí misma.

Otras nos dimos la vuelta cuando escuchamos que venían los guardias, como Cherie, que regresó corriendo a su celda en el ala B como si nunca hubiera salido, y escondió su cara debajo de la almohada como si hubiera estado ahí toda la noche. Peaches se quedó quieta en un rincón oscuro hasta que fue seguro salir. El ala A la esperaba cuando regresó. Natty cantó en voz baja, con la mirada en el piso para que no la acusaran de insubordinación y cantó más fuerte cuando salió a asomarse, pero regresó corriendo al ala A en cuanto le dijeron que estaba fuera de línea.

Un par de nosotras no participó para que no nos culparan.

En el ala C Mack había aprovechado la oportunidad para soñar despierta. Imaginó su vida hacia atrás: comenzó por *no* ocultar su paquete de reserva en su casillero de la escuela y *no* dando un codazo en la cara al subdirector, lo cual provocó su expulsión y encarcelamiento posterior; se remontó cinco años, seis años, siete, ocho, nueve años, al primer error que ella creyó que había desencadenado todos esos eventos. Tenía ocho años, llevaba unas trencitas y unos tenis nuevos impecables, pasó al lado de esa bici rosa en la banqueta y *no* la cambió por la suya. Se imaginó —y seguía haciéndolo cuando regresó su compañera de celda— dejando la bici en su lugar.

Lola recordó algo. Cuando había salido corriendo de su celda, había volteado con rapidez para ver a Kennedy —era un costal de pelo encrespado en el piso, apenas parecía un ser humano— y después la multitud la había absorbido, su cuerpo había salido disparado por los pasillos con nuestros cuerpos, sus pies habían golpeado el concreto en la estampida, al compás de los nuestros, y olvidó que había dejado a Kennedy inconsciente o tal vez incluso muerta, y pensó cuánto tiempo añadirían a su sentencia si Kennedy estaba muerta.

En cuanto entró a la celda, Lola revisó el piso, pero Kennedy no estaba en donde la había dejado. A Lola se le atragantó la idea envidiosa de que quizá Kennedy, la que se comía el pelo, el de todas, Kennedy, la que menos lo merecía, Kennedy, la más repudiada, la más patética, hubiera sido la única que hubiera escapado. Después murió de risa cuando se dio cuenta de que Kennedy había regresado a su cama, como un animal herido que va al campo a morir.

Un guardia descubrió a D'amour afuera, tenía una mano chamuscada pegada al alambrado eléctrico, pero esa noticia no circularía hasta después.

La mayoría volvimos a nuestras celdas. De todas formas algunas dormimos sonriendo, teníamos los músculos de la mandíbula adoloridos de tanto sonreír. Algunas escuchamos el llanto de nuestras compañeras en las literas superiores o inferiores y les dijimos que se callaran o no pudimos decir nada porque nosotras también queríamos llorar.

Les tomó horas reunirnos a todas, contarnos, regresar y contarnos de nuevo. Creímos que ese sería el suceso del verano: la noche de la que se hablaría en los años venideros, una leyenda dentro de estas paredes, un destello reluciente del sol. No teníamos ni idea.

Cuando los guardias terminaron sus rondas, nosotras hicimos nuestro propio conteo.

Pasamos lista en la oscuridad, desde el interior de nuestras celdas. Si alguien faltaba, queríamos enterarnos primero, antes de la campana matutina y de que se encendieran las luces fluorescentes.

—¿Estás ahí? —dijo una voz a través de los conductos de la calefacción en el ala C.

Los conductos del ala A respondieron: —Estoy aquí. Y cada vez más respuestas: "Aquí. Aquí. Aquí".

Dijimos nuestros nombres. Reclamamos nuestros espacios. En el ala B los conductos estaban en el piso y en el verano se levantaban nubes de polvo (aunque permanecían en silencio cuando necesitábamos ese silbido en invierno para entrar en calor), pero desde cierto ángulo, cuando nuestra vista se ajustaba a la luz tenue, se podía percibir un movimiento difuso de la celda contigua. El ojo de la celda contigua. La boca de la celda contigua. La voz clara como el cristal, incluso si la cara parecía cortada y rebanada por la rejilla.

Aquí. Regresamos. No llegamos muy lejos. Nuestras voces expresaron desilusión al decirlo. Aquí, aquí, todavía aquí.

Esa noche, en todo Aurora Hills, hablamos entre nosotras. Revisamos. Pasamos lista. Los guardias no nos hubieran podido detener.

Todas queríamos saber qué tan lejos habíamos llegado.

Las que nos habíamos quedado en nuestras camas guardamos silencio. Quienes habíamos llegado hasta la zona de visitas, habíamos roto el cristal de la máquina expendedora y nos habíamos atascado de botanas saladas hasta que se nos escaldó la lengua, contamos eso, pero las chicas que se habían aventurado hasta las puertas, que habían intentado abrir las rejas, con la vista puesta en la calle, esas fueron las que contaron sus aventuras con verdadero orgullo.

De haber estado en el ala B, como de costumbre, yo también me habría comunicado por los conductos como las demás. Hubiera pensado en D'amour y hubiera preguntado si alguien la había visto. Hubiéramos sacado conjeturas, cuánta electricidad podía atravesar un cuerpo antes de que fuera demasiado y muriera. Pero, sobre todo, hubiera escuchado lo que decían las demás. No me hubiera dormido hasta haberlo escuchado todo.

Sin embargo, en el ala D descubrí que no había forma de comunicarse salvo golpeando algo pesado contra la pared. No había mucho que golpear porque no se permitían sillas ni artículos personales, no obstante, había manos y brazos, piernas y pies. Siempre habría algo que estrellar contra la pared, si te ponías a buscar.

El ala D tenía su propia clave Morse y la aprendí rápido, aunque no hubiera tenido muy claro el significado de los códigos. Asumí que tres golpes cortos significaban que estábamos sobreviviendo en el abismo, vivas y coleando, otro conjunto de golpes y ritmos significaban "ánimo, hermana" y "¿estás despierta?" y "a la mierda la policía". Dos golpes eran "tenemos hambre", aunque nuestras vecinas no podían hacer nada al respecto. Un golpe con todo el cuerpo podía significar muchas cosas: "Sáquenme de aquí", una obviedad. "¿Los intestinos de atún que hicieron pasar por sándwiches estaban asquerosos, no?". Estoy protestando arrojando todo mi ser contra esta pared. Si una chica colapsaba y su cuerpo se estrellaba contra la pared, significaba, tal vez, que se había desmayado. No estaba segura.

Intenté comunicarme con ruidos sordos y golpes con las manos y pies, pero después de un rato quedé adolorida.

Amber.

Ala B.

Pude salir.

Creo.

Vi a alguien que no debía estar aquí.

Lo juro.

Pude correr, pero no lo hice.

No sé por qué.

Todo esto se convirtió en tonterías en la pared, pero no me impidió seguir intentando. En general me sentía vinculada a las otras chicas, aunque no me hicieran caso en el almuerzo o chocaran con mi hombro en el pasillo y siguieran caminando. Ahora me sentía aislada.

Luego de un rato se extinguieron todos los intentos por comunicarse. Estábamos cansadas.

Cuando despertáramos bajo la luz severa de la mañana, detrás de nuestras puertas cerradas, esto parecería una masacre.

Lo sabía mejor que cualquiera. Cuando me atraparon había estado mojada de agua de lluvia, con la garganta abierta, lodo en el pelo y las pestañas, la arenilla del lodo en la boca. Estaba fuera del recinto. Creo que fue Long o Marbleson. En algún momento, cuando estaba pateando, me sujetaron dos para controlar mis piernas, y no fue mi culpa que me soltaron una y Marbleson (¿o Long?) terminó con el ojo morado. Me acusaron de atacar a un guardia.

De lo que estaba segura era de que nuestras paredes volvían a estar verdes y limpias. Como debían estarlo. E incluso con el estrés de pasar la noche en el hoyo, éste era un consuelo menor que abracé muy de cerca, como hacía todas las noches con mi borrego de peluche, antes de que mi madre se casara con él, cuando todavía era una niña feliz.

Llegó la mañana. La mañana del domingo. ¿O era lunes? No podía ser martes, ¿o sí?

Me senté en el piso de mi celda en Aislamiento. Encontré mis pies. Me ardía la garganta de tanto gritar, así que no dije nada, me la froté por fuera, acaricié mi piel, como si eso me ayudara. Tenía la piel al rojo vivo por las paredes de lija. Me puse de pie. Me mareé y me volví a sentar.

Aquí en Aislamiento las luces estaban prendidas a todas horas, por lo que las horas pasaban desapercibidas. Las comidas que me pasaban por la ranura me alertaban del paso del tiempo. Si me quedaba dormida —en el colchón pegado a la pared, gris, y tan helado y rígido como la puerta—, se llevaban la charola de comida, como si la hubiera rechazado. No estoy segura de cuántas comidas me perdí.

Mi memoria era un barco de papel distante que había zarpado en el río, y la corriente era demasiado fuerte como para recuperarlo. Aunque nunca había tenido un barquito y nunca había vivido cerca de un río. Tampoco había sido el tipo de niña que jugara cerca de cosas peligrosas o frívolas. Mi vida exterior, interrumpida a los trece años, cuando me arrestaron, había sido mucho más cuidadosa.

Esta prudencia, que mis profesores en la escuela habían advertido y mencionado en mis boletas de calificaciones, terminó usándose en mi contra en la corte. Decían que parecía calculadora. Decían que revelaba premeditación en la muerte de mi padrastro. Estaba en mi diario.

—Una niña de trece años es perfectamente capaz de planear el crimen perfecto —había dicho alguien.

Tenía las manos entrelazadas sobre la mesa cuando pronunciaron esas palabras. Me negué a mirar los rostros, pero no pude cerrar los oídos. Un "supuesto" experto detalló lo que una mente joven es capaz de comprender, su noción del bien y el mal, y cómo vivimos sólo el momento, sin pensar en las consecuencias de nuestros actos, que el lóbulo frontal no se desarrolla del todo hasta llegar a los veinticinco años de edad.

No sabía nada de lóbulos frontales. Mientras escuchaba, pensaba: ¿Cómo podían denominarlo el crimen "perfecto" si estoy aquí sentada, siendo acusada? Me pregunté cómo les era posible saber tanto de mi cerebro sin abrirme el cráneo y examinarlo. Esperaba que mi abogada, una mujer pálida de rostro enjuto que la corte me había asignado, me defendiera. Pero yo tenía las manos cruzadas con delicadeza. Y mis zapatos bien amarrados, con un nudo cada uno. Y si la ropa me apretaba, no estuve inquieta, ni lo demostré.

Detrás de mí, cruzando el pasillo de la pequeña corte, sentada del otro lado, en la parte que buscaba justicia para su marido muerto, estaba mi madre.

Por supuesto, Pearl no estaba en la sala porque en esa época sólo tenía siete años. Desde entonces me pregunto en las noches, en el ala B y ahora, en el aislamiento forzado y bajo las luces brillantes del ala D, qué le habían contado a mi media hermanita sobre mí, qué había entendido ella. Era su padre a quien le habían arrebatado, un hombre al que contenta llamaba "papi", mientras yo escupí en el piso cuando mi madre me dijo que debía empezar a llamarlo "papá".

Entonces pesaba menos. Todavía no daba el estirón. Todavía no se me llenaban los hombros. De todas formas veían algo amenazante en mí, incluso con esa complexión. Si ahora me pusiera frente al juez, de este tamaño, con la mandíbula tensa por el hábito de apretarla, me habría declarado culpable en diez segundos en vez de tomarse un descanso y regresar en una hora y diez minutos.

La gente no puede seguir adelante hasta que se señala a alguien y se golpea el martillo. Esto se llama conclusión y también justicia, y no siempre son lo mismo.

Estaba segura de que llevaba varios días en Aislamiento, incluso una semana. Me crecieron los vellos de las piernas, se me encogió el estómago. Pero cuando al fin se abrió la puerta no habían pasado ni setenta y dos horas. Había llegado el martes.

Se abrió la cerradura y el hoyo en la puerta —por abajo, para pasar las charolas de comida—, y pude ver dos piernas vestidas de gris. Un guardia.

No sabía a qué guardia habían asignado al ala D esa semana. Podría haber sido Long o Marbleson, quien todavía tendría el ojo morado por mi culpa. Podría haber sido Minko. Ninguna quería estar a solas con Minko.

Me aparté y me apoyé contra la pared mientras las cerraduras se abrían con un ruido sordo, en esta puerta estaban mejor instaladas que en las otras alas.

Si esas piernas grises eran de Minko, tendría que estar lista. Repasé en la mente cómo podría lastimarlo, de manera permanente si era posible. Sería mejor usar los nudillos o bien podía patearlo. (Una chica, Polly del ala A, se había defendido de un potencial violador; lo golpeó en el plexo solar con un palo de hockey. Cuando recreaba la escena para nosotras con un arma invisible, imitaba el sonido de su dolor, derrota y vergüenza, un gemido profundo que llegaba hasta el alma. Nos fascinaba imaginarnos a su asaltante derrotado, con los ojos en blanco y desplomado en la banqueta, así que le pedíamos que nos lo contara una y otra vez.)

Sería Polly si tenía que serlo, aunque no tenía equipo deportivo para derribarlo.

Pero no era Minko. El mango de la puerta giró y la puerta se abrió, el guardia que entró fue Santosusso. Era casi igual de joven que nosotras, alegre, sin importar el día.

Por supuesto también era nuevo. No pude haber tenido más suerte.

—Hola —me dijo. Levantó la vista y leyó el portapapeles—. Amber, ¿verdad?

Examinó el espacio lastimero con la vista, evitando mirarme a los ojos. Parecía avergonzado por tener que verme aquí. Era su primer verano y ya habíamos notado que se preocupaba por nosotras. A algunas nos puso los pelos de punta, otras lo consideraban adorable. Mississippi estaba enamorada de él, igual que Lian. Pero Peaches advirtió que podía cambiar en cualquier momento, pues los buenos siempre ocultaban detrás de sus grandes ojos azules las cosas más perversas y debíamos tener cuidado con él.

—Sí —respondí con debilidad, para confirmar mi nombre.

Era raro que nos llamara por nuestro nombre, la mayoría de los guardias nos llamaban por nuestro apellido, como si estuviéramos en el ejército, e incluso algunos nos llamaban "reclusa", porque estaban habituados a trabajar en recintos de máxima seguridad para adultos, en donde los prisioneros ni siquiera merecían nombres.

—Es hora de regresar al ala B, Amber —dijo sonriente. Incluso tenía dos hoyuelos idénticos, uno en cada lado de la cara. Se parecía a un chico de mi antigua escuela. Se comportaba como un civil que se ofrecía a dar un paseo con otro civil.

Cuando no me levanté, cuando no ofrecí de inmediato las muñecas para que me esposara y me llevara a casa, se enterneció más:

—¿Cómo estás? ¿Qué pasa?

Estas preguntas me confundieron e inquietaron. Tal vez hubiera sido mejor que me tocara Minko, por lo menos sabía que quería. Hubiera sabido que no me equivocaba al ponerme en guardia.

Salvo que ahora que hablábamos, ahora que la puerta estaba abierta y que entraba el aire, recordé que tenía muchas preguntas. Primero necesitaba saber qué día era. Era martes, respondió, lo cual me pareció imposible en todo sentido, pero le creí. Las preguntas salieron de mi boca, una después de la otra, cada vez más rápido.

—¿Qué pasó? —quería saber—. ¿Estuviste aquí? ¿Viste? ¿Atraparon a todas? ¿Cuál fue la causa? ¿Qué salió mal? ¿Podría pasar otra vez?

Me interrumpió para explicar que éste era su primer turno desde el viernes, así que no tenía claro lo que había pasado el sábado en la noche, si a eso me refería.

Pero debía saber algo.

—¿Está muerta? —pregunté—. D'amour.

—¿La rubia? —dijo sin dejar de ser amable—. ¿Tráfico de drogas, verdad?

No mordí el anzuelo. No hablamos con la autoridad de nuestros crímenes. Sabemos lo que sabemos y no preguntamos por lo que no sabemos. No estaría de acuerdo ni negaría que sabía lo que ella había hecho para ganarse sus dieciocho meses, y no daría mi opinión sobre su culpabilidad o inocencia. Es mejor decir que todas somos inocentes.

—La vi en la reja —dije—. La vi iluminarse —era la única forma que se me ocurrió para describirlo, como si ella fuera parte de los fuegos artificiales para el cuatro de julio, un día feriado que aquí no celebrábamos.

—Está bien. En la enfermería. Quemaduras de segundo grado, creo haber escuchado. Pero no está tan mal como para que la transfieran.

Supongo que no reaccioné.

—Está viva —prosiguió, consolándome—, ¿sabías que esa reja es eléctrica, verdad? Pero está bien, en serio —tal vez creyó que me preocupaba su bienestar. Que había estado llorando aquí por ella. Por D'amour no había derramado una sola lágrima.

Me esposó las muñecas —el protocolo habitual cuando te transportaban de una celda a otra; ya estábamos acostumbradas— y salimos por la puerta.

—Le diré a D'amour que preguntaste por ella —dijo en tono casual mientras me trasladaba despacio—. No va a regresar al ala B.

—¿Qué? ¿Por qué no?

—La van a mudar al ala A. Te van a asignar una nueva compañera. Hoy.

—¿Qué? ¿A quién van a transferir? ¿A Lola? ¿Kennedy?

—Ah, no. Es otra cosa muy distinta. Es alguien nuevo.

Tenía que caminar frente a él y evalué esta información. Me inquietó. Estábamos pasando la escalera entre el ala B y la cafetería. Me acometió la sensación de haber sabido lo que me contaba, de haber sabido lo que se avecinaba porque ya lo había vivido.

Ella venía. Ella era lo que seguía después de las cerraduras. Cuando llegara, todo saldría mal. De eso estaba segura.

Mientras Santosusso me sujetaba, yo me tambaleaba. Llegamos a la entrada del ala B. Ya casi estábamos en casa.

—¿Están muy apretadas las esposas? —preguntó.

Sacudí la cabeza. Sabía que no debía preguntar, que no debía compartirle nada más porque él no era una de nosotras, sin importar lo joven que era ni lo agradable que sus hoyuelos lo hacían parecer. De todas formas pregunté.

—¿Su nombre —lo estaba recordando, lo tenía en la punta de la lengua— empieza con O?

—¿Has estado viendo las noticias? Pensé que monitoreaban lo que pasaban en las teles. Pero sí. Entonces sabes de quién hablo. Está en todos los periódicos. Cuídate, ¿está bien?

—¿Qué hizo?

Incluso al decirlo sentí que debía conocer la respuesta. Algo en su cara lo expresó también. Su expresión cambió, se volvió sombría, y desaparecieron los dos hoyuelos y todo lo demás se volvió borroso. Sentí sus manos abriendo el seguro de las esposas para soltarme, y lo sentí apartarse, dejarme en la puerta abierta de mi celda mientras yo entraba sola, sin el permiso de nadie.

Fue un momento peculiar y era sólo el principio.

Habían quitado el letrero que decía wyatt de la pared de cemento afuera de mi celda, y en su lugar habían puesto uno nuevo, uno que decía speerling.

Se habían llevado las cosas de D'amour de nuestra celda compartida y la litera superior estaba desnuda, lo que indicaba que la recién llegada estaría aquí pronto.

Esta recién llegada sería nuestra cuadragésima segunda.

Ella estaba rodeada

Los guardias la rodeaban. Llegó escoltada, como si fuera a soltarse y cortarle la garganta al que tuviera más cerca. Pero desde nuestra perspectiva, desde nuestra sabiduría, experiencia y remordimiento ocasional, no correspondía a la imagen que se había construido de ella con base en rumores, tanto así que me pregunté si se habrían equivocado. Si habrían atrapado a la chica equivocada.

El estado le había asignado el número de reclusa 47709-01 y la opinión pública la conocía como Orianna Speerling, sin embargo, de haber seguido las noticias sensacionalistas, habríamos sabido que la prensa la llamaba "la bailarina sangrienta", y a partir de ello nos habríamos hecho nuestra propia idea de ella.

Vi —muchas vimos— desde la ventana de mi celda cuando el autobús azul de la cárcel del condado se acercó al borde de la banqueta. Los guardias se congregaron antes de que la puerta del autobús se abriera.

Siempre nos esforzábamos por estar atentas a las llegadas recientes, pero algo en el ingreso de hoy nos reunió en mayor número, como nunca antes. Miramos desde arriba, desde nuestras celdas, como siempre hacíamos las que estábamos en la parte sur del recinto, cuando se esperaba la llegada de un autobús. A veces buscábamos a familiares: primas que no habíamos visto en años, medias hermanas, hijas de padres distanciados y odiados que deseábamos muertos (los padres, no las hermanas). O nos encontrábamos a una amiga con quien no queríamos reunirnos aquí, así que verla bajar del autobús con los tobillos encadenados nos rompía un poco más el corazón, ya de por sí destrozado. A veces, si teníamos suerte, si el sol brillaba, veíamos a una enemiga salir del autobús. Éste era un regalo del universo, un motivo para rezar por la noche y dar gracias por su llegada, era como un postre en bandeja de plata. Sin importar quién fuera, siempre podría ser alguien.

Ese día, el autobús azul traía a otra chica.

—¿Crees que tenga su propio cuarto y nadie la vea nunca, como con Annemarie?

Muchas sabíamos de la existencia de la pequeña Annemarie y algunas la habíamos visto desde lejos. A nadie le encantaba la idea de que se mezclara con la población general.

—No, me enteré de que está en el ala B, con Amber.

Hablaban de mí como si no estuviera ahí.

—¿Crees que se ponga psicópata y le corte la garganta a Amber en la noche?

—Sí, claro, si encuentra algo afilado.

—Si no podría estrangularla.

—Es cierto, lo puedes hacer con las manos.

—O con una sábana.

Después hablaron de todas las armas cotidianas que teníamos a la mano, para quienes eran creativas y tenían un objetivo que valiera la pena.

No compartí mis reacciones con nadie. Era tan extraño escuchar mi nombre en voz alta, que otra chica lo pronunciara, que sentí las mejillas sonrojadas más de lo que ya estaban gracias a la humedad del norte durante agosto. Quería taparme toda la cara con las manos.

Las otras chicas no tenían la costumbre de hablar conmigo directamente, a menos que tuvieran que hacerlo cuando me acercaba empujando el carrito de la biblioteca. Más bien hablaban cerca de mí y yo escuchaba. Yo nos consideraba una unidad y me incluía en sus conversaciones, como una interlocutora silenciosa que merodeaba a sus espaldas.

Sin embargo, todo eso cambió cuando las chicas se reunieron en mi ventana para asomarse. Al escuchar mi nombre en voz alta, y ser reconocida como no estaba acostumbrada a hacerlo, se me instaló. La sensación de ser incluida. De pertenecer. Como si ahora fuéramos una familia, más que nunca.

Alguien me picó fuerte las costillas, para que me hiciera a un lado, y me dolió el costado, pero no me importó. No estaba acostumbrada a que me tocaran. Esta nueva chica, la tal Orianna Speerling, me hizo famosa por el simple hecho de que ella lo era. Cualquier chica que tuviera que compartir la celda con ella hubiera recibido el mismo trato.

—Cuidado —me dijo alguien al oído, por la carcajada supe que era Jody.

—No tengo miedo —respondí y varias se rieron, me dieron palmadas en la espalda y me masajearon los hombros como si estuvieran a punto de empujarme al ring para un torneo de box.

Seguimos mirando hacia abajo. Tres guardias esperaban recibirla de manos de empleados del condado.

Ella se detuvo en el borde de la banqueta —se quedó quieta, como si tuviera todo el día para perder el tiempo y primero quisiera ver el recinto— y todas la vimos. La vimos observar nuestras paredes grises, que sabíamos que se erguían como una fortaleza. La vimos respirar el aire exiguo y mirar hacia arriba, a nuestras ventanas y nos preguntamos si podía ver nuestros ojos inquisidores.

Era alta, tal vez demasiado delgada, por lo que podíamos ver a través del overol deforme de la cárcel. En la espalda decía su condado: Saratoga. Susurramos que ahí vivían chicas ricas, en casas enormes, con coches lujosos; aquí adentro no había muchas que tuvieran dinero, y nos desagradaba cualquiera que lo tuviera. Pero ninguna conocía Saratoga, así que no estábamos seguras.

La nueva tenía piel morena más o menos oscura y pelo negro lacio y grueso, demasiado largo como para conservarlo aquí, pero pronto se daría cuenta. Ninguna sabía si era latina o una mezcla. Algunas pensábamos que era importante, otras decíamos que aquí no importaba tu aspecto. A fin de cuentas estabas aquí.

Las más feas y las que no desperdiciaban sus cuentas en la cafetería en artículos que podían sustituirse por delineador o rímel, lo decían siempre.

Mirabel empezó a recibir apuestas. Cualquiera que creyera que la nueva no pelearía tenía las de perder. Casi todas creíamos que estaba descansando antes de hacer un despliegue emocionante y explosivo de violencia. Apostaron sus chocolates Reese's.

Otras apostamos a que por lo menos lloraría.

Algunas creímos que intentaría correr, pero eran ilusiones porque era gracioso que una chica pensara que llegaría a alguna parte con los tobillos encadenados.

Yo no aposté. Sabía que pronto estaría sola con ella. Era como engañar a tu propio perro. Esperamos y observamos. Y nada.

No intentó darle un puñetazo a nadie. No lloró. Ni siquiera intentó correr encadenada.

Cuanto más tiempo observábamos, más queríamos recuperar nuestras apuestas y guardar nuestros chocolates. Mirabel suspiró profundo y dejó caer las golosinas. Cherie se devoró uno de los chocolates que había apostado a la ganadora y el estrecho espacio se llenó con el aroma a crema de cacahuate.

Abajo, la chica estaba caminando por primera vez en la banqueta agrietada. Había algo en su andar, una gracia magnética que, si ignorábamos a los guardias armados, si ignorábamos las cosas que siempre intentábamos ignorar, nos podíamos olvidar por un momento en dónde estábamos.

No le salía espuma por la boca, no se veía atormentada, tensa, enloquecida. No nos parecía una asesina, y era la opinión de asesinas.

Parecía una chica caminando en la banqueta en un día soleado de verano. Tranquila y en paz. Libre.

Parpadeamos. ¿Esa era la criminal infame de la que habíamos oído hablar a los guardias? ¿La chica cuyo rostro algunas habíamos visto en las teles de los guardias?

Tal vez se derrumbaría antes de llegar y para cuando alcanzara el ala B, sería una sombra de lo que había sido. Si no, la realidad la golpearía rápido una vez dentro. Siempre decíamos esto cuando llegaba un caso excepcional, una princesa, entonces un grupo la atacaba cerca del taller de carpintería para asegurarnos. Su dosis del mundo real. Su cara golpeaba el piso con fuerza.

Sin embargo, nadie amenazaba con lastimar a la nueva, ni siquiera Jody.

—Mmm —dijo una—, así que ésta es la famosa asesina.

—Aburriiiidoooo —dijo otra, bostezando.

—Yo puedo con ella —dijo otra.

Se fueron, perdieron interés, sugirieron jugar cartas, se alejaron chismeando, preguntándose qué cenaríamos, hasta que me quedé sola en mi celda.

Era la única que seguía vigilando, pero no sucedió nada más. La perdí de vista, supongo que la escoltaron al interior, como a todas. Sabía que seguiría el procedimiento de ingreso.

Dentro de unas horas llegaría al ala B. Vestida de naranja, como las nuevas. Dormiría en la misma cama que todas, contaría las manchas de humedad en el techo, igual que todas.

Sólo porque los periódicos y las noticias habían publicado tantas historias sobre ella y habían mostrado presentaciones con sus fotos, no la hacía especial. Todas éramos lo opuesto a especiales. Éramos malas. Destrozadas. El estado debía rehabilitarnos y volvernos dignas, si era posible.

Tal vez hace mucho habíamos sido buenas. Tal vez al principio todas las niñas pequeñas eran buenas. Incluso tal vez sobrevivían fotos nuestras de aquellos días relajados, cuando nos peinaban con trenzas y pasadores de colores, cuando jugábamos en cajas de arena y columpios; si en realidad habíamos conocido esos días relajados y habíamos usado esos pasadores. Había una foto mía en el parque de la colonia, llevaba una camisa roja a cuadros y estaba peinada con dos trenzas. Mi madre tenía esa foto enmarcada. Pero algo nos sucedió entre esa época y ahora. Algo nos arrojó arena a los ojos, la embarró y no pudimos quitárnosla. Todavía no podemos.

Trajeron a Orianna Speerling como a todas. Era culpable; el sistema de justicia para menores así lo había establecido. Así que eso tenía que significar que pertenecía a aquí.

Podía esperar

Podía esperar a que ella llegara a mi celda, cargando una cobija doblada, como refugiada, y presentarnos, intentar ser amable, como fui con D'amour. Pero era martes por la tarde y los martes y jueves por la tarde me tocaba llevar el carrito de la librería por las diferentes alas. Tenía que irme.

A la mayoría no le interesaba pasar su tiempo acomodando libros viejos y desgastados, pero siempre había alguien que necesitaba el escape como un trago de agua fresca en el desierto. Además, no todos los libros de nuestra biblioteca eran viejos. Algunos eran recientes y olían a papel nuevo; leer un libro nuevo antes que nadie era similar a comer el primer almuerzo caliente y no el turbio, tibio, del centro de la fila, o peor, helado de las últimas bandejas.

Ni siquiera debíamos tener algunos de esos libros, a juzgar por las secciones desgastadas y las páginas arrancadas para compartirlos, pero imaginar lo que algunas hacían debajo de una cobija estratégicamente acomodada, mientras leían una sección de *El clan del oso cavernario*, me daba náuseas. El punto es que todos los libros que teníamos podían salvarnos de formas distintas, sólo teníamos que abrirlos. Teníamos que enfocarnos en la página y absorber las palabras.

Llevaba mi carrito a una ala, empezaba por la planta alta y luego la baja. Disminuía la velocidad en las puertas de las celdas —esto lo hacía durante el tiempo libre, cuando podíamos pasear por ahí, tener las puertas abiertas e incluso tener visitas (no más de dos al mismo tiempo) en nuestras celdas pequeñas— y lo único que hacía era anunciar mi presencia, hacer visible mi carrito. En todas las alas siempre alguien quería algo.

Entregaba un libro que tomaban de mi mano con cierta hambre. Había visto este fenómeno con *Ana la de las tejas verdes* y con todos los tomos de *Vampire Academy*. Con copias deshilachadas de *El guardián entre el centeno* y con *Speak*. También con la Biblia, el Bhagavad Gita y un manual para reparar el motor de un Mustang de 1982. Había visto una edición misteriosa cubierta de polvo de *Good Morning, Midnight* dentro de un overol verde, como para conservarla lo más cerca posible, y ahora que lo pienso, no he visto ese libro desde entonces.

Lo que hacía era importante. Necesario. E incluso por la llegada de mi nueva compañera de celda no podía perdérmelo.

Por eso, cuando me reporté para mi labor y descubrí que mi carrito había desaparecido, no supe qué hacer. Habían saqueado la biblioteca (en sentido estricto una zona del pasillo, aunque yo insistía en llamarla biblioteca como si tuviera su propio salón). Faltaban secciones enteras de las repisas que yo misma había organizado y las tarjetas en las que anotaba los nombres de las usuarias estaban tiradas en el piso, las A, E y C estaban revueltas. Lo del carrito me desquició. El carrito estaba hecho de madera clara y lustrosa, tenía dos repisas, dos plantas como los bloques de nuestras celdas, y cuatro ruedas de hule, aunque una de ellas no funcionaba muy bien, giraba constantemente, por lo tanto era difícil guiarlo. Me daban ganas de aullar porque no encontraba el carrito. Gritar.

Nunca nadie se había metido con mi carrito, ni tampoco se habían llevado tantos libros con tanta imprudencia. Nunca habíamos tenido a una lectora tan entusiasta.

O peor, ¿y si nadie estaba leyendo?

Los libros podían haber terminado en varios lugares: un contenedor con salsa rancia en la cocina; ese baño afuera del ala D que nadie podía usar porque los excusados siempre estaban atascados con trozos de concreto y cieno. En eso pensé, en la destrucción.

Caminé deprisa a la oficina más cercana: me decepcioné un poco cuando vi a la oficial Blitt en el timón, con su aliento a café y su mueca burlona. No bromeaba con nosotras, como Marbleson, o como Long lo hacía, a veces, si estaba con Marbleson. No cedía si se le permitía asomarse por el escote de una camisa abierta, como Minko, aunque ese era un juego peligroso que yo no estaba dispuesta a jugar.

—Vengo de la biblioteca —dije, golpeando el quicio de la puerta para llamar la atención de Blitt. Ella estaba viendo en la tele la repetición del juicio de Orianna Speerling.

Sonrió con suficiencia y apagó la tele.

—Te refieres al pasillo, reclusa.

Nunca nos llamaba por nuestro nombre ni apellido. Sabíamos por qué lo hacía, quería hacernos sentir hormigas aplastadas en la suela de un zapato, pero yo sospechaba que era un poco tonta y sencillamente no recordaba nuestros nombres.

Negarse a llamar la biblioteca por su nombre era un punto de fricción conmigo. Los libros oficiales que pertenecían al centro de detención, los que estaban en el reglamento y usábamos en nuestras clases, los que teníamos que leer según la Secretaría de Educación, no estaban almacenados en lo que yo llamaba mi biblioteca. Estaban en otra sección del recinto, en donde tomábamos clases.

No nos permitían llevarnos esos libros a nuestras celdas. Esos libros eran para aprender. No podíamos utilizarlos para enviar mensajes o cartas de amor, tampoco para acomodarnos en la cama, y provocarnos un sueño alegre o un orgasmo decente (según presumían unas cuantas, aunque se sospechaba que fingían). Los libros en mi biblioteca del pasillo eran de nuestra colección privada, todos eran donaciones de grupos religiosos o de escuelas privadas que se deshacían de sus ejemplares maltratados para adquirir nuevos. Estos libros eran nuestros y sólo nuestros.

Ser propietario de algo mientras se estaba reclusión le quitaba peso al tiempo. Y Blitt lo sabía, por eso insistía en llamarla pasillo.

—¿En-dónde-está-mi-carrito? —exigí. No hablaba con frecuencia con las reclusas, pero mucho menos con los guardias; sin embargo, cuando lo hacía, tenía muchas cosas guardadas y podía gritar.

—Mi carrito —grité, con el puño en el vidrio que se suponía no se podía romper, aunque tal vez podría romperlo, tal vez podría romperlo con el puño—. ¿Qué le pasó a mi carrito?

—Reclusa, tranquilízate —dijo Blitt—. ¿Quieres que te reporte por esto? Es un carrito nada más. Son un montón de libros. Tranquilízate.

Era el tono condescendiente que empleaba como un látigo sobre la espalda desnuda. Tenía información y yo la necesitaba. Me salía humo por las orejas, pero bajé el puño del cristal y la vista de la cabeza dura de Blitt, me trasladé a un sitio tranquilo, lejano. A veces intentaba imaginarlo y se parecía mucho a Florida.

—¿Quieres perder tus privilegios? ¿No tener visitas la próxima semana o la siguiente? ¿Todo el mes?

Era la amenaza perfecta para provocarme, pero por razones por completo distintas. Y ella lo sabía.

—Es verdad, nunca tienes visitas, ¿verdad? Nunca te ha visitado nadie.

Mis ojos se llenaron de un líquido lechoso que no podían ser lágrimas. Al fin controlé mi respiración. Aflojé mi puño que era una bomba a punto de estallar.

Ella esperó, esperó un buen rato. Después respondió con un guiño en sus ojos diminutos, como los de un cerdo, ocultos detrás de sus lentes:

—Vi a Ward arrastrando tu carrito al ala C.

—¿Kennedy, la caníbal? —grité, imaginaba todos los pelos que encontraría después en las páginas, me preguntaba si también le gustaba masticar papel, si encontraría marcas de mordidas en las portadas y pulpa masticada en los interiores, marcas de baba proveniente de su lengua nauseabunda. Entré en pánico, me pregunté si encontraría manchas.

Blitt se encogió de hombros. Ya era inútil, no sabía nada más.

—Supuse que habían quedado en algo, en vista de que hoy llegaste tarde.

Acababa de salir de Aislamiento, no había llegado ni veinte minutos tarde a mi turno. Máximo media hora.

Después recordé, porque había escuchado a unas chicas.

—Pensé que Kennedy estaba… —busqué una palabra adecuada para demostrar que no había visto la carnicería en manos de Lola la otra noche—…recuperándose.

—¿Y tú qué sabes de eso reclusa?

—Nada.

—Hoy en la mañana salió de la enfermería. No se puede decir lo mismo de tu compañera de celda, la francesa, quedó frita —produjo un sonido crepitante con los dientes.

—¿No te has enterado? Hoy me cambian de compañera —señalé la televisión apagada—. La nueva, ¿recuerdas?

Tal vez fue algo que dije, pero la expresión en su rostro fue peculiar, cambió, reveló preocupación, se ensombreció. Se enturbió. Ya no podía verla.

También a mí me hizo sentir peculiar. La palabra *recordar* me evocó algo.

Me fui al ala C, esperaba encontrar a Kennedy. Empecé a correr y Blitt no me gritó que no lo hiciera, como le encantaba hacer. No me amenazó con quitarme privilegios si no caminaba. No me gritó para nada.

Corrí por los pasillos sin encontrarme con ningún guardia.

No tardé en encontrar a Kennedy, iba saliendo del ala C y camino al A. Estaba llena de moretones, su cara era del color del tocino crudo, un producto cárnico que no probaba desde los trece años. Pero caminaba erguida y estaba bien como para empujar el carrito con una pila desordenada de libros. Lo manipulaba con torpeza, lo chocaba con las paredes, lo enderezaba y golpeaba la pared opuesta. Un libro de los poemas completos de Rimbaud se cayó en el piso sobre la hermosa cara de niño del autor y ni siquiera regresó para recogerlo.

Era un milagro que no estuviera muerta o en coma, luego de lo que Lola le hizo.

—¡Kennedy! ¡Detén el carrito!

Volteó y me dio la impresión de que le costó mucho trabajo hacerlo. Parecía que se le dificultaba girar la cabeza inflamada con el cuello igual de inflamado. Su oreja era una berenjena, por su color y casi por su tamaño. Kennedy siempre inspiraba empatía, alguien tan patético tenía que hacerlo, si aún nos importaban cosas mundanas como el sufrimiento humano.

Pero no me importaba que Kennedy fuera un saco de boxeo andante, que sus entrañas fueran una sopa fangosa debido a las patadas de Lola. No me importaba que Lola le hubiera hecho esto y no me importaba que Lola pudiera hacernos esto a cualquiera. Lo único que quería era recuperar mis libros. No me hubiera importado si Kennedy caía como un costal de papas, como la otra noche, con tal de que quitara sus manos de mi carro.

No lo hizo. Se aferró con más fuerza a mi carrito aunque con trabajos podía mantenerse en pie.

—Ahora es mío, Amber —dijo con dificultad—. Ayer te transfirieron —la miré mientras hablaba. La saliva en las comisuras de la boca. La cortada en su labio inferior que brotaba como una rosa roja. Soltó el carro un momento para limpiarse los mocos.

—Ahora estás en la cocina. El carrito de los libros ya no es tuyo.

No entendí, no podía. No quería. ¿No me había ausentado ni tres días y ya había perdido mi empleo de habilidades para la vida diaria, me habían transferido y encima Santosusso no me dijo nada?

Hablarlo no lo arreglaría.

El carrito chocó contra ella como si un semirremolque se derrapara al carril opuesto durante una noche nevada. El carrito chocó contra sus espinillas, luego retrocedió y se fue corriendo, como si un semirremolque se diera la vuelta para regresar por el mismo lugar y pasara sobre un par de piernas.

No era yo, era el carro.

Entonces me envolvieron unos brazos gruesos que me sacudieron. No, Aislamiento de nuevo no, el hoyo no, no más tiempo de mi sentencia, porque eso era peor, todas sabíamos que era lo peor, más semanas, más meses, más años.

Sin embargo, no era un guardia quien me sujetaba, los brazos que me inmovilizaban eran verdes.

Jody. El armatoste de Jody. Era incluso más grande que yo.

Me bajó al piso y me giró para verme, seguía apretándome los hombros contra el piso.

—Ya tuvo suficiente.

Nuestros ojos juntos ubicaron un bulto lloroso en el piso. El bulto estaba sentado y apoyado contra la pared de concreto, respiraba con dificultad. Después el bulto tomó un pedazo de pelo y empezó a masticarlo.

En medio —e ignorado— estaba el carrito de libros, tumbado de lado, su contenido había salido disparado, los lomos de los libros estaban abiertos, las páginas aplastadas.

Extendí mi brazo, aunque estaba muy lejos como para alcanzar un libro, pero Jody tomó el brazo en su enorme mano y lo bajó a mi lado. Detrás de ella llegó Peaches pavoneándose:

—Hola, perras —dijo, asintió al bulto en el piso y a mí, aún acurrucada en los brazos de Jody, como si fuéramos madre e hija cariñosas. No me molestaba tanto.

Peaches levantó el carrito y empezó a acomodar con cuidado los libros en las repisas, algo impropio de ella pues nunca había hecho nada que no le conviniera. Kennedy seguía llorando. Jody me alisó el pelo y el overol.

—¿Por qué hiciste eso, Amber? No tienes una pizca de violencia en el cuerpo —dijo Jody. Todas sabíamos que ella conocía la violencia, que había crecido con ella en su casa, que se había ocultado de ella en las noches dentro de los clósets, que después se había enfrentado a ella y había huido, que la había imitado en las calles y que se había vuelto famosa gracias a ella, que la había traído hasta aquí. Nos lo contó. La violencia era lo único que conocía, así que la hubiera identificado en mí.

Peaches asintió, estudiándome con detenimiento.

—La única inocente aquí —recitó, como si lo hubiera escuchado en alguna parte. No era un cumplido. Me estaba diciendo débil. Que era una cobarde.

Avancé hacia los libros, pero Jody me apartó. ¿Qué querían decir? ¿Que en realidad no era una de ellas, que no pertenecía a aquí con ellas? ¿Que no éramos nosotras contra el Estado, contra el mundo?

Peaches terminó de acomodar los libros y ahora probaba las llantas, pateó la ruedita defectuosa, intentaba hacerla girar.

—Amber, esto no tiene nada que ver contigo. Están pasando muchas cosas de las que no tienes ni idea.

No podía ser. Ella no estaba al tanto de todo como yo; no miraba, absorbía, daba seguimiento como yo. ¿Acaso no sabían que yo llevaba la cuenta de todo?

—¿Me regresan mi carrito? —pregunté.

No respondieron.

—¿Me regresan mi carrito?

—De ahora en adelante Peaches se va a encargar de los libros. Tiene sentido. Tiene cosas que circular. Tiene sus asuntos —dijo Jody.

—Sí —dijo Peaches en tono agudo—, tengo mis asuntos.

Jody empujó el carrito a la pared a un lado de Peaches y ella lo agarró antes de que rebotara.

Escuchamos una voz miserable proveniente del piso.

—Pero ahora me toca a mí —dijo Kennedy—, eso dijeron.

La ignoramos, como siempre. Por lo menos en eso estábamos de acuerdo.

Escuchamos el ruido sordo de un guardia que se aproximaba y nos dispersamos. Peaches se fue con mi carrito. Jody salió corriendo, y para ser una gigante, desapareció rápido. Incluso Kennedy se fue a rastras, con sigilo, luego se paró y se fue tambaleándose.

Yo fui en otra dirección, no hacia la biblioteca, ni a la cabina de Blitt, tampoco al ala B. En realidad no fui a ninguna parte porque si regresaba a mi celda, habría una desconocida apoderándose de mi espacio. No sabía a dónde iba, lo único que sabía era que debía pensar en Florida para tranquilizarme. Kennedy, Jody y Peaches me habían arrebatado todo lo que tenía. ¿Qué era este lugar para mí si ahora ya no me quedaba nada?

Estaba afuera de la enfermería cuando la escuché.

—Amber, Amber. ¿En dónde estabas? ¿A dónde fuiste? Deberías estar aquí. Ven —D'amour estaba dentro, cerca de la puerta. Algunas reclusas estaban reunidas al pie de su cama. Ella estaba toda envuelta con gasa blanca: los brazos, las piernas, e incluso parte de la cara. Parecía momia, pero aún podía hablar por la garganta, aunque en un tono un poco rasposo. Su pelo, que se asomaba por los vendajes, antes rubio, había adquirido el color del carbón.

Me llamó y continuó su discurso. Yo había llegado a mitad de algo.

—Y todo lo que hacemos, lo haremos otra vez —anunció D'amour. Cerró los ojos. Apuntó al aire con sus dedos vendados, tiesos.

—Y todo lo que vemos, ya lo hemos visto tres veces. Y se abrieron las puertas. Pero ya se han abierto tres veces. Corremos, volvemos a correr y corremos. Amber, te atrapan y escapas tres veces —abrió los ojos, asintió al mirarme y continuó—. Después la chica nueva baila en la habitación tres veces y Natty no debería hacerla tropezar tres veces. Díganle. Y las plantas crecen y se cuelan por las ventanas y ustedes dicen no, D'amour, no. Y el próximo verano es lo mismo, salvo que por cuarta vez. Y el siguiente verano es la quinta vez…

Continuó. Llegó a la séptima, octava y novena vez. Hablaba como una especie de visionaria falsa, como si nosotras fuéramos el rebaño que había escalado la montaña para escucharla y tal vez para que nos predijera el futuro. Eran tonterías.

¿O no? Sentí un cosquilleo en las plantas de los pies, como si algo quisiera salir de las profundidades de mi ser, como si quisiera recordarme. Que recordara. Al principio D'amour había dicho que tres veces. Sentí como si ya hubiera escuchado su discurso…tres veces.

No quería que las demás lo supieran.

—¿Qué le pasa? —murmuré.

—Un golpe en la cabeza —susurró la Pequeña T.

—Un rayo.

—No, fue la reja. ¿Crees que fue eso?

La Pequeña T se encogió de hombros.

—Me tocan las medicinas, me tengo que ir.

Aplastó el vaso de papel que una enfermera debió haberle dado, aunque no vi a ninguna enfermera, lo tiró a la basura y se fue. Las demás también se fueron, me dejaron sola con D'amour, las dos solas, como estaba acostumbrada, en la noche, en nuestro pequeño espacio compartido, en donde nos acurrucábamos tras una puerta cerrada hasta que los celadores decidían si podía abrirse.

—¿Entiendes, verdad, Amber? —dijo.

—Sí. Creo que sí —y no estaba mintiendo. Yo había visto cosas que ni siquiera había mencionado.

Quería contarle de la intrusa, pero antes de poder hacerlo, D'amour levantó el brazo y señaló la pared con un movimiento rígido, como si estuviera apuñalando a alguien. Sacudió la cabeza sin parar, se le cayeron los vendajes y revelaron pedazos quemados de piel. Se cubrió los ojos parpadeantes.

Volteé despacio para ver qué la perturbaba tanto, esperando encontrar las paredes blancas de la enfermería pues ésta era la habitación más blanca de todo el recinto. Esperando poner los ojos en blanco por su locura, descartar las palabras inconexas de su cerebro quemado. Hubiera sido mucho más fácil así.

Por el contrario, vi lo que ella vio.

Colores. Espirales, salpicaduras, garabatos y brochazos vacíos, sin sentido. Otra vez el grafiti. La inolvidable Bridget Love de nuevo, tal y cual más tal y cual y otro RIP.

Pero más que eso. Incluso peor. Los ladrillos de nuestras paredes estaban rotos, picados como dientes partidos y el techo se derrumbaba, de él caía limo y cemento en polvo, color gris y mucho más denso que la arena. El piso era negro por el moho y esponjoso por el musgo, así que se me hundían los pies. A través de los hoyos enormes de la pared podía ver la calle. Alcanzaba a ver hasta el estacionamiento, que no tenía vehículos, estaba invadido de mala hierba. Más allá percibí que lo que nos rodeaba se acercaba lentamente, estaba más cerca que nunca. El bosque ya había llegado a nuestras cercas. El crecimiento de los árboles atravesaba nuestras rejas. Las enredaderas no se habían detenido. Nos estaban devorando. Nos estábamos ahogando en hojas, musgo y un verdor vivo, abrasador.

En pocos años, sólo esto quedaría de nosotras. En la eternidad el tiempo no importaba. Los días de esta sentencia no podían marcarse en una pared y contarse.

A través de un hoyo profundo en el techo podía ver hacia arriba, a un trozo de cielo pintoresco, que en realidad era sólo un trozo de cielo azul. En donde quiera que nos encontráramos era un día de agosto hermoso.

Salí corriendo de la enfermería.

Y con ello, con el simple acto de salir de la habitación y separarme de D'amour, las paredes en el pasillo recuperaron su color sólido y limpio, su verde familiar que combinaba con mi overol, también verde, el que de algún modo sabía que era el overol que usaría para siempre. Al caminar por el pasillo con dirección al ala B estaba siguiendo los pasos que ya había andado. Todas lo hacíamos. Siempre lo haríamos.

Se nos olvidaba. Y también nos aferrábamos.

Estábamos frente a frente

Estábamos frente a frente en la puerta de mi celda. Ahora, nuestra celda. Ella tenía los ojos cafés y profundos, los míos también lo eran, pero no me había visto en un espejo decente desde hacía mucho, así que tal vez habían cambiado. Nos conocimos en el umbral de la puerta, nos quedamos mirando.

Fue un momento breve, pero hubo un destello, cierta conexión, como el recuerdo fugaz de habernos conocido antes. Después se apagó, como cuando se apagan las luces en la noche antes de que estemos listas y lo único que podemos hacer es marcar la pared de ladrillo para demostrar que falta un día menos para salir a nuestra nueva vida. Se esperaba que tuviéramos dos vidas, como se dice que los gatos tienen nueve. Esta vida que arruinamos y otra, para después.

Ella bajó la vista primero. Después se apartó para que pudiera entrar.

Se había quedado con la litera superior de D'amour y las repisas de D'amour. Sus alpargatas de lona estaban en donde habían estado las de D'amour, en el tubo afuera de la puerta; traía calcetines, tenía los pies estrechos y bastante largos. Ya se había quedado con el único gancho de D'amour, ahora era suyo. Ahora respiraríamos el mismo aire. Ella se quedaría dormida con el latir de mi corazón y yo me quedaría dormida con el latir del suyo.

Ninguna dijo nada. Yo debí haber sido la primera. Debí haber dicho: "Bienvenida". O algo más corto y críptico, como "hola". Era el momento para transmitir la sabiduría de mis tres años, un mes y quince días presa en Aurora Hills, pero me la reservé. La última vez había intentado ser solidaria con D'amour y ya sabemos lo que pasó.

Además tenía otras cosas en la cabeza. La pérdida de mi carrito. La transferencia a la cocina, que ahora ya era oficial porque estaba anotado mi nombre en la lista de afuera de la celda. Lo demás —la sensación de lo que venía— parecía muy lejano. Era un olvido parecido a una puerta pesada que se cierra. Implicaría mucho esfuerzo abrirla.

Me senté en mi litera, subí las rodillas al pecho. Un trabajo en la cocina supondría derrames y olores ácidos, rancios, nauseabundos. Quemaduras de las bandejas del horno y charolas calientes. Manos arrugadas por agua caliente para lavar los trastes. Parecería una ciruela después de cada turno. Apestaría.

Notaría la ausencia de los libros, el sonido reconfortante que producen al abrirse, al hojearlos bien y rápido con el dedo. No habría forma de viajar de ala en ala, escuchando. No habría ruedas del carro que giraran, que contaran historias, palabras.

Me sentía abatida. Sola.

Sola como en el interrogatorio en la estación de policía, cuando no me llevaron un vaso de agua y no me dejaron pararme de la mesa, y dijeron que tenían mi diario, que vieron lo que había escrito, y pregunté por mi mamá y me preguntaron que quién me había regalado el diario y respondí que tenía sed, pregunté por mi mamá otra vez y no me llevaron el vaso con agua y mi mamá nunca llegó.

La nueva se me acercó.

—¿Hice algo? ¿Estás molesta por compartir el cuarto conmigo?

Resoplé.

Había estado presa lo suficiente como para saber cómo actuar frente a una asesina despiadada. Nunca deberíamos parecer nerviosas. Sólo revelar lo mínimo sobre nosotras, la punta del iceberg, y ocultar todo lo demás. Mostrar miedo era lo último que deberíamos hacer, si lo hacíamos estábamos muertas.

Ella no parecía una asesina despiadada, pero de todas formas. Era mejor así. Más seguro.

—¿Ya te contaron quién soy? —su voz temblaba.

—Orianna —respondí, se me salió el nombre y no hice ningún esfuerzo para reprimirlo.

—Dime Ori, no me importa.

De algún modo era lo que esperaba. Asentí. A través de sus pantalones holgados se notaba que le temblaban las rodillas. Veía cómo se sacudían los contornos debajo de la tela delgada. No preguntó si yo sabía lo que ella había hecho.

—Supongo que soy tu nueva compañera de cuarto —era gracioso cómo hablaba, como si al espacio diminuto en el que nos obligaban a coexistir se le pudiera llamar habitación. Esta sencilla palabra podría hacer que pareciera que estábamos en cualquier otra parte, menos en una cárcel oscura, fría y húmeda.

—Compañera de celda —corregí. No debía disfrazarlo.

—Eso.

—Soy Amber. Dime Amber.

—Ya sé. Me contaron. Me enteré de que eres inocente.

—¿Quién dijo eso?

—Las demás.

En parte resentía la idea de que hablaran de mí a mis espaldas, aunque también lo disfrutaba, me gustaba ser tema de conversación, ser visible cuando creía no serlo. De hecho me gustaba mucho. Si hubiera podido sonreír, lo hubiera hecho, pero mi cara siempre contradecía lo que pensaba. Sabía que parecía enojada cuando estaba triste. Que parecía enojada cuando estaba contenta. Enojada cuando revisaba el reloj de pared para ver la hora. Me contaron que salí de la matriz con expresión enojada, el ceño fruncido, la boca como un cuchillo. Cuando estaba enojada de verdad me preguntaba si al fin parecería yo misma.

—¿Por qué estás aquí? O sea, ¿qué dicen que hiciste?

—No deberías preguntarme eso.

En el interrogatorio en la estación de policía nadie me creyó inocente. Mi propio padrastro se hubiera levantado de su tumba para señalarme con un dedo chueco. (Tenía chuecas las articulaciones de los dedos de la mano derecha, había dado un puñetazo a un trozo implacable de madera que iba dirigido a una cabeza que lo esquivó.) De haber podido, él me hubiera declarado culpable.

—Lo siento —dijo ella.

Fingí estar ocupada alisando las sábanas de mi cama, pero ella no se callaba.

—Si eres inocente —me dijo a la espalda—, entonces debes estar muy enojada. O sea, debes odiar a todas aquí.

Se equivocaba. Era nueva, así que no percibía el vínculo. No conocía el ritmo de nuestros pasos en los pasillos, qué se sentía estar en sintonía con ellas, dos pies entre tantos. Parecerte a todas, vestir lo que todas vestían, comer lo que todas comían, pararte para que te contaran igual que a todas, sentarte cuando a las demás se les permitía sentarse. Pertenecer, incluso cuando había cadenas, rejas y vallas que nos impedían correr. Y más: haber sentido la magia de esa noche, de esa única noche, cuando la tecnología le había fallado a nuestros captores y nos había guiñado a nosotras. Cuando el lugar fue nuestro, los guardias habían desaparecido y no sabíamos ni nos importaba a dónde habían ido, cuando después llovió y la canción que se escuchó fue la de nuestros aullidos y gritos. Lo recordábamos como un sueño.

Y ella se lo perdió.

No sabía. Ella creía que yo pensaba en mi inocencia.

—¿Cuántos años te dieron? —preguntó.

Esa pregunta sí podía responderla. Todas compartíamos nuestras sentencias y lamentábamos cada día.

Pero cuando pensé en el tiempo que me quedaba, no tuve resentimiento. No me hirvió la sangre. No me ardieron los ojos por el esfuerzo de no llorar.

No sabía cómo explicárselo con palabras, ni a ella ni a nadie, pero mi sentencia ya no me enloquecía. Al principio sí, se me atragantaba en la noche mientras mi primera compañera de celda dormía (Eva; allanamiento de propiedad; salía en siete meses). Pero supongo que me había ablandado. Me había acostumbrado a estar aquí. Me acostumbré a las reglas, a abotonarme el overol hasta arriba, a quitarme los zapatos dentro de la celda, a no tener libros en mi cama y mirar al piso cuando un guardia me gritara a la cara. Supongo que me había acostumbrado a las cosas malas, a las muy malas —como desnudarte, ponerte en cuclillas y toser como parte de la revisión; algo de lo que no nos gustaba hablar. Me había instalado, como hace la gente.

Había escuchado o leído en alguna parte que los seres humanos pueden adaptarse casi a cualquier cosa.

Ori hizo una pausa y se entretuvo con sus overoles, los dobló y acomodó, aunque sólo nos daban tres y ella ya traía puesto uno de ellos. Estaba siendo tímida. Tal vez le enseñaría cómo funcionaban las cosas, le explicaría qué hacer y qué no hacer si no quieres que te rompan la nariz en la cara que Dios te dio. Sólo yo podía enseñarle. Le temblaban las manos mientras doblaba sus prendas naranja. Solo me tenía a mí. Mientras doblaba su ropa, miraba a la pared.

—¿No me vas a preguntar si lo hice? —dijo. Tal vez quería declararse inocente para que pudiéramos ser iguales; eso podría ser.

Me quedé callada y no pregunté. Así vivíamos aquí, sin hacer muchas preguntas. Era mejor no compartir tus curiosidades con nadie. Eso sería grosero.

—¿No? —quería que le preguntara.

—No, no es de mi incumbencia.

Era lo más privado que nos quedaba, lo atesorábamos incluso más que a nuestro propio cuerpo, porque nos registraban todos los orificios y grietas y cavidades de nuestro cuerpo de las maneras más horribles posibles. Pero nadie podía arrancarnos la verdad. No podían registrarnos para eso.

Nuestra culpabilidad o inocencia eran nuestras y ella debía aprender a resguardarlas.

—Me puedes preguntar... —comenzó.

—No. No puedo.

—Lo siento —se disculpaba mucho.

Intenté recordar a cuántas personas se decía que había matado: ¿sólo dos?, ¿o eran tres?

Me pregunté qué sucedería ahora que lo había probado por primera vez. ¿Dos muertes serían suficientes? ¿Tres o cuatro? ¿Cualquier cantidad sería suficiente? ¿O buscaría siempre más?

No podía preguntarle esto en voz alta, no lo haría. Mucho menos le iba a preguntar si era o no culpable.

Aunque había métodos para averiguarlo. El primero era el más sencillo y ni siquiera implicaba el uso de un arma improvisada, por suerte, porque en la celda sólo tenía dos libros y una barra extra de jabón. Había forma de resolver la duda de su culpabilidad sin tener que preguntar. Siempre había forma, y luego de un tiempo dentro, encontrábamos métodos para averiguarlo sin ofender a nadie. Ni siquiera se necesitaban palabras.

La culpa se nota en la mirada, para quienes llevábamos aquí suficiente tiempo y sabíamos qué buscar. Y lo primero que le vi al conocerla fueron sus dos ojos grandes y cafés.

Sus ojos no se movían nerviosos ni parpadeaban en momentos raros. Cuando me miraba —cuando le permitía que nuestras miradas se encontraran—, no podía encontrar las señales reveladoras. En cambio, cualquiera (Mirabel, Lola, Polly, Cherie, Pequeña T, D'amour y la lista seguía) podía haber mostrado su verdadera naturaleza con una mirada astuta de reojo o en el temblor notorio de una pupila. Esta chica nueva sólo me miraba. No intentaba ocultar nada, al menos no lo parecía. No intentaba engañarme. Aquella noche podría dormir en la litera inferior con el cuello expuesto sin preocuparme por nada.

Sobre todo, lo que encontré en sus ojos fue un sentimiento que me llamó la atención. Por supuesto más allá de la tristeza. Al margen de eso, muy en el fondo de su mirada encontré sorpresa.

En parte no creía que estuviera encerrada aquí. Sólo una sociópata hábil, una absoluta mente maestra o una chica sentenciada por un crimen que no había cometido —y que siempre había creído que el mundo nunca le haría algo así— expresaría eso en su mirada.

La vida. Desde hacía tiempo sabíamos que era cruel. Pero ella era nueva. Supongo que recién se daba cuenta.

—Oye, entonces... —comencé, hasta que lo escuché aproximarse.

Se escuchó en el silencio. Escuché cómo se deslizaba y giraba, giraba y se deslizaba, un sonido familiar, la ruedita trasera de la izquierda giraba en su propio eje, fuera de ritmo, a destiempo. El carrito de los libros se detuvo frente a nuestra puerta abierta. Quedaban unos minutos de tiempo libre y el carrito por fin había llegado al ala B.

Pero yo no lo comandaba y Ori no me conocería por ello. Para ella, desde su primer día en Aurora Hills, la chica que manejaba el carrito de los libros y que trabajaba en la biblioteca sería Peaches.

Peaches levantó la barbilla al verme.

—¿Qué quieres?

Sacudí la cabeza. No quería un libro y tampoco aceptaría una de sus pastillas a modo de disculpa.

—Ay, demasiado pronto.

Me quedé mirando la pared, la cual no me regresaba la mirada. No le permitiría molestarme. El carrito apenas tenía libros y los pocos que tenía estaban aventados, boca abajo, desorganizados. Era doloroso verlo.

—Tengo que revisar tu ventana —dijo Peaches, se metió en nuestro espacio ya de por sí saturado para subirse en la que ahora era la litera de Ori. La ventana de nuestra celda era la única que abría, todos lo sabían. Sacó su brazo por los barrotes para rebuscar por fuera en la pared de piedra y lo metió vacío. Lo volvió a intentar y otra vez estaba vacío. Después se bajó.

Ori miró sin decir nada, con una expresión confusa. Tendría que advertirle no ser tan expresiva.

—Hay una planta —Peaches le explicó—. Como esta enredadera. La necesito. Pero parece que la última perra que estuvo aquí se fumó toda esa mierda —me miró, pero no le hice caso.

—¿La necesitas? —preguntó Ori—. ¿Para?

Peaches sonrió con suficiencia y torció los labios. Volteó a verme.

—¿Estás segura de que no quieres nada, Amber?

—Nop.

—¿No quieres leer un cuento?

—No, gracias.

Se enfocó en mi compañera.

—¿Tú?

Ori nos miró a las dos. Debió haber presentido que algo andaba mal. Después respondió en voz baja.

—Supongo que no se me antoja leer. Tal vez después.

Peaches resopló, como si Ori hubiera dicho algo gracioso.

—Está bien, matona. Como quieras —se fue con el carrito a la próxima celda. El salto y el deslizamiento de las rueditas, el deslizamiento, el salto.

Ori se veía afligida.

—¿Crees que ella sepa? ¿Todas lo saben?

—¿Qué cosa?

—Me llamó… —no podía ni decirlo.

Me encogí de hombros.

Se asomó al espacio abierto en el centro del ala B, por donde Peaches se llevaba mi carrito.

—¿Querías un libro, verdad?

Me encogí de hombros otra vez.

—Me di cuenta —esperó a que dijera más, pero no iba a hacerlo, por supuesto, no iba a hacerlo. Sin embargo, lo hice.

—Me lo quitó —dije.

—¿Qué? ¿Un libro? ¿Cuál?

Sacudí la cabeza, deseé no haber dicho nada.

—No uno, todos. Todo. Me quitó todo.

Tenía una mirada profunda, como si le costara entender.

—¿No puedes pedir que te lo devuelva? ¿Explicarle?

Me burlé.

—No entiendes nada este lugar.

—Pero… —comenzó a decir. Le hice un ademán para que no siguiera.

—No hables de cosas que no conoces. Ya casi es hora de comer. Nunca te comas los chícharos ni el pastel de carne. Los peores días son cuando sirven las dos cosas, así que esos días no comes. Siéntate conmigo. Tira tu tenedor y tu cuchara cuando acabes o te van a registrar. No me mires así. Son de plástico. Ya aprenderás.

Fue hasta la noche, cuando estábamos a solas de nuevo, y más solas que antes porque nuestra puerta estaba sellada, cerrada con llave, y esta vez no podíamos salir, aunque lo hubiéramos hecho una vez; hasta este momento ella decidió hablarme. Había estado callada cuando nos contaron, en la cena, en la convivencia después de la cena y cuando nos contaron después de cenar. Había estado callada mientras nos desvestíamos una frente a la otra. Y cuando cerraron las puertas, un acontecimiento crucial para toda chica en su primera noche en Aurora Hills, yo estuve callada para dejarla procesarlo.

Nos metimos a la cama. Apagaron las luces y el ala B quedó en silencio. Cerré los ojos. No pensé que me fuera a atacar con un arma hecha de una cuchara de plástico, aunque no me cercioré de que hubiera tirado su cuchara de plástico, porque yo sabía lo que sabía de otras ocasiones. También sabía otras cosas, cosas que no recordaba, sólo hasta que cerré los ojos y la oscuridad me envolvió sentí la sacudida y el cosquilleo que indicaba que tal vez regresaran.

Me refiero a lo que olvidaba. Lo que éramos todas.

Me di la vuelta, para darles la espalda. Pensé en otras cosas. Las paredes me constreñían. Dejé que mis pies descalzos tocaran la pared desnuda, que se sentía fría incluso cuando hacía calor, siempre fría, como me gustaba. La encontré reconfortante. Me encogí.

Entonces me despertó.

—¿Mmm, Amber?

Me moví, mi nombre era una cosa distante que se movía y que no necesitaba sacar del agua.

—¿Amber?

Dejé caer un brazo. Aparté el pie de la pared.

—¿Amber, estás despierta?

Abrí un ojo. Ésta era mi cara de enojo.

—Ahora sí.

—Estabas tarareando

Me limpié la saliva de la boca y tuve que voltear mi almohada plana, dura como una piedra, porque tenía una mancha; el otro lado se sentía más plano y más duro todavía. Ya no iba a quedarme dormida tan fácil.

—Lo siento, pensé que estabas despierta.

—No —levanté la vista y vi su pierna musculosa que colgaba de la litera.

—¿Qué tarareabas?

—No sé, estaba dormida.

Se hizo un silencio prolongado, cerré los ojos otra vez.

—¿Sueñas con eso? —preguntó.

—¿Con qué? ¿Con lo que hice?

—No —respondió deprisa—, no digo que lo hayas hecho. Para nada. Me refiero a antes. A tu casa, supongo. O sea, ¿sueñas con eso aunque estés aquí?

Tal vez intentaba sacarme la verdad.

—Si hablamos muy fuerte, va a venir el guardia, ¿sabes? —contesté.

—Ah, lo siento.

Mi mente me proyectó una sola imagen en la oscuridad de nuestra celda: era un camión naranja tragado por una bola inmensa de fuego, también naranja. Después mi mente se tiñó de naranja y se cerró.

Nunca he hablado de esto. Las chicas no me han preguntado. Nadie había querido saber qué tan carbonizado estaba cuando lo encontraron en los restos del camión; y que los transeúntes sólo pudieron apartarse y verlo quemarse. Que nadie pudo salvarlo porque también se hubieran quemado.

Ninguna de las chicas sabía cuánto deseaba que se muriera. De todas formas no hubiera sido muy relevante confesarlo porque la mayoría también deseaba que los hombres de su vida estuvieran muertos. Hubiéramos podido organizar un coro.

Ellas no hubieran querido conocer la lista en mi diario, la colección que estaba armando de todas las maneras en las que se podía morir, por si acaso.

Al principio eran cosas sencillas. Domésticas.

LOS MUROS QUE NOS ENCIERRAN

Resbalarse en el hielo mientras limpia la entrada de coches.

Caerse del techo mientras limpia los canales.

Electrocutarse con la licuadora mientras se hace un licuado de proteína.

Después me puse a investigar.

Mordedura de araña. Mordedura de serpiente. Picadura de abeja. Enfermedad acelerada de Lyme.

Buscaba historias extravagantes en los periódicos.

Recibir un golpe con los escombros de un Boeing 747.

Caerse en una coladera mientras cruza la calle.

Tenía una idea, y me inspiraba.

Ahogarse con una uva. Con un cacahuate. Con un Dorito. Con un trozo de carne de hamburguesa en el estacionamiento del McDonald's.

Me ponía creativa y las ideas eran más violentas, más pintorescas.

Ataque de oso. Puñalada en el vientre de un asaltante enmascarado.

Atropellado por un autobús. Decapitado por un frisbi. Cortado a la mitad por un roble caído y luego enterrado bajo su tocón.

Suicidio, con una cuerda. Suicidio, con un tubo de escape. Suicidio, con el horno. Suicidio, a la antigüita, en una tina caliente con una navaja de afeitar.

Pastillas, de todos tipos, en puñados, hasta que le salga espuma por la boca y se ahogue.

La mayoría eran ilusiones.

Disparo a la cabeza. Degollado. Destapacaños en el café. Un tronco de cinco por diez con clavos reventado en su cabeza. Incendiar toda la casa con él dentro y salir corriendo.

(*Accidente de coche* fue una de las primeras y obvias entradas en la lista. No se me había ocurrido que habría tantas llamas, así que también se consideraba morir en un incendio.)

Si hablaba sobre mi lista, si lo revelaba, también tendría que revelar el resto, como lo que él me había hecho o lo que le había hecho a mi mamá, lo que provocó que redactara esa lista, lo que quizá había empezado a hacer a mi media hermana menor, porque le había visto tres moretones en el brazo que parecían marcas de dedos, aunque ella había dicho que se había caído de la bici. Eran cosas de las que no podía hablar ni en la oscuridad ni a la luz del día. No podía expresarlas con palabras bajo ninguna luz. Así que hacía mis listas.

El punto era que escribir algo en una hoja de papel no hace que se vuelva realidad. Es como pedir un deseo cuando soplas las velas del pastel. ¿Quién se despertó al día siguiente para recibir un pony?

Ori no había dicho nada en un rato. Tal vez estaba dormida. Pero yo no. Yo estaba despierta. Estaba recordando. Yo estaba viva y él no.

—Casi todas las noches —contesté. No esperé que me preguntara de qué hablaba. Me estaba dejando ir, como antes de que me despertara. Me estaba hundiendo, descendiendo, cayendo, viendo visiones. El camión naranja. La mano quemada en el parabrisas. El aroma tóxico a gasolina que flotaba en el aire. El glorioso humo negro.

No estuve ahí para verlo, pero cómo lo hubiera deseado.

Me daba curiosidad

Ella me daba cada vez más curiosidad. La observé el resto de la semana. Sentada a mi lado en la cafetería, en donde le dije que se sentara. Mientras esperaba a que la contaran afuera de nuestra celda compartida, en donde se le dijo que se parara. A veces mientras dormía, lo cual implicaba subir la escalera para asomarme a su litera, para ver si estaba dormida. (Sí lo estaba. Dormía bocarriba con las manos entrelazadas en el pecho, como si durmiera en un ataúd.) Sin embargo, en la noche me volteaba cada vez que se paraba a hacer pipí.

Me di cuenta de que escribía cartas en las clases, al principio no sabía a quién. Y había veces que cuando intentaba verse en el pedazo de espejo que estaba en la pared de nuestra celda se movía frente a él como si lo que ella esperaba encontrar se fuera a iluminar desde un ángulo distinto. En ocasiones cuando hacía esto, el miedo le arrugaba la cara. En otras, apartaba la vista como había hecho cuando la había conocido, y parecía triste, mas ya no tan sorprendida.

Era inevitable verle los pies, tenía bultos raros cerca de los dedos gordos y manchas rojas y ásperas. Así aprendí que allá afuera —así como algunas robábamos coches o pertenecíamos a una pandilla, y otras éramos alborotadoras, acosadoras u odiábamos a nuestras madres— ella era algo que ninguna de nosotras era: bailarina de ballet.

Nos parecía absurdo, como si alguien ingresara y dijera que montaba elefantes o se pintaba la cara de blanco y era mimo callejero.

Sin embargo, era cierto: los noticieros habían mostrado fotos suyas en tutú, peinada de chongo y con expresión seria, así como con lo que parecían zancos deformes moldeados en las puntas de sus pies rosas. Muchas las habíamos visto. Y una vez, la sorprendí estirando una pierna, y antes de que yo parpadeara estaba casi doblada a la mitad y haciendo un *split* con la mejilla en la rodilla. Cuando me vio mirándola, dobló las piernas y se encorvó.

—¿Por qué no haces eso? Muéstranos —debía saber que nos urgía entretenimiento de cualquier tipo. Siempre le pedíamos a Natty que cantara. Y Cherie hacía trucos de magia cuando nadie quería jugar Gin Rummy o escupir, aunque la mitad de las veces no adivinaba qué cartas teníamos en la mano.

Ori se quedó quieta. Su mandíbula se puso como piedra.

—¿Qué? —al fin dijo entre dientes—. ¿Hacer qué?

—Bailar.

Sacudió la cabeza.

—Aquí no —dije, refiriéndome a nuestra celda. Obviamente no había espacio—. Afuera o en donde nos ponen a hacer estiramientos de yoga, tal vez ahí.

—No —se dirigió al espejo, que no era espejo, e intentó ver su reflejo. Después se dio por vencida y miró a la pared—, ya no bailo.

—Pero...

—Ya no.

Hablaba como si lo hubiera desechado para siempre, así como Lian juraba que nunca volvería a tocar una gota de alcohol. Reaccionó como si el simple hecho de escuchar la palabra le diera náuseas, le arrancara un grito de dolor de alguna parte invisible de su ser.

Al margen de esto, sus primeros días en Aurora Hills me hicieron rememorar los míos. Caminaba por nuestros pasillos en una nube, absorta, adormilada, igual que yo en mi época. No mostraba miedo. Sabía que no debía. No podía.

Nos alimentábamos del miedo como si fuéramos lobas y luego no quedaría nada más que huesos y la piel desagradable y deforme de sus pies. Al menos no le tocaríamos los pies.

No peleó con nadie, incluso cuando algunas la provocamos e intentamos fastidiarla. No lloró, no que yo supiera. A lo mejor sentía el mismo hormigueo que yo sentía, el que se te metía por las orejas en la noche y te arrancaba las cosas malas. El que decía: *Ahora estás aquí, mejor acostúmbrate. Nunca te irás.*

No sabía por qué, después de la primera noche con todas sus preguntas, se había quedado callada. Supongo que estaba digiriendo la realidad.

La observaba en clase, en busca de algo más revelador. Como le había contado, las clases eran un fastidio. Eran por las mañanas, cinco veces a la semana. Eran obligatorias, pero para cada materia había un profesor para todas las chicas de quince años y mayores. Cuando lees mucho, como yo, ¿qué podías aprender en una clase así? A quienes íbamos adelantadas nos sentaban en la parte trasera del salón y nos daban un libro para estudiar solas. Así aprendí álgebra. Interpreté los simbolismos en las obras de Shakespeare e inventé mis respuestas. Reflexioné sobre la filosofía de Platón y Kant. Aprendí a tejer de un libro, sin agujas ni estambre. Memoricé los nombres de los faraones egipcios y los dictadores europeos. Hice los mismos exámenes de práctica para el Examen de Educación General una y otra vez hasta que acerté en todos.

Ori también acabó en la parte trasera del salón. Estaba revisando el libro de los faraones, yo ya lo había terminado; estaba sentada con los ojos vidriosos y la barbilla inclinada sobre la lámina de dos páginas de Cleopatra, igual que yo había hecho, admirando la majestuosa corona de oro. Sacó una hoja de papel. Pidió un lápiz. Me enfoqué en mi libro de texto *Generalidades de la astronomía*, lo encontré mohoso y blando en una esquina, pero había sido un buen descubrimiento. Cuando levanté la vista cuarenta y tres minutos después, ella seguía con Cleopatra. Tenía el libro al revés.

No estaba asimilando todo lo que podía de las dinastías egipcias. En cambio envolvía el libro con los brazos para formar una tienda de campaña protectora y dentro de la tienda estaba escribiendo una carta, furiosa. El lápiz cortaba el papel, le infligía heridas abiertas. En cierto momento, arrancó una mitad completa de la hoja.

Vio que la profesora levantaba la vista y, al creer que ese gesto implicaba que le importaba lo que hacía, ocultó la carta en una página cualquiera, cerca de Jerjes el Grande. Me rezagué al salir del salón y la saqué, la leí deprisa mientras avanzaba hacia la puerta, y la tiré otra vez en el receptáculo más cercano (una caja de libros de texto de inglés de 1983) antes de salir al pasillo. Llevar una hoja de papel sin razón aparente era contrabando.

Lo que recuerdo de mi lectura veloz era esto: la caligrafía era casi ilegible, así que tal vez Ori debería sentarse en la primera fila para aprender lo elemental con las chicas de catorce. Pero identifiqué estas palabras:

¿Cómo duermes por las noches?
Esa vez que fuimos a la Gran Aventura y
Deberías ser tú.
~~PÚDRETE-EN-EL-INFIERNO!!!!~~

No era una carta de amor. Ori quería a alguien muerto, así como yo había querido a mi padrastro muerto. ¿A quién? Y de algún modo, en mis sueños más extravagantes, los intensos, los llenos de humo que me invadían por la noche, había una parte de mí que creía que la escritura sí tenía cierta magia. Yo lo escribí. *Accidente de coche. Accidente de coche. Accidente de coche.* Y se hizo realidad. Tal vez Ori también lo creía.

Descubrir su carta oculta me animó a observarla más. Todas ocultábamos algo. Y en vista de que todas lo sabíamos, como sabíamos nuestro número de reclusa que sustituía nuestro nombre, desde que nos habían ingresado aquí; cuando intentábamos guardar nuestros secretos siempre sabíamos identificar cuando alguien era descuidada con los suyos.

Esa semana continuó y no le quité los ojos de encima.

En Aurora Hills era sencillo cometer infracciones y Ori lo aprendería más temprano que tarde. Tendría que ser más cuidadosa. Había muchas cosas que sacaban de quicio a los guardias. Traer puestos los zapatos dentro de la celda. Llegar tarde a comer. Bañarse en horarios no establecidos o no bañarse lo suficiente. Responder o hablar demasiado. Reírse (pensaban que nos reíamos de ellos). Caminar rápido (creían que corríamos). Dormir en la noche cubriéndonos la cabeza con una cobija, así no nos veían constantemente en la cama.

Lo peor eran los rasguños, que parecieran autoinfligidos, en los brazos, las piernas y en cualquier parte. Incluso si teníamos muchísima comezón no debíamos caer en la tentación de rascarnos. Nadie quería ser una Suicida porque entonces no podríamos dormir con las luces apagadas ni taparnos con una cobija en las noches, nada más con una sábana, y en el día, todo el día, frente a los guardias y todo el mundo, cualquiera bajo vigilancia suicida tenía que pasearse sin brasier. Podían usar los tirantes para estrangularse, eso nos decían, con lo cual nos daban ideas.

Le advertí a Ori de las Suicidas, pero no podía advertirle a tiempo de todo.

En general, a una chica nueva le tomaba uno o dos días molestar a un guardia. Esto se traducía en un despliegue de fuerza. Un viaje de poder. Desde nuestro punto de vista, los guardias nos atacaban, nos estrellaban la cara contra el piso y después de todo esto nos pedían que nos tranquilizáramos. Desde su punto de vista, era disciplina, y la merecíamos

Ori se había salido de la fila cuando le pasó la primera vez. Estábamos formadas camino al comedor, y algo afuera en la ventana le llamó la atención. Se acercó al cristal y lo tocó con la mano, en la medida de lo posible pues tenía barrotes. Afuera era un día luminoso de verano, el cielo era azul y brillaba el sol, los árboles se mecían con la brisa, tal vez pasaba una mariposa; a veces las veíamos. Todo lo que había ahí afuera era prueba de que el mundo seguía su curso y nos olvidaba y tal vez eso la había hecho detenerse. No sabíamos, pero todo terminó muy rápido como para tener oportunidad de preguntarle.

Un guardia, Rafferty, la había visto y le gritó que avanzara. Que regresara a la fila. Nos estaba retrasando a todas, y si continuaba así nos dejarían sin comer a todas. Algunas nos quejamos, teníamos hambre, pero otras no queríamos el sándwich de jamón correoso del día así que miramos con sonrisas débiles, sabíamos qué se avecinaba. Sería entretenido verla luchar, volar.

Quería decir algo —advertirle de alguna manera—, pero me quedé callada porque no quería que me tocara a mí también.

—¡Speerling! —Rafferty le gritó.

Ella nos daba la espalda, tenía la cara contra los barrotes que protegían la ventana, el cielo azul se reflejaba en sus ojos.

—¡Vuelve a la fila, Speerling!

Tal vez los recuerdos le tapaban los oídos. La cabeza le palpitaba por el remordimiento.

Rafferty salió de la fila y atacó. Expresamos sorpresa, dolor, ah, oh, retrocedimos. Una chica tuvo un momento de debilidad y se tapó los ojos.

Mississippi dice que vio a Ori aferrarse a los barrotes. Mirabel dice que Ori no se agarró de nada, que sólo se veía impresionada de que la levantaran del piso, tenía la boca completamente abierta y su pelo se derramó y le tapó los ojos al guardia.

Todas la vimos caer. Vimos a Rafferty agarrarla, y después estaba tirada en el piso, con los brazos torcidos, doblados detrás de la espalda, mientras el hombre uniformado estaba montado en ella; para algunas fue inevitable rememorar nuestros arrestos más impresionantes.

Si bien en nuestro estado era ilegal emplear el "procedimiento restrictivo de cara al piso" con adolescentes, eso no impedía que los guardias lo ejecutaran, al estilo olímpico. La maniobra implicaba que desde atrás nos engancharan el cuello con los brazos y nos levantaran en el aire, después nos lanzaban bocabajo hasta que la cara golpeaba el piso y nos doblaban los brazos detrás de la espalda, así nos inmovilizaban.

Nos retenían con la nariz y labios aplastados contra el piso: retorciéndonos o quietas, luchando, retorciéndonos de dolor, intentando patear, llorando, furiosas o haciéndonos el muertito. Sin importar lo que hiciéramos, sintiéramos o no hiciéramos, éramos suyas. Éramos su presa.

Ahora Ori era una de nosotras de verdad.

Cuando Ori se había tranquilizado para que Rafferty la soltara, él le permitió pararse sola. Sus mejillas eran jitomates y le goteaban lágrimas de la punta de la nariz. Se limpió la cara con la manga. Sonreímos con superioridad o intentamos mirarla a los ojos y sonreír para demostrarle que a todas nos había pasado o nos quedamos mirando nuestros zapatos de lona.

—Regresa a la fila, Speerling —ordenó Rafferty—. Hora de comer.

Ella se formó en su lugar, justo detrás de mí. Se paró derecha, y por su postura y su estatura, se veía alta y estable. Quizá podría haber estirado mi mano detrás de mí para darle una palmadita en el brazo, pero si me descubrían tocándola perdería más privilegios y ya había perdido mi carrito. Lo único que hice fue voltear el cuello ligeramente y asentirle. Después avanzamos hacia la cafetería como si nada hubiera pasado. Cuando pasamos, no echó una mirada a la ventana ni al cielo azul al fondo. Ninguna lo hizo. Ahora la escena había quedado destruida como por una excavadora. Una bomba atómica la había hecho pedazos.

Para la segunda semana, Ori ya se había acostumbrado a todas las cosas a las que todas nos habíamos acostumbrado: las caras al piso y la revisión desnudas, en cuclillas y tosiendo, la humillación. Además de las pequeñas cosas que se iban sumando. Que nos dijeran que nuestras vidas habían terminado. Que nos dijeran que la silla eléctrica debía ser legal, incluso para menores de edad. Que algunos guardias a quienes les gustaba jugar a que esto era una cárcel de verdad nos dijeran "reclusa" y no usaran nuestros nombres. Se acostumbró al sonido de la cerradura activándose en la puerta de nuestra celda todas las noches, a ese ruido sordo y frío.

Sobrevivió a todo esto sin quejas ni demasiadas preguntas. Era raro lo fácil que se había rendido. No es que se hubiera vuelto débil. Más bien se había dado por vencida. Había desistido.

Era bien entrado agosto, todas teníamos nuestras tareas de habilidades para la vida diaria un par de tardes por semana. Ori trabajaba con el jardinero, afuera bajo el rayo del sol. Excavaba la tierra y sacaba la hierba del jardín. Aprendió a usar bien una pala, lo cual podía ser útil para enterrar cosas y no para plantarlas. También tenía acceso a lo que le interesaba a chicas como Peaches y D'amour, pero no creo que ella tuviera nada que ver con ese placer. Parecía que lo único que le interesaba era cavar.

Mi tarea estaba en la cocina y la veía desde las ventanas, que eran mucho más grandes y luminosas que cualquier otra ventana del recinto. Veía a Ori en la tierra, en contacto con los gusanos. Me daba cuenta de que el jardinero mantenía su distancia, debió haber escuchado las historias. Debía haberse preguntado sobre ella.

¿Acaso no lo hacíamos todos? ¿Desde las chicas hasta los guardias, desde los criminales hasta los civiles? Queríamos mirar fugazmente al monstruo interior. A veces creíamos ver un poco, una mirada furtiva. Un murmullo.

Cada una albergaba un monstruo particular, perceptible para cada una. Todas éramos diferentes, como copos de nieve.

Sin embargo, el monstruo de Ori no salía a relucir. Intenté verlo. Me había esforzado mucho por definir qué tenía ella de malo, por qué la habían declarado culpable y la habían enviado aquí, por qué no se había realizado un esfuerzo para apelar el caso. No me quedaba claro. No había forma de que fuera inocente, ¿o sí? ¿Igual que yo, a decir de las demás?

A veces salía a relucir su verdadero yo. Me contaba cosas que, de haber visto la luz, hubieran sido premoniciones. Sabía que yo estaba olvidando algo. Mi mente se quedaba en una zona densa. Como un miembro fantasma, me picaba de vez en cuando; sentía electricidad aunque no pudiera moverla.

Estaba volcada en Ori. Me volví juez y parte al mismo tiempo y empezaba a creer que no merecía estar aquí.

Por ejemplo, la taza. La manera como miraba la taza, mientras que para nosotras era algo distinto.

Nunca podíamos elegir nuestros platos o utensilios en la cafetería. Debíamos tomar las bandejas que nos daban y la comida que nos daban, aunque sí podíamos elegir masticar, tragar y digerir esa comida o morir de hambre cuando los macarrones estaban extra rancios o la sopa se veía rara. Pero había una taza de la vajilla de la cafetería que a Ori le encantaba usar.

A veces la taza roja estaba entre la vajilla lavada en el lavaplatos y se ofrecía durante la comida de ese día. Cualquiera podría encontrarla en su bandeja. Era de buena suerte que te tocara la taza roja, en vez de una de las muchas blancas o grises. Antes de que Ori llegara, era mala suerte encontrar el objeto brillante en nuestras bandejas, lleno de leche, el jugo de naranja ácido o el refresco insípido que nos servían. La mayoría no se atrevía a tomárselo. Los contenidos de esa taza roja estaban malditos y preferíamos quedarnos con sed que beberlos.

Hasta que llegó Ori. Nos dimos cuenta de que siempre veía lo bueno antes que lo malo. Incluso después de que Rafferty la amonestara por salirse de la fila, incluso después de que se apaciguara y siguiera todas las instrucciones sin ningún arrebato o protesta. Incluso entonces seguía asomándose su verdadero yo.

Veía lo que nosotras no podíamos. Cuando se trataba de las reclusas miraba más allá de nuestras pantallas rígidas, de las lágrimas fingidas, de los raspones sangrantes en los nudillos por golpear la pared. Era como si ella hubiera sido testigo de la única vez que le dimos un billete de cien pesos al indigente que dormía en una caja en la esquina. O cuando encontramos un caracol en la banqueta y lo salvamos de morir aplastado llevándolo con todo y baba al pasto. Veía nuestra bondad exterior, los recuerdos remotos en el retrovisor de nuestras vidas pasadas, y también veía nuestra bondad interior.

No tenía idea de cómo lo hacía.

Veía el potencial que teníamos y lo que podíamos hacer con él. Veía lo que el juez no había podido ver, lo que el abogado de oficio sólo había fingido ver y lo que incluso nuestras propias madres, quienes se negaban a venir a visitarnos, debieron haber visto.

Imagina a una persona que aún te mira como tu madre solía hacerlo cuando eras pequeña, te peinaba de trenzas y eras buena. Así era Orianna Speerling, la nueva reclusa, la que cerraba el círculo, la cuadragésima segunda.

Así que cuando le tocó la taza roja por primera vez, la segunda semana de su interminable sucesión de semanas, Ori hizo algo peculiar, algo que nos agarró desprevenidas. Vio la brillante mancha roja en su bandeja y sonrió. La sonrisa le iluminó la cara. No le habíamos visto así la cara, esa sonrisa, nunca, así que algunas en la fila nos detuvimos para apreciarla un momento.

—¿Estás enferma? —preguntó Natty.

Cherie le tocó el brazo aunque no podíamos tocarnos.

—Oye, ¿te sientes bien?

Ori se limitó a sonreír, estaba radiante. Volteó a verme.

—Mira lo que me tocó, ¿puedes creerlo?

Todas bajamos la mirada, incrédulas, y miramos su bandeja de plástico deforme, derretida de un lado gracias al lavavajillas defectuoso. En los compartimentos huecos de la bandeja había una sustancia pegajosa y amorfa que parecía una papa, una porquería que era carne, fango de ejotes, un rollo de trigo integral que más bien parecía una piedra y una rebanada de pastel amarillo sin glaseado. Era evidente que no hablaba en serio. El hueco para la taza lo ocupaba la temida taza roja. Contenía un hilillo azul de lo que asumimos era leche.

—La taza buena es mía —dijo— por hoy —era como si nos quisiera decir que mañana la taza podía ser de cualquiera.

Ori y yo avanzamos en la fila para tomar nuestros cubiertos de plástico y encontramos una mesa en donde sentarnos sin que nos quitaran a golpes porque era la mesa preferida de alguien. Se sentó frente a mí. Como siempre bajamos la cabeza. Puse la cuchara en la sustancia gelatinosa de papas y le di una mordida resbalosa.

Cuando levanté la vista su cara seguía dibujando una sonrisa.

Por un momento me hizo olvidar en dónde estábamos, me confundió.

Aquí la felicidad sin motivo emitía cierta luz. Vibrante. Provocó un resplandor en el centro de la cafetería. Nos lastimó los ojos. Nos llamó la atención.

—Hoy será un buen día —dijo y todas las que se encontraban cerca voltearon—, eso es lo que significa —concluyó. Algunas chicas empezaron a susurrar. Una de las chicas en nuestra mesa, Mack, se fue a sentar a otra parte.

—No deberías beberla —le dije a Ori—, nosotras nunca…nunca…

Debía haberle advertido antes. Se llevó la taza a los labios partidos y le dio un trago apasionado a lo que quizá, tal vez, era leche.

No entendimos. Las chicas a las que les quedaban nueve meses, dos años, dos meses y medio, doscientos veinte días, nadie entendimos. ¿Un "buen" día? El último buen momento para algunas había sido cuando habíamos creído que no nos descubrirían. Cuando habíamos visto una bifurcación en el callejón por el que escapamos, una salida. El coche para escapar se había acercado, la puerta del copiloto se había abierto y nos había llevado a toda velocidad a la inocencia. Ese había sido nuestro último buen momento.

Para otras nuestros buenos momentos eran contados. A veces en la regadera, cuando quedaban dos minutos y milagrosamente el agua aún salía caliente y nos salpicaba los hombros adoloridos. Un beso furtivo con una chica cuyos ojos nos recordaban a los de un novio allá afuera. Un beso furtivo, punto. Un momento privado furtivo, en cualquier parte, en cualquier momento.

Para mí, era estar en la biblioteca, hojeando un libro recién llegado. Ese siempre era mi momento positivo. Ahora, mi último momento positivo.

Sin embargo, Ori encontraba lo bueno en todas las esquinas sombrías. Veía una taza de un color llamativo en su bandeja de comida horrible y triste en la correccional en donde viviría sus últimos años de adolescencia y veía una promesa. Veía la felicidad. Veía la oportunidad de beber quizá, tal vez, leche de un objeto bonito, para variar, lo cual transformaba el líquido acuoso de sabor cuajado en algo delicioso y potente.

Se terminó su taza roja de leche mientras muchas la observábamos. Dejó la taza con un suspiro de satisfacción.

—Estuvo rico —dijo.

Después de eso, la taza roja se volvió codiciada. Las chicas querían verla en sus bandejas, con jugo, leche o incluso agua de la llave. A veces se suscitaba una pelea por ella, dos veces ese verano algunas chicas habían terminado en la enfermería o en el hoyo por su causa. Ori hizo que la quisiéramos. La trató como si fuera un objeto de la suerte. Y lo fue por siempre.

Nos revelábamos

Nos revelábamos en arteterapia, a la fuerza, en grupos asignados una vez a la semana. Una hippie entusiasta estaba a cargo de arteterapia; consistía, en general, en dibujar abominaciones en hojas de papel corriente, después sentarnos en un círculo para compartirlas con el grupo.

En su primera sesión en ese agosto, mi nueva compañera de celda no dibujó dragones toscos como había hecho D'amour o coches como Mirabel. Tampoco siluetas con curvas, estrellas porno, como Natty, quien pasaba buena parte de la sesión dibujando labios carnosos. Ella dibujó algo importante. Entonces no lo sabía, pero era un mensaje dirigido a mí.

Ori dibujó una cara. En su dibujo a lápiz de grafito, todo gris, la nariz era una nariz normal. La boca era una boca normal. Las orejas eran orejas normales. Las cejas eran delgadas, apenas visibles, pero normales. El cuello era largo y nadie sabía en dónde terminaba porque sus líneas se extendían en la página, así que bien pudo haber sido el cuello de una jirafa.

El dibujo era la cara de una persona. A lápiz. Eso era todo.

Incluso la líder de nuestro grupo tuvo poco que decirle a Ori en la parte de la sesión dedicada a compartir ideas. Éste era su momento favorito porque podía interpretarnos y leernos igual que leía las cartas astrales, rebuscaba en nuestros pasados sombríos y sucios.

Sin embargo, la hippie guardó silencio mientras veía la hoja simple de Ori.

—Un chico —dijo, con optimismo; eso me pareció. Parecía adorar la idea de las relaciones sentimentales, mientras no invadiera nuestro círculo de sillas.

Ori sacudió la cabeza.

—Una chica.

—¡Ah! —dijo la hippie con la mente abierta, esperando que Ori revelara el nombre y su relación, pero Ori no lo hizo. En esa hoja con una cabeza dibujada a lápiz ya había dicho todo lo que estaba dispuesta a compartir.

—Un retrato muy realista, señorita Speerling, gracias —aunque, sugirió, quizá la próxima vez, si le interesaba, Ori podría soltarse un poco y darle rienda suelta a su subconsciente. A la hippie le fascinaba que le diéramos rienda suelta a nuestra imaginación. No tenía idea de lo peligroso que eso podía ser.

Le complació la contribución de Cherie, un árbol con cabeza de hombre y pies de ave, tal vez un pollo, y pestañas picudas hechas de rastrillos.

Mi dibujo era una casa hecha de libros, pero en vez de puerta había un libro y en vez de ventanas, había libros, y en vez de chimenea por donde saliera el humo, un libro que cubría el hoyo, así que si la casa estaba habitada, no podrían salir. Se ahogarían, los encontrarían años después, un cuerpo disecado marcaría con su dedo huesudo en dónde se había quedado en el libro que había estado leyendo; una avalancha de libros lo había golpeado y le había sepultado la cabeza. Como bien dije, me gustaban los libros.

Nuestra hippie estaba radiante, con el orgullo miserable de una maestra de kínder. Dijo que al fin yo estaba progresando. Me animó a aventurarme más en la siguiente sesión, a exigirme, abrir esa puerta hecha de libro y permitirles ver lo que ocultaba detrás de mis paredes hechas de libro. Quería que las paredes se desmoronaran. Yo estaba lista.

Natty puso los ojos en blanco. Dijo que su dibujo también demostraba que estaba lista. Estaba lista para coger.

Nuestra líder se sonrojó y ofreció una respuesta estándar sobre comportamiento inapropiado, lo cual precisamente habíamos abordado la semana pasada.

No permití que Natty me distrajera con sus tonterías. El dibujo de Ori me asombró. Había algo en ese rostro.

Me evocaba recuerdos. Y la habitación estaba girando, todo me hizo sentirme inestable en mi silla: la cara, de algún modo familiar; la habitación, que de algún modo giraba; la hippie que nos decía que nos calmáramos o llamaría a un guardia. Me caí.

Verán, reconocí la cara. Recordé.

Había algo que debía recordar.

Caí de cara sin la ayuda de un guardia.

La intrusa. Había flanqueado nuestras puertas y me había visto a mí, sólo a mí, y después había salido corriendo.

Ori había dibujado a nuestra visitante, aunque Ori no había estado aquí aquella noche así que no pudo haberla visto.

No pudo haber sabido. Yo no le había dicho a nadie. Ahora recordaba con perfecto detalle la cara de la intrusa: esos mismos ojos, la nariz, los labios; como en el dibujo.

La intrusa no me había llamado por mi nombre sino por el nombre de otra chica, un nombre que me había sacudido entonces pero que había intentado olvidar y había relegado al fondo del montón de nombres que conocía: entonces eran cuarenta y dos.

Ori.

Era ella quien me había ayudado a pararme del piso ahora, no Mississippi, la líder de grupo, que había estado sentada más cerca de mí. Ori me levantó, aunque no debíamos tocarnos; era una infracción que podía mandarnos a las dos a Aislamiento si la hippie se quería poner pesada y nos reportaba con un guardia.

Ori tenía una pregunta en la expresión y yo la respondí con otra pregunta en la mía. Ya estaba de pie, ella se apartó y me soltó.

No es que ella fuera una artista brillante; sino que eran, sobre todo, los ojos, los ojos azules intensos, glaciales.

Entonces parpadeé. Porque ella había usado sólo un lápiz de grafito, color gris, y yo tal vez me había imaginado el azul.

—Chicas, tomen asiento —dijo la hippie. Las campanas que llevaba en el cuello tintinearon.

Ori dobló su dibujo con cuidado y no me preguntó por qué había reaccionado así. Tendríamos toda la noche para hablar y ella lo sabía.

Llevó el dibujo a la celda cuando terminó la sesión, después del recreo en el patio y la cena en las tazas grises, después del puré de zanahoria y las tortitas de carne (o eso creo), después de formarnos para regresar caminando a nuestra ala, después de esperar lo que pareció una eternidad para regresar caminando, después de caminar y esperar de pie a que nos contaran en el pasillo y quitarnos las alpargatas antes de entrar.

Cuando contaron a las de nuestra ala, ella volteó a verme, y su expresión seguía albergando la misma pregunta de hacía rato. Nos cerraron y entonces nos quedamos solas con nuestras preguntas.

—¿Qué pasó? —preguntó—. ¿Por qué te pusiste así?

Insinué que era el dibujo que llevaba en el puño. No había necesidad de decir nada más porque vimos un destello de luces. Era hora de quitarnos los overoles y ponernos la pijama. Debíamos turnarnos en los lavabos y excusados para prepararnos para la cama otra noche más.

Fui cuidadosa en esos últimos momentos entre que lo revelaba y no. Me cambié de espaldas a ella, consciente del movimiento de su cuerpo, su respiración. Consciente de lo que los cuerpos son capaces de hacer: traicionar y mentir. Lo había aprendido de amigas allá afuera.

Las amigas que tenía en casa cuando tenía trece años fueron las primeras en hablar con la policía. Contaron lo que les había confiado en pijamadas, en mensajes de chat olvidados, en las gradas cuando las subíamos e intentábamos con todas nuestras fuerzas no burlarnos de las celebraciones previas a los partidos de nuestra escuela. Eran las amigas que había tenido en primero de secundaria, ellas me declararon culpable antes de que hicieran lo mismo en el juzgado.

No recordaba cuándo había sido la última vez que había tenido una amiga de verdad. Alguien que guardara mis secretos. Una chica que se arriesgaría a que la mandaran al hoyo por ayudarme cuando me cayera de una silla.

Había empezado a albergar sentimientos por Ori, sentimientos que nunca había tenido por ninguna de las chicas que había compartido celda conmigo, incluso cuando sabía mucho sobre ellas, después de leer las notas que pasaban entre las páginas de los libros o escuchar a escondidas sus secretos. Había encontrado la carta que Ori había empezado y abandonado, pero era lo único que sabía de ella. Había escuchado que le hablaban para darle su correspondencia, así supe que alguien se comunicaba con ella, pero guardaba esos sobres en el casillero de sus zapatos, era cuidadosa para no revelar más que el matasellos, así supe que provenían de Saratoga Springs. Era todo lo que sabía y quería más. Quería saberlo todo.

Pero fue ella quien hizo la siguiente pregunta.

—Tu dibujo de hoy… —inició—. ¿Qué dibujabas antes?

—Casas normales.

Esperó a que dijera más.

—Casas de ladrillo con ventanas, puertas, chimeneas de las que salía una nube de humo. Supongo que casas normales en donde vive la gente.

No preguntó si yo vivía en una casa así (sí) ni si dibujaba a gente dentro de las casas que dibujaba, si ponía a una familia frente al pasto coloreado con crayola verde, debajo del sol coloreado con crayola verde, de pie en sus piernas de palo, agarradas de las manos de palo, con amplias sonrisas sobre sus cuellos de palo.

No.

Siempre teníamos cuidado de lo que dibujábamos en arteterapia —lo aprendimos pronto—, porque indicar algo en una hoja de papel era una alusión directa a tu persona.

—¿No estás enojada? —preguntó Ori después—. No pareces enojada. Deberías estar más enojada. Tu vida está arruinada porque nadie te creyó.

Así era y no me habían creído.

—¿Y tú? —pregunté.

—¿Enojada? No —sus garabatos mientras leía Cleopatra indicaban lo contrario.

Vio mi expresión, yo esperaba que sostuviera su mentira. No tenía idea de que había visto esa carta, incluso aunque al día siguiente no la haya podido encontrar en el libro de los faraones.

Sin embargo, añadió:

—Tal vez a veces, ¿de acuerdo? A veces me enojo tanto que ni siquiera siento que sea yo. Pero estoy aquí. Esto no va a terminar. No voy a despertar mañana en otro lugar como si esto nunca hubiera ocurrido. Así que…

—¿Así que…?

—¿Qué caso tiene?

Me senté en mi litera. Sonaba tan sensata. Tenía los pies descalzos, los dedos de los pies eran largos y espantosos, tenía una de las uñas toda negra y no era barniz. No intentó esconderlos. Levanté la cara para ver su cara y su mirada era honesta. No pude evitar imaginar si la hubiera conocido afuera, en la escuela por ejemplo, en primero de secundaria, si hubiera sido mi amiga, si hubiéramos subido las gradas con la demás para no poner atención a las celebraciones, y si hubiera dicho las cosas que dije sobre mi padrastro, que de casualidad poco tiempo después pasó a mejor vida, ¿qué hubiera hecho ella con esa información? ¿Le habría contado a sus papás? ¿Habría ido a la policía como mis amigas? ¿O hubiera sido otra clase de amiga, de las buenas y honestas que son fieles? De las que declaran en una corte que no hice nada malo. Que se arriesgan. Que mienten por mí.

Tenía que cambiar el tema.

—¿Quién es el chico? —la estaba probando.

—¿Te refieres a mi dibujo? ¿Por qué todas creen que es un chico?

—Alguien te está mandando cartas —ya iban tres.

—Es Miles —dijo en voz tan baja que con trabajos la escuché.

De todas formas debíamos bajar la voz porque dentro de poco el guardia haría sus rondas en la planta baja. Para cuando entrara luz por el hoyo en nuestra puerta tendríamos que estar calladas. No podíamos arriesgarnos a hablar, pero quería saber del tal Miles, porque ya llevaba tres cartas. De este chico.

(La última vez que había tocado a un muchacho había sido hacía unos cuatro años, fue un accidente en la alberca del pueblo. Él se había echado un clavado desde la plataforma y había caído en la zona profunda, su cadera había rozado mi hombro desnudo, pero no me había dolido tanto. De su traje de baño rojo se asomaron los bolsillos como si fueran alas. Agua por la nariz. Picor del cloro.)

¿Acaso le había dicho a Miles que se pudriera en el infierno y luego lo había tachado porque se había arrepentido? ¿Con él había ido a la Gran Aventura?

Sin embargo, lo estaba haciendo de nuevo. Como en la cafetería con la taza roja. Estaba sonriendo.

—Era más o menos mi novio…nunca lo hicimos oficial, pero supongo que lo era.

—Te escribe mucho. Ya van tres cartas.

—Cinco.

Había ocultado dos.

—¿Cinco? Entonces sí es tu novio. Sólo los novios escriben tanto.

—Está intentando que lo incluyan en mi lista de visitas, pero supongo que no se lo permitirán. Supongo que no tengo el permiso. Hasta ahora es sólo familia.

—Mmm —respondí. Hacía años me habían dado permiso y nadie me había visitado, ni familia ni no familia.

—Lo que pasa con Miles…

Escuchamos que se acercaba un guardia y nos metimos rápido a la cama. El ruido vino y se fue, levanté la vista hacia la oscuridad sobre mí, y le pregunté.

—¿Qué? ¿Qué pasa con él?

—Es el único que me creyó.

La idea de que alguien afuera me creyera inocente era fascinante. Que lo creyera con tal vehemencia que me escribiera para contarme cosas, de manera oficial, en papel, para que cualquiera lo pudiera leer. Me alegraba haber visto en esas tres cartas (ahora cinco) sólo el matasellos de Saratoga Springs y su nombre en el destinatario. Si hubiera visto el contenido, las partes directas en las que él le confesaba que creía en ella, en su perfecta inocencia, en la idea de que la habían acusado erróneamente, me hubiera quedado sin habla. Tan sólo de imaginarlo me daban ganas de llorar.

Tal vez ella lo percibió. Cambió el tema.

—Pero Miles no es el del dibujo.

Lo dije sin más:

—Ya la he visto, a la chica que dibujaste.

Ahora ella se había quedado callada.

—Creo que era ella. En un sueño, pero no era mi sueño. Sucedió antes de que llegaras. Vino de visita y preguntó por ti, pero aún no llegabas.

Sentí un movimiento en la litera superior. Aunque toda la estructura estaba atornillada a la pared, sentí una sacudida, como si fuera a soltarse y tirarnos, una sobre la otra, en el piso rígido. Pero sólo se estaba bajando de la litera para bajar a mi nivel.

Quería verme a los ojos, supongo. Lo que pudiera percibir en la oscuridad. Debió haber pensado que había alguna forma de saber si yo le mentía.

Tenía más miedo de esto que de la idea de que extendiera su brazo largo y grácil en medio de la oscuridad y me cortara la garganta. Había escuchado que había matado a esas chicas con cuchillos. Todo el mundo lo decía.

—Explícate —dijo.

Le conté de aquella noche. No había llegado aún, pero ahora era parte de nosotras, le dije. Le conté de las cerraduras, cómo se habían abierto; las puertas, cómo habían cedido. De nuestros pasos en la oscuridad, la ola que nos arrastró y el maravilloso mar abierto.

Le conté que habíamos creído haber perdido a D'amour. Del destello de electricidad, casi un rayo, y luego de esa chica, la réplica exacta de esa cara gris que dibujó en arteterapia.

La describí, todo lo que recordaba, hasta el último detalle. Fue hasta que mencioné un detalle que creo que Ori me creyó.

—Tenía una pulsera de oro con personitas. Eran diminutas…

—Bailarinas —terminó la frase. De pronto parecía igual de asustada que yo. Entonces entendí: de todas las cosas que pudo haber llevado esa chica en su pulsera de oro, llevaba lo que Ori era. Como si fuera ella, atrapada en la pulsera, toda la eternidad.

Asentí.

—Sus ojos —añadí—, eran muy azules.

—Ah... Ah.

—¿Qué?

—¿Cómo llegó aquí?

No sabía.

—Me estaba buscando. Decía mi nombre.

Asentí, sí, creo que eso hacía. Un sueño, dije; tenía que serlo. Una alucinación. Un error en la realidad, un error en la memoria. Un error.

Pero al ver la cara de Ori bajo la luz de luna que se filtraba por nuestra ventana estrecha, con los ojos muy abiertos, con la boca abierta por la impresión, al ver todo eso, nadie lo creería.

—¿Qué dijo de mí? ¿Qué dijo que hice?

Se acercaba un guardia. Ori subió de un salto a su cama. Las dos nos quedamos quietas mientras él pasaba frente a nuestra celda, dirigía la luz de su linterna por el hoyo de la puerta, nos alumbraba y se iba y nos dejaba solas, nos dejaba en paz.

Por fin se asomó.

—Se llama Violet Dumont. Ese es su nombre. Por su culpa estoy aquí.

Después dejó de hablar porque ya había dicho demasiado.

¿Violet Dumont era una de las chicas que había matado? Me senté, esperando escuchar más, pero Ori ya no asomaba la cabeza. Estaba callada. Ya no iba a contar más. Estaba aprendiendo a guardar su único secreto verdadero y lo había aprendido de mí.

Llamaron

Me llamaron a primera hora de la mañana. Un martes cualquiera. Que yo supiera no había ninguna audiencia, no tenía que reunirme con ningún consejero, ni defenderme de ninguna infracción. No me imaginaba por qué me habrían llamado.

Santosusso fue el guardia que me escoltó a la habitación con paneles de madera en una zona del recinto en la que nunca había estado. Parecía extrañamente alegre de llevarme ahí, casi aturdido. Podía jurar que mientras me sacaba del ala B caminaba dando brinquitos, tenía la gorra con borde azul inclinada de forma desenfadada, su arma rebotaba.

—Esto te va a alegrar el día —me dijo—. No quiero que te entusiasmes, pero esto podría ser bueno.

Santosusso abrió la puerta y ahí estaban, todos sentados en el mismo lado de una mesa larga.

El estado había enviado a tres personas. Dos mujeres, una robusta y con expresión mezquina; otra delgada y con uñas largas y aún más mezquina. El tercero era un hombre, mucho más corpulento que las dos mujeres juntas, se tragaba la silla en la que estaba sentado. Tenía barba pelirroja, parecía salido de los mitos nórdicos de Thor. El vikingo asintió mirándome; las dos mujeres de expresión mezquina, no.

Las paredes de esta habitación estaban hechas de paneles de madera como tablones en la cubierta de un barco. La habitación parecía más oscura, fría y húmeda, incluso con las luces del techo encendidas. Daba un entorno subterráneo al procedimiento, como si me estuviera ahogando y ellos pudieran extender un brazo sobre la mesa y elegir salvarme. O no.

Del otro lado de la mesa larga había una silla. Era para mí. Santosusso me escoltó hasta ella y después me sentó. Coloqué las manos en la mesa, a la vista de todos. Tenía las muñecas libres.

—Buenas tardes, señorita Smith —dijo la mujer robusta—. Gracias por acompañarnos —añadió, como si yo pudiera decidir.

Después le pidió a Santosusso que nos dejara solos. Él nos aseguró que estaría afuera, como para tranquilizarnos, y no supe si era para mí o para los funcionarios que iban a quedarse solos conmigo.

La puerta se cerró. Mis manos en la mesa permanecieron quietas de forma muy hábil, como manos de un maniquí plástico que tenía los cinco dedos pegados.

Después me dieron las noticias.

No me quedaron claros los detalles y no tenía el conocimiento legal de Peaches: había estudiado su caso por si alguna vez le tocaba otro juicio, pensaba defenderse por su cuenta.

El punto esencial era éste: algo había pasado afuera mientras yo cumplía mi sentencia. Un "cambio de opinión". No podía ser un término legal, pero la mujer delgada de expresión mezquina pronunció esas palabras.

No me habían comunicado lo que había sucedido afuera hasta ahora. Ni una carta, ni la visita de un abogado, ni un centavo abonado a mi cuenta de la cafetería para poder comprar chocolates. Pero eso no significaba que mi madre no había peleado por mí, dijo el vikingo, se estiró sobre la mesa de modo que casi podía darme una palmadita en el brazo, casi. No lo hizo.

El punto esencial no era que yo fuera inocente. No. Nunca vendrían aquí y admitirían algo así porque eso sería admitir un error judicial, un error terrible cometido por las personas a cargo. Y todos sabíamos que ellas no se equivocaban.

En cambio, creo que se referían a que ya me habían castigado lo suficiente para ser una persona tan joven. Había preguntas inconclusas, sobre qué tanto había entendido en aquel entonces, sobre la naturaleza casi accidental del crimen apasionado que se cometió, incluso si de hecho había sido un crimen.

¿Cómo era posible que supiera que el suministro de combustible que había cortado en el motor del camión de mi padrastro ocasionaría la fuga de gas, que a su vez provocaría que el camión explotara como una caja de petardos? Sólo tenía trece años entonces, era una niña.

No había evidencia que indicara que había estudiado los manuales de motores que él guardaba en sus repisas perfectamente organizadas en el garaje. El garaje estaba prohibido para todos en la familia, salvo para él, y nadie me había visto entrar, con las luces apagadas, cerrando la puerta con discreción, una tarde mientras él estaba trabajando. Era una fantasía que nadie podía demostrar con certeza.

Tampoco parecía que ninguna de las llantas traseras estuviera ponchada mínimamente para que no se sintiera que el aire se escapaba hasta que él estuviera manejando. No había conocimiento de derrame de gasolina en los tapetes del coche, aunque de todas formas hubiera sido imposible verificarlo, en vista de que el camión estalló, y cuando al fin apagaron el fuego, quedaba tan poco que necesitaron su registro dental para identificar sus restos.

Este crimen no era tan claro como otros, como un apuñalamiento, en el que por lo menos había un arma. Huellas digitales. Si tenían suerte, un rastro de sangre.

(El apuñalamiento era una opción que había anotado en mi diario, aunque los tres adultos empleados por el estado no mencionaron el diario que la policía había confiscado como evidencia. Y no les recordé del librito que yo había asegurado en la pared a un lado de mi cama. El diario que contenía mi lista, mi prueba de premeditación, mi perdición.)

En realidad era asombroso que me encerraran por el accidente de coche de un hombre. A la hora del incidente, estaba enferma en casa, había faltado a la escuela.

Pero más asombroso me resultaba que mi madre, en casa, hubiera cambiado de opinión.

Era la misma mujer que no me había dirigido la palabra todos estos años. No me había visitado. Nunca aceptó mis llamadas por cobrar, así que dejé de llamar. Nunca se molestó en responder las cartas que le enviaba, así que dejé de escribirle. La misma mujer. Mi madre.

—¿Entiende, señorita Smith? —preguntó la mujer robusta—. La documentación para su liberación está en proceso. La fecha final está por decidirse, pero será en septiembre.

No, no entendía.

—Señorita Smith —dijo la mujer delgada—, puede hablar. Puede decir algo.

—¿Ella lo sabe? —dije sofocada.

—¿Ella...quién? —la mujer delgada reorganizó sus papeles y la mujer robusta se quedó mirando, buscando, las palabras incomprensibles, lo último que tenían en mi contra. El vikingo se me quedó mirando, examinando mi cara.

—Mi hermanita. Mi media hermana. Mi... Pearl. Acaba de cumplir diez, en junio.

—No sabemos nada de eso —respondió una de las mujeres.

Pensé en Pearl, la última vez que la vi tenía siete años. Esa mañana llevaba su lonchera de la Sirenita, llevaba sus zapatos de charol, negros y relucientes, con tacones para bailar tap. Pearl, cuyo padre se había quemado vivo en un coche.

¿Alguien le habrá dicho los detalles? Pearl, a cuya hermana mayor encarcelaron poco después. ¿Sabía por qué? ¿Acaso alguien se había sentado con ella para contarle?

Esa mañana, Pearl había salido bailando de la cocina, meciendo su lonchera de sirena. Después me había visto en la sala, acostada en el sillón. Envuelta en una manta de lana color verde, con un paño frío en la frente, fingía estar enferma para no ir a la escuela. Recuerdo cómo había bailado tap por todo el pasillo hasta llegar a la sala de estar. En cuanto entró a la sala, la alfombra afelpada había amortiguado sus pasos, los había absorbido y convertido en silencio. Había colocado su lonchera en el piso y su manita en mi mejilla. Se había puesto muy seria.

—Tienes una fiebre muy fuerte —había dicho, como una doctora miniatura—, pero te vasa curar, Bambi —así me decía desde que había aprendido a hablar y desde entonces todos en mi familia me decían Bambi—. Mañana vas a estar bien.

No recuerdo qué le contesté o si le contesté.

Para mañana todo estaría arreglado, aunque no "bien".

—Adiós, Bambi —había dicho. Era tan pequeña. Tan confiada e indefensa. No quería que él la lastimara.

—Adiós, Pe. Que te vaya bien en la escuela —me despedí.

Salió al piso de duela del pasillo, del otro lado de la alfombra y se fue bailando tap al recibidor, se fue bailando al pie de las escaleras y bailó un poco más, por si acaso. Después se quitó sus zapatos de tap y se puso sus tenis morados con las tiras de velcro, como nuestra mamá le había enseñado a hacer antes de llevarla en coche a la escuela.

No me imaginaba que Pearl todavía me quisiera. No podía visualizar cómo me recibiría cuando llegara a casa, con el aspecto que tengo ahora, curtida tras tantos años presa.

—Señorita Smith, esta noticia la sorprendió. ¿Tiene alguna pregunta?

Sonrisas. Tres.

Yo sólo tenía una pregunta.

—¿De verdad me van a dejar salir?

Tres afirmativos. Le siguieron los detalles. Detalles sobre el autobús que me transportaría a un recinto más cercano
a casa de mi madre porque ella no podría recogerme. Detalles
sobre las prendas que me proporcionarían porque ya no me
quedarían las que traía puestas cuando me ingresaron. En
septiembre me darían más detalles.

Querían que diera las gracias. Eso esperaban de mí aquí
y ahora: gratitud y mucha. Quizá lágrimas.

Cuando me enteré de la muerte de mi padrastro en
la carretera cercana a casa, en su camión, no lloré. Me dejaron sola, creyeron que era el shock. Tenía un paño en la
frente porque se había asumido que tenía fiebre. Después
se dieron cuenta de que el sillón estaba vacío y el paño
abandonado. Me encontraron en el sótano amueblado, una
zona de la casa que él se había apropiado. Tenía los dedos
descalzos en su alfombra afelpada, sus baquetas en las manos. No estaba tocando su batería ni su bajo, pero sí estaba
en su banquito, detrás de su equipo, en donde me había
prohibido el paso. Tarareaba una canción. Días después,
durante el velorio y el funeral, cuando cavaron el hoyo y
echaron tierra sobre el ataúd, cuando se levantó la lápida
grabada con "amado" en piedra gris, durante los ataques de
llanto de mi madre cada que pasaba por la foto enmarcada,
que estaba en la repisa de la chimenea, en la que estaban él,
ella y mi media hermana, pero no yo, durante todas estas
cosas yo tarareé. El dolor que le provocaba haber perdido
al amor más profundo y apasionado de su vida —no sus
hijos, sino un hombre— me dijeron lo que ya sabía: mi
madre no amaba a nadie como a él.

Durante estos sucesos y hasta que la policía vino por
mí, yo tarareé.

Era una canción que él tocaba, una canción que yo detestaba porque era una canción de su infancia que él adoraba. "Pour Some Sugar on Me". Eso tarareaba. Esa canción me provocaba nauseas, su alarido dulce y cursi me repugnaba. Pero en nombre del odio, la tarareaba, la canción asquerosa que él ya no podría tocar en la batería.

Cuando tracé un plan, lo seguí. Cuando envenenarlo no funcionó (creyó que tenía resaca y necesitaba descansar); cuando hacer que resbalara y cayera del techo mientras arreglaba las tejas no funcionó (sí se resbaló pero sólo se esguinzó un tobillo), y cuando apuñalarlo con un cuchillo de carne no funcionó (tomé el cuchillo pero entré en pánico, así que lo regresé al cajón), cuando ninguna de estas alternativas funcionó, me volví ingeniosa. Hice una lista de los fracasos y las fechas de los intentos, en mi diario. Y pensé y pensé. El fiscal tuvo razón al denominarlo un acto premeditado. Fue algo sobre lo que medité mucho, se convirtió en un murmullo reconfortante. Lo anhelaba. Rezaba, como si tuviera un ídolo dorado en una repisa.

Ayúdame a encontrar la manera.

Ayúdame a encontrar la manera.

Ayúdame a desaparecerlo para siempre.

Escuché que cuando su camión explotó en la carretera, toda la cabina ardió. No sabía bien lo que hacía así que le metí mano al camión por todas partes. Por lo menos uno de mis intentos debió haber funcionado.

Una familia que pasaba en su coche se detuvo, pero no pudo hacer nada. Nadie pudo acercarse al incendio. Sólo pudieron verlo mientras arañaba las ventanas y gritaba bajo el calor calcinador que estalló en una columna de humo negro, hasta que dejaron de verlo. Supe que sus últimos minutos debieron haber sido muy dolorosos para él. Para algunos, agonía. *Atroz*, recuerdo haber tenido que buscar esa palabra en el diccionario cuando la leí en línea.

No tarareaba en esa habitación con paneles de madera en compañía de los tres visitantes del estado, sentados al otro lado de la mesa. En el juicio había dejado de tararear. No me gustaba que me recordaran, así que me quité esa manía. Así que las únicas veces que seguía tarareando la canción era en sueños.

Los tres visitantes examinaron mis reacciones. No entendía qué querían de mí.

No emití ningún sonido. No me reí, histérica, con incredulidad, aunque muchas lo habrían hecho ante una noticia tan preocupante como ésta. Pude haberme llevado la cabeza a las manos para intentar cubrirme la cara. Pude haber llorado y el llanto hubiera sido ruidoso, mucho más ruidoso que cualquier sonido que haya producido desde que llegué aquí. Pude haber hecho algo más para demostrarles que los engañé a todos.

Lo único que pude hacer fue regresar a mi primera opción. Les agradecí por mi libertad, como un esclavo recién liberado agradecería a su antiguo dueño.

Todos nos pusimos de pie y arrastramos las cuatro sillas en el piso. Seguía teniendo las muñecas sueltas y la cabeza en alto. Estábamos de pie en la habitación como la gente normal.

Se abrió la puerta y me dijeron que podía regresar a mi celda o a donde quiera que debía estar aquella mañana, cuando se acercara septiembre recibiría más noticias. Santosusso regresó para escoltarme y las dos mujeres y el vikingo salieron primero, me desearon lo mejor. No esperaba volver a verlos en mi vida.

—¿Ves? —dijo Santosusso sonriendo y mostrándome sus hoyuelos—. ¿Qué te dije? ¿Buenas noticias, no?

—Sí —respondí. Mi boca era incapaz de sonreír—. Gracias.

Se notaba que él quería lo mejor para mí. Desde luego, asumía que eso sería salir. Todo el mundo lo pensaba, nadie consideraba a dónde teníamos que regresar, a casa. Tal vez nuestros padres ya habían tirado nuestros colchones. Tal vez les habían dicho a nuestros hermanos que un tren nos había atropellado para mitigar nuestra ausencia.

No todas tenían padres. Podría ser que no nos esperaba nada. Nuestras llaves ya no entrarían en la cerradura. Tendríamos que tocar el timbre, anunciar que habíamos vuelto y pedir permiso para entrar.

Se veía el ojo en la mirilla y ese ojo podría ser de un desconocido pues nuestra familia se había mudado al otro lado del país sin decírnoslo. O ese ojo podría ser de la mujer que nos llevó en su vientre nueve meses, que tuvo un parto de catorce horas, a quien abrieron con una cesárea para darnos la vida y que ahora se arrepentía de haberlo hecho.

El sistema penitenciario para menores podía permitirnos salir al mundo, sin embargo, no podía controlar quién nos estaría esperando.

Habían dicho que mi madre quería que me liberaran, pero hasta no verla, hasta no escucharlo de su propia boca, no podría creerlo.

Santosusso me llevaba por el pasillo, tal vez estaba confundido porque yo no estaba brincando de alegría. Iba en silencio. Pasamos la ventana por la que Ori había intentado ver hacia afuera y vi un destello del cielo azul, volteé la cara.

Era difícil asimilarlo, saber que la liberación era sólo mía. Saldría y el resto se quedaría.

Pensé en mi nueva compañera de celda. ¿Quién le haría compañía en su primer invierno? No tenía ninguna gana de celebrar.

Santosusso no me escoltó al ala B sino al ala académica porque era temprano por la mañana y las clases no habían terminado. Me dejó fuera del salón y ahí estaba, con una noticia tan inmensa que no sabía cómo iba a expresarla con palabras.

Entonces escuché voces. Dos chicas estaban afuera del salón de clases y se estaban "congregando". No nos permitían "congregarnos" durante el horario de las clases; era una de las reglas.

Me asomé por la esquina. Era Ori, todavía vestida de anaranjado (le darían un par de conjuntos verdes, para la población general, para igualarla con el resto; en general, esto tomaba un par de semanas). Tenía el pelo suelto y le cubría la cara, pero sus ojos le brillaban como diamantes. No podía ocultarlo.

Verla me contrarió, me recordó que la dejaría aquí. Era la última a quien quería contarle. ¿Cómo se lo diría? ¿Le diría que así como la acababan de meter a esta jaula me habían abierto una puerta, que me iban a dejar volar?

Ori estaba muy concentrada hablando con Peaches, ni más ni menos. Todas sabíamos que no se podía contar con Peaches. Sólo mostraba interés por alguien más cuando le comprábamos o ella vendía.

Hice un esfuerzo por escuchar, pero ocultaban sus susurros con las manos. Nada más pude escuchar a Ori.

—¿Qué puedo hacer? Dime —no escuché la respuesta.

Peaches guardaba su reserva de pastillas entre los dedos gordo y anular del pie, las ocultaba en sus alpargatas de lona. Podía pasar por la cabina de los guardias con la espalda derecha, sin delatarse caminando como pato, bien abastecida y lista para distribuir; ningún guardia se daba cuenta. Pero ese verano había escasez. Desde que las cerraduras se habían abierto no había entrado nada. Si Peaches no tenía pastillas, ¿por qué Ori estaba apartada con ella en la esquina, hablando con pasión?

Se abrió una puerta, Ori se fue en una dirección y Peaches en la otra. Crucé el pasillo y entré a clases. Ori entró después, dejó su pase para el baño en el escritorio de la maestra.

Nuestras miradas se cruzaron y lo que sea que ocultaba salió a relucir, en un destello radiante.

La idea de irme me pareció aún peor. ¿Estaba enganchándose en las drogas? ¿En cuánto tiempo se convertiría en D'amour?

Horas después llegó Ori al ala B, tarde después del almuerzo. La escuché antes de verla. Escuché cómo alguien deslizaba y arrastraba el carrito (reconocería ese sonido en donde fuera), la llanta trasera se atoraba e intentaban enderezarla. Ori apareció con el carrito de los libros y una sonrisa eufórica.

¿Ahora ella estaba encargada del carrito? ¿La habían transferido a la biblioteca? Sentí un nudo de desconfianza y rabia en la garganta, pero después se aplacó cuando vi su sonrisa firme y los diamantes en sus ojos. Me lo tragué y relajé los puños.

—Es tuyo otra vez —dijo, detuvo el carrito en el portal.

—Hablé con Peaches. Hablé con un guardia. Es tuyo.

¿Cómo? No entendía, pero lo había recuperado, su estructura de madera y su pila de historias. Estaba *La ladrona de libros*. *El dador de recuerdos*. Tanto *Flores en el ático* como su secuela, *Pétalos al viento*. Vi los nombres en los lomos y aunque no estaban en orden alfabético, me prometí que luego los acomodaría: Woodson, Atwood, de la Peña, Christie, Allende, Gaiman, Myers, Zarr. También identifiqué el ejemplar perdido desde hacía tiempo de la serie de brujas a la que muchas estábamos enganchadas: *Sweep*, volumen 3.

Éste era el sonido de alegría que aquellos tres funcionarios habían esperado de mí cuando me dijeron que me liberarían antes de tiempo y que me reuniría con mi familia. Entonces no lo sentí, pero ahora me colmaba. Estaba a punto de estallar.

Levanté la vista para ver a Ori.

—Pero…

Ella respondió con una mirada resplandeciente.

—¿Pero cómo?

Sacudió la cabeza.

Debí haberle contado entonces, pero en ese momento no pude reconocer que ya nada importaba. Para septiembre el carrito estaría disponible. Y al pensarlo me invadió la sensación de que estaba olvidando algo; la sensación se coló sigilosamente por mis piernas temblorosas. Una precognición que insistía en ignorar. Un vacío en mi mente.

Algo sobre presenciar septiembre.

Algo sobre que ninguna lo haríamos.

Después pasó y me encontré apoyando mi peso en el carrito.

Ori me guiñó el ojo y se fue; dijo que llegaría tarde a su trabajo de habilidades para la vida diaria en el jardín trasero y masculló algo sobre un favor que le tenía que hacer a Peaches.

No le di mucha importancia. El carrito era mío otra vez. Y gracias a Ori.

Así era ella.

No sólo conmigo. Ese agosto ella tuvo ese tipo de gestos con muchas. Ella era así. Si por casualidad escuchaba que algo andaba mal, procuraba arreglarlo. Encontraba un zapato perdido antes de que su dueña se metiera en problemas y tuviera que pedir otro. Sacrificaría su pudín de chocolate en favor de alguna castigada con el postre. Intervenía para corregir el malentendido entre dos chicas a punto de pelear hasta que bajaban los puños y todas se retiraban riendo. Sí, era una de nosotras, pero era algo más. Era mejor.

Comenzamos a hablar de ella cuando no nos escuchaba. Como yo era su compañera de celda y la conocía mejor que nadie, me invitaban a ser parte de la plática.

—¿Crees que lo hizo? —preguntó Mirabel. Ella misma siempre se había declarado inocente del crimen que se le acusaba (infracción de tránsito; atropelló a un niño), aunque todas sabíamos que era culpable y que había matado al niño.

—No sé —dijo Cherie—. ¿Tú qué crees?

Mirabel se encogió de hombros y todas las chicas del ala B voltearon a verme.

Abrí la boca, pero alguien me interrumpió.

—Los jueces no ven todo, ¿saben? —dijo alguien.

—Los jueces están ciegos y son unos estúpidos —dijo alguien más—. El mío era un idiota oficial.

—Deciden en cuanto te ven. A los diez segundos. Si eres pobre. Si eres morena. Si eres negra. Si hablas con acento. Si tu falda es demasiado corta. Si tienes la nariz fea, lo siento Cherie. Si estás masticando chicle. Si respiras raro. Si ningún familiar te acompaña. ¿Si cumples algo de esto? ¿O todo? Despídete de tu vida, se acabó.

Nos gustaba exagerar sus prejuicios, para nosotras eran ciertos. Además, algunas habíamos visto las fotos de las víctimas hermosas y radiantes en la tele. Sabíamos quién importaba.

—Pero tenía el cuchillo en la mano —dijo una.

—No era un cuchillo, era un cúter.

Ok, eso parecía serio, pero de todas formas.

—Pero tenía el cúter en la mano. La *atraparon* así. Lo vi en las noticias cuando estaba hablando con un guardia.

—Tiene que haber una explicación.

—¿A lo mejor estaba cortando unas cajas?

—A lo mejor se lo estaba cuidando a una amiga.

—A mi primo lo encerraron porque tenía un arma en la guantera, pero no la disparó. No era suya.

—A mi papá lo detuvieron porque se *parece* a un criminal. Error de identidad. Eso pasa.

—Mi amiga Nadia de Peekskill está en Rikers, le quedan diez años, todo porque dijeron que estaba cocinando en su cocina, pero era el novio de su mamá que a veces iba a su casa.

Nos gustaba hablar de los fallos de la justicia. Exponer las fallas del sistema. Mencionar las innumerables veces que nos habían tratado, y a los nuestros, injustamente. Argumentar las veces que se había demostrado que la justicia estaba vendida. Nos decían que a todos nos trataban igual, pero conocíamos la verdad. Sólo hacía falta mirar a nuestro alrededor para ver quién terminaba aquí.

Aunque también nos gustaba inventar pretextos.

—Bueno, ¿pero qué tal que *sí* lo hizo pero no fue su culpa? ¿Y si enloqueció temporalmente?

—Es muy posible. A mi hermano le pasa siempre, enloquece temporalmente.

—O se pudo haber metido algo…

—Metanfetamina.

—¿Coca?

—¿Sales de baño?

—¿Le cayó mal una hamburguesa? ¿Se indigestó? A mí eso me haría querer matar a alguien.

Dejaron de hablar. Todas me miraron.

—¿Tú qué crees? ¿Crees que ella hizo lo que le achacan?

Lo que sentía, el por qué lo sentía, no podía decirse en voz alta aquí, con tantas chicas escuchando. Esas cosas sentimentaloides nos las guardábamos. Nos dábamos la mano debajo de la mesa, si es que lo hacíamos.

Pero Orianna Speerling me había cambiado. Quería que todas vieran su nobleza, mucho más de lo que quería lo mismo para mí.

—Es inocente —anuncié. Lo sabía como si tuviera evidencia de ADN en un bolso etiquetado en mi casillero de zapatos. Estaba tan segura que sentía que podía defenderla y demostrarlo en una corte.

Más tarde esa noche, cuando Ori estaba en la litera sobre la mía, levanté la vista al techo de mi cama, la base de la suya.

—Ori, ¿estás despierta?

—Ahora sí —respondió, aunque no molesta.

—Cuéntame qué pasó. Con esa chica en el dibujo. Violet. Con el cúter. Con todo. Cuéntame la verdad —sabíamos que no debíamos preguntar ese tipo de cosas, pero por primera vez lo hice.

Ella se movió en su cama. Exhaló profundo, aunque no dijo que no. Pronto empezaría a hablar y yo sabría si era la asesina que todos allá afuera aseguraban.

Yo ya me había formado una opinión, antes de que empezara a contarme.

Verán, ya sabía muchas cosas, aunque estuviera encerrada dentro de las paredes de la Correccional para Adolescentes Aurora Hills desde que había cumplido catorce años.

Sabía que sólo porque la gente afuera era libre e inocente, no significaba que era buena. Eran los peores mentirosos. Eran unos cabrones. Traidores. Ellas, perras. Soplones. Cobardes. Aseguraban querer lo mejor para nosotras, pero nada más veían por su interés personal. Decían lo que querían de nosotras. Nos arrojaban debajo de un autobús y luego se iban. No todo lo que se decía de nosotras allá afuera era cierto, para nada.

Lo sabía incluso sin que Ori tuviera que decírmelo.

QUINTA PARTE

Vee y Ori

"Cómo cometer el asesinato perfecto" era un juego antiguo en el cielo. Yo siempre elegía el carámbano: el arma que se derrite.

Alice Sebold,
Desde mi cielo

Violet:
No lo lamento

Termino afuera de la cárcel, sin aire y apoyada en una pared de piedra gris.

Hui de lo que vi ahí adentro, lo único que sé es que salí corriendo. No sé nada más.

La pared, de hecho, todo el costado del edificio, está tapizado con enredaderas y estoy recargada en ellas, siento los pulmones golpeándome el pecho. Entonces veo aceitosas hojas verdes entre mis dedos y aparto rápido las manos. Seguro mañana me sale salpullido.

No voy a entrar otra vez. De ningún modo. No sé qué le pasa a mi mente, pero creí estar frente a frente con una chica que lleva tres años muerta, y después me encontré a alguien más. Ese sitio laberíntico me está confundiendo. O alguien lo está haciendo.

Creo que Tommy. O Sarabeth. Miles.

Abro la puerta pesada y me recargo en el edificio. Oscuridad. Aunque no silencio. Se escuchan risitas nerviosas. Murmullos apenas perceptibles, susurros precipitados. Después alguien dice: "¡Shh!" y reina el silencio. Siento como si estuviera detrás del telón de terciopelo y el público me descubriera viendo detrás.

—¡Chicos! —grito en la oscuridad—. Ya salgan, ¿okey? Salgan.

El silencio persiste. Persiste mucho tiempo, pero en la distancia, en lo profundo de la oscuridad al final del pasillo, creo escuchar un goteo rítmico. Como si alguien hubiera dejado una llave abierta. Gotea y gotea.

Saco mi teléfono y le envío un mensaje a Sarabeth. Otro a Tommy. Una notificación en la parte superior: *Enviando...*

No recibo respuesta.

El último mensaje que recibí fue de Sarabeth, hace como dos horas; qué raro, no me había dado cuenta de que llevábamos tanto tiempo aquí y nunca escuché que sonara mi teléfono cuando recibí el mensaje. Dice:

No es gracioso. ¿Dnd estás?

Es todo. No da detalles de *su* ubicación. Ningún intento por buscarme tampoco. Por la hora, podría haber regresado al coche. Podría estar recargada en el repulsivo toldo de rayas verdes y blancas del coche de Tommy, comiéndose una barra de proteína y mordiéndose las uñas, uno de sus malos hábitos. La llamo y después del primer tono me manda al buzón.

Recuerdo algo. Hace tres años, cuando tenía quince y Sarabeth, catorce, la apodaba Gallito, no era mi amiga. ¿No estará resentida todavía, o sí? ¿Se lo habrá guardado, haciéndose la mosquita muerta, esperando su oportunidad para atacar?

Me doy la vuelta y miro a mis espaldas, a lo que está aquí afuera. La luz decrece, la tarde le está dando paso al crepúsculo, y pronto, a la noche. El bosque a la distancia se ve más denso, más salvaje que la última vez que lo vi. Sería hermoso si ésta no fuera una cárcel en la que murieron docenas de chicas. Tres rejas altas me separan del bosque en la frontera de la propiedad, paredes con alambre de púas, algunas derribadas, otras con hoyos por los que cabe un animal de buen tamaño, pero otras siguen en pie, meciéndose en el viento.

Grito una última vez en el portal oscuro:

—Si están ahí salgan de una vez.

El silencio cambia. Más susurros. Más discusión. Alguien tose. Suelto la puerta pesada y dejo que cierre de un portazo. Que encuentren otra salida.

—Bueno —digo en voz alta. Se siente mejor hablar y hacer ruido para tapar lo que está por ahí, así que continúo—. Voy a dar la vuelta para ir a la entrada.

Pero resulta que no puedo encontrar la entrada. El edificio de piedra gris parece seguir durante kilómetros y no lo rodea ninguna banqueta. La única zona pavimentada desemboca en la parte trasera, en el patio enrejado en donde hay dos canastas viejas de basquetbol, la red cuelga de un hilo, y nada más. La rodea una valla metálica, parece una jaula exterior.

Más allá hay otra zona enrejada que me llama la atención. Un ruido desborda mis oídos. Vislumbro un incendio. Radiante como neón. Casi cegador.

Vibra mi teléfono o eso creo, ¿pero qué es eso? ¿Qué hay allá?

Me encuentro en el camino de grava, estrecho y serpenteante. Por encima del hombro, muy lejos y detrás de mí, escucho voces que me llaman. Podrían ser Sarabeth o Tommy, aunque no respondo. Se tardaron demasiado.

Mi cuerpo me hace caminar. Mis músculos vibran, mi piel se siente cálida, el latido de mi sangre resuena en mis oídos como una batería. Permito que sea mi cuerpo el que decida, como acostumbro; mis pies crujen en la grava, paso a paso, como un baile que memoricé para el escenario. Mi cuerpo me lleva más allá de la cerca metálica, sabe con exactitud cómo resolver el laberinto.

Ella está entre la maleza. Ha estado ahí siempre. Y ha estado cavando.

Ya casi llego, sólo nos separa una reja, entonces ella levanta la mirada de la zanja a sus pies, apoya su peso en la pala apoyada en el suelo y me mira de pies a cabeza.

Su mirada es asombrosamente fría.

No entiendo por qué el sol se oculta mucho más rápido, como si lo hiciera en cámara rápida.

Ella no me saluda con la mano. Lleva puesto un overol anaranjado brillante, como el que llevaba en las noticias. Levanta la pala con las dos manos, la sostiene y la vuelve a enterrar. Percibo el aroma a tierra fresca. El viento me hace cosquillas en el pelo que me cae en la nuca expuesta, porque me lo amarré. La grava bajo mis pies, las piedritas filosas se me meten en las suelas de las sandalias. Tengo calor. Tengo frío. Me duele el tobillo. Me duele la espinilla. Tengo una rodilla acalambrada. Tengo un espasmo en el cuello y no puedo tragar. Tengo la boca seca. Estoy empapada de sudor. Estoy frente al momento imposible que he anhelado y temido durante tres años.

Ella vuelve a detener su excavación para estudiarme.

¿Le parezco diferente desde la última vez que me vio? Tenía quince, ahora dieciocho. ¿Se dará cuenta? ¿Habré perdido la grasa de la infancia? ¿He madurado? ¿Se me nota en la cara? ¿Sigo teniendo las orejas de Dumbo de antes? ¿Se dará cuenta de que me depilo las cejas? ¿Le gustan mis nuevas cejas? Nunca ha visto esta blusa que llevo puesta. ¿Creerá que me queda bien? Es más colorida que lo que antes usaba. ¿Se dará cuenta? ¿La hubiera tomado prestada de mi clóset? Ahora soy más alta, he crecido seis centímetros. ¿Se notará? ¿Querrá pararse junto a mí, de espaldas, para ver quién es más alta? ¿Se pondría de puntitas o se quejaría si lo hago yo?

La valla se siente endeble. La estoy tocando.

Debería decir algo. *Hola, qué gusto verte otra vez. Te ves bonita*, aunque no es así. *Ori, te ves bien*, aunque se ve horrible.

¿Pero a qué palabras puedo recurrir? Algunas acciones eliminan las palabras de nuestro vocabulario por completo. Entonces nada más te queda la lengua seca.

Antes de que encuentre las palabras apropiadas, o palabras, punto, ella baja la mirada y sigue con su pala. Ésta brilla bajo la luz tenue. Está hecha de acero plateado. Tiene mango de madera. Pesa mucho. Es curva. Bajo la vista para ver qué está cavando. Queda mucha tierra que remover, si quiere que en el hoyo quepa un cuerpo. Y ahora soy más alta, seis centímetros, tiene que ajustarse a mi nueva altura.

Detrás de mí escucho voces. Voces de chicos. Una chica. Me llaman. Han venido.

Pero ellos no recuerdan las cosas que yo recuerdo. No estuvieron ahí, no eran cercanos a ella como yo. Esos son los años que cuentan, los recuerdos que nos definen, la época antes de todo lo malo. Ella lo recordará.

Ahí estamos. Las dos tenemos ocho años, llevamos nuestro primer par de zapatillas de ballet suaves con las pequeñas tiras de elástico cocidas, dando vueltas torpes por la cocina. A su papá se le hizo tarde para recogerla otra vez, así que está en mi casa. Se cae, me caigo, nos ayudamos a pararnos, seguimos dando vueltas, deslizándonos en el piso, tropezándonos, riendo.

Ahora tenemos diez años, corremos entre bastidores, llevamos flores de seda falsas pegadas con pasadores en el pelo tieso por el espray. Una flor falsa se le desprende detrás de la oreja y se le cae, sale rodando detrás de la cortina. Meto la mano hasta encontrarla. La perdió pero yo se la encontré. Se la vuelvo a poner.

Ahora tenemos doce, ¿o trece? Al fin avanzamos juntas a puntas. Me esperó y yo la alcancé. Aquí estamos, de pie una detrás de la otra, yo al frente, ella detrás, en la barra de madera larga y reluciente. Hacemos *relevé*. Hacemos *demi-plié*. *Relevé*. *Demi-plié*. Hacemos *tendu* en quinta posición. *Tendu*. Tocamos ligeramente la barra, la sujetamos, pero no recargamos todo nuestro peso. Somos una, todo lo hace mejor, salvo su primera posición. Somos únicas, sólo que ella se aprende los pasos más rápido que yo y ya está al frente demostrándolos, ahora sigo sus pies, ahora soy quien está detrás.

Tenemos quince, las dos, recién cumplidos. Nuestro último año juntas. Me descubre en la parte trasera del estudio haciendo un berrinche. Estoy pateando el piso y aventando mis calentadores hechos bola. Golpeando la barra con los puños. Llega cuando tengo la boca abierta, gritando en silencio.

—Ay, Vee —me dice—. Es un buen papel, en serio. Te vas a robar la presentación, en serio —me da palmaditas, ya-ya-ya, como si quisiera hacer eructar a un niño. No dice que me estoy comportando como tal. Dice—: No dejes que te vean así. —Y—: Puedes ponerte así frente a mí, pero con nadie más, ¿de acuerdo?

Digo que sí. Recoge mis calentadores. Me arregla la cara. Me acomoda los pasadores en el pelo.

—Párate —dice, y me paro—. Sonríe con ganas —expando la boca en una sonrisa.

Otra vez, intentaba hacerme sentir mejor sobre algo que yo no tenía y que a ella le sobraba.

¿Lo recuerda? Es la única que puede.

He rodeado la última valla y ahora estoy adentro. El terreno es patético, pero ahora que mis tobillos lo pisan, mis sandalias se hunden y me doy cuenta de que forman hileras. Hace mucho tiempo éste era un jardín. Han plantado algo aquí, pero no lo han cosechado en mucho tiempo. Me agacho. Extiendo la mano para tocar el amasijo verde y hay abono, húmedo y en expansión; también fango, suave y pegajoso, hay algo redondo y podrido atrapado en una enredadera peluda que giro un poco y luego jalo con fuerza.

Un jitomate pequeño, encogido. Cuando lo aplasto, estalla como un animal atropellado en la carretera.

El hoyo que ella está cavando es más grande. Una chica podría recostarse en él y estirar los brazos, los pies. Ella es un resplandor naranja. Es casi tóxica.

—¿Entonces? —dice, se detiene para descansar—, ¿no te vas a disculpar?

¿Me acaba de decir eso? Sí. Su fantasma. Su recuerdo. Ori, mi Ori lo ha hecho.

Por eso me está esperando aquí, por eso salió, por eso quería que la encontrara. Todos estos años ha estado esperando una disculpa.

Sin embargo, es difícil. Si lamentara lo que le pasó, tendría que lamentar todas las demás cosas que sucedieron. Y no lamento mi futuro, ni que me haya perfeccionado tanto. No lamento ir a Nueva York. Ser feliz. Estar viva. Tener todo, aunque eso signifique que ella no tenga nada, porque me gustaría que tuviera *algo*, tal vez debería haberle escrito, una vez, ponerla al tanto de todo lo que pasaba en mi vida. Desearía que las cosas fueran diferentes, pero no voy a renunciar a todo para que ella pueda irse bailando en el atardecer, incluso si pudiera.

Ella asiente. Entiende. No tuve que decirlo.

Además ella sabe la verdad.

En el túnel para fumar, tal vez no me dijo que me fuera. Tal vez así no sucedió.

Tal vez levantó el arma ensangrentada, la blandió en el aire y yo me asusté, y pensé que seguiría yo, y me fui corriendo, abriéndome paso entre las ramas de los árboles y tropezando con las raíces, casi me estampé con el basurero, y corrí, pero para salvarme.

Tal vez así sucedió o tal vez no.

Ella sigue cavando. Sabe que no me voy a disculpar.

Estoy en el campo cercado, soy una de las cosas podridas en el jardín podrido. Estoy de pie con la espalda erguida, seis centímetros más alta que la última vez que me vio, y no estoy dispuesta a disculparme, a entregarme. El hoyo cada vez es más grande y no lo lamento.

Tontos

Nada de lo que pasó fue mi culpa.

Al menos no al principio. Todo empezó con una chica de nombre Harmony. Con Rachel y Harmony y lo que hicieron, así que es su culpa, si quieren buscar culpables.

Habían entrado al estudio en leotardos negros idénticos, con el pelo color caramelo peinado en chongos idénticos, arrastrando los listones de las zapatillas de punta. Cuando pasaban cerca de donde Ori y yo nos estirábamos en el piso, donde nos inclinábamos hasta que nuestras cabezas se tocaban y nuestras cuatro manos se fundían hasta ser dos, siempre comentaban algo. Ya fuera una o la otra, a veces me llamaban fea o señalaban mis orejas enormes y sobresalientes. Otras, sin razón aparente, me decían gorda o esqueleto. Otras veces me decían lesbiana, aunque ellas también eran mejores amigas y compartían sus leotardos cuando alguna olvidaba el suyo. Otras veces era una virgen patética y otras una zorra total. No importaba. Nunca molestaban tanto a Ori, tal vez porque ella era tan buena se desquitaban conmigo.

Algunas chicas buscaban enemigas en otras y nunca entendías por qué. Siempre había sido así, tal como en abril el pueblo se inunda por las lluvias y tenemos que poner cubetas o cuencos en la pista de baile porque el techo gotea.

Harmony y Rachel me odiaban para siempre. Se deslizaban en el estudio como serpientes, Harmony era bastante más alta que Rachel, quien era diminuta, pero fuera de eso eran la misma persona, se movían y se burlaban al unísono, cubrían sus insultos tosiendo, así que si la profesora Willow estaba cerca, parecía que estaban tosiendo de verdad, y luego ocupaban los mejores lugares en la barra de la pared.

Afuera, para el ojo distraído —y los ojos adultos siempre están distraídos— eran las bailarinas casi perfectas que todo el mundo esperaba que fueran. Bonitas y ágiles y siempre capaces de controlar el esponjado en sus chongos.

—Muy bien —la profesora Willow felicitaba a Harmony por sus *assemblés* ágiles.

—Brillante —la profesora Willow le decía a Rachel sobre su *développé*.

—Chicas, buena energía el día de hoy —nos decía a las cuatro, como si fuéramos la misma.

Nuestra profesora sólo veía nuestros pasos en la pista de baile. No sabía quiénes éramos cuando nos quitábamos nuestras mallas color rosa pastel, nos poníamos nuestros jeans entallados y nos soltábamos el pelo.

Las cosas empeoraron cuando llegaron los chicos. Teníamos quince años cuando nos invadieron. Ellos llevaron la situación al extremo. Eran tres y nosotras por lo menos treinta, así que los superábamos por mucho durante los ensayos y nunca los tomábamos en cuenta cuando pedíamos pizza. Tener chicos en las clases cambió toda la dinámica. Nos veían en nuestros leotardos reveladores, sacándonos el calzón. Veían lo mucho que podíamos sudar después de una rutina de piso. Estaban en nuestro territorio, en general guardaban silencio, eran torpes y no valía la pena competir con ellos, salvo Jon, que nunca tiró a una chica durante la clase en parejas, lo cual no se podía decir de los otros dos.

Los otros ni siquiera eran bailarines. Eran jugadores de futbol, lo cual era ridículo. Esos dos iban a clase una vez a la semana y hacían el ridículo en sus calcetines deportivos en la barra, hasta atrás. Creo que iban porque su entrenador los obligaba; los trataban diferente y no tenían que ponerse mallas apretadas. La profesora Willow les permitía dejarse en pants, aunque es imposible ver los músculos de las piernas si las cubren unos pants; tenerlos ahí con sus calcetines grandes, riendo y mirándonos el trasero era una distracción nada agradable.

Harmony se pavoneaba cuando ellos se acercaban, incluso llegaba a clase con los labios pintados, aunque al final terminaba despintada por el sudor. Rachel intentaba hablar con ellos, les preguntaba cosas estúpidas sobre partidos con balones, y cuando hacía sus *splits* se aseguraba de hacerlos en donde pudieran verla, con la vista hacia abajo, con falsa modestia.

Era vergonzoso. Tanto la manera cómo nos miraban los chicos como la forma en que los mirábamos nosotras. La energía en el aire. Una vez estaba en el pasillo trasero, para concentrarme, y estaba inclinada, supongo, con las piernas abiertas de par en par y el pecho tocando el piso. Mi leotardo tenía escote y si pasabas caminando por el pasillo con dirección hacia mí, con la vista en el piso, podrías verme el torso. Pensé que tenía privacidad, pero por mi posición estaba mucho más expuesta de lo que creía.

Antes de los chicos, nunca hubiera pensado dos veces antes de estirar en el pasillo.

Pero ahí estaba Cody, con su secuaz, Shawn; Cody le dice a Shawn:

—Mira, creo que sí tiene.

Pero Shawn le responde a Cody:

—Na, no vale la pena, es igual que tocar a una niña de nueve años. Pezones, costillas y piel.

Y Cody contesta:

—Ese culo vale la pena, reconócelo.

Pero Shawn insiste:

—Na, le doy un dos.

Cody me defiende:

—Un seis por el culo.

Y dicen todo esto frente a mí porque las voces se escuchan en todo el pasillo. Cody se aleja deslizándose en sus calcetines sucios para entrar al estudio de ballet y tiene el descaro de guiñarme el ojo. Guiñarme. Como si fuera cosa de los dos. Como si le debiera algo porque me subió a un seis.

Lo más triste es cómo me sentí, de pie frente al estudio, en la barra de demostración con Harmony, sabiendo que le daría la espalda a él y que eso vería. Hice mis *pliés* y *grand pliés*, sintiendo su mirada. En mi trasero. Mientras hacía mis calentamientos. Su mirada. Recorriendo mis muslos. Él me vería inclinándome y yo era consciente de ello. Y era emocionante.

Por eso lo que sucedió después no puede explicarse y sé que Ori quería que lo explicara. Estaba en el estudio de ensayos trasero, pero no estaba sola. Estaba en los brazos de Cody, en el piso. Él iba en la prepa y yo en secundaria, aunque no lo veía con esos ojos. Íbamos a escuelas distintas y aquí en el estudio de ballet yo era mucho mejor que él, así que se podría decir que yo era mayor. Quiero decir que él tenía experiencia. Y su boca en mi cuello y detrás de mis orejas, una a la vez, se sintió muy bien. No estaba segura de qué hacer salvo recostarme y dejar que sucediera. En algún punto me dijo que no hiciera ruido o nos escucharían.

De pronto yo estaba de rodillas, en cuclillas sobre él. Después Ori me preguntó si me obligó a hacerlo, si me convenció, si me empujó la cabeza ahí abajo y se bajó los pants —que yo seguía sin poder creer que le permitieran usar en clase— y me dijo que lo diera todo. No fue así. Fue sólo una de esas cosas que suceden sin planearlas, una de esas cosas que te cuentan, otras chicas, o quizá ves en internet. Algo que crees que tienes que hacer porque todo el mundo lo hace, ¿o no? ¿Ori no lo hacía?

Ni siquiera estoy segura de saber lo que hacía, de saber en qué debía concentrarse mi boca, en qué debía hacer con la mano, o tal vez no debía hacer nada. Hubo un momento en que lo hice con torpeza, perdí el ritmo, y él se movió, algo pasó con mis dientes que se atoraron, y él maldijo.

Escuché risas que veían de una de las puertas con espejo. Estaba confundida y de repente alerta. Tenía la parte superior de mi leotardo abajo, atorada, y no podía subirla. Las risas eran alegres, agudas. Risas de chicas.

La segunda pared de espejos no sólo era una pared, era un panel corredizo detrás del cual había un espacio intermedio, una bodega para trajes viejos y utilería, lo suficientemente grande para ocultar a alguien.

Aunque lo sabía, creo que no entendí qué pasaba hasta que vi el flashazo. Luminoso, nos tragó en el oscuro salón de ensayos, resplandeciente por su prejuicio y salpicado de risas burlonas.

—¿Quién está ahí? —no podía subirme el leotardo, pero Cody se subió los pants muy rápido. Caminó despacio hacia la pared de espejos. Estaba saludando.

Todo lo demás desapareció y el tiempo se detuvo. Los espejos se oscurecieron. El piso me elevó. Y vi que Harmony y a su compinche Rachel tenían sus celulares en la mano, y sonrisas maliciosas en el rostro. Cody dejó de importar. Lo que importaba era lo que habían visto, capturado, y con lo que me controlarían de ahora en adelante, para siempre.

—Nos vemos —Cody se despidió como si nos fuéramos a ver después. Las dos chicas lo siguieron. Se cerró la puerta y me quedé sola, en el centro del piso de madera, de rodillas, como si me hubiera caído después de un *grand jeté*.

Al día de hoy no estoy segura de si lo habían planeado antes de que Cody yo entráramos juntos al salón, o si había sido resultado de la mala suerte y porque así suceden las cosas.

Cuando Cody dijo: "Nos vemos", pensé que hablaba en serio. Me lo tomé literal. Lo esperé después de clases, pero él tomó su maleta y se largó con Shawn, como siempre. Creí que me llamaría o me mandaría un mensaje, pero ni siquiera tenía mi teléfono. No éramos amigos en las redes. No lo seguía y él no me seguía. Lo vi la semana siguiente en la clase de principiantes que los chicos tomaban y en la que yo daba demostraciones; y luego en la clase por parejas que seguía, en la que doce o quince chicas se turnaban a tres chicos y dejábamos que con sus manos torpes nos levantaran de las axilas. Se quedó cerca de Harmony. Una vez, con el sudor que le oscurecía el pelo, Harmony me miró directo a los ojos, a través del espejo. Ahora era ella quien guiñaba.

Tal vez no debería haberme sentido avergonzada. Debería haberlo olvidado, no haber permitido que me preocupara tanto.

Pero ya no sentía vergüenza. No me sentía sucia ni avergonzada.

Me sentía furiosa.

Sabía que tenía mal carácter, pero eso empezó a repercutir en mi baile.

Cuando se anunciaron los papeles para la siguiente presentación, la profesora Willow nos reunió para asignarnos las piezas que cada una bailaría. Le noté el orgullo en la mirada cuando se acercó a Ori, que iba a bailar el papel del Pájaro de Fuego, y Harmony interpretaría a la décimo tercera princesa encantada, quien tiene un final feliz con el príncipe.

Yo sería la princesa seis o siete. Rachel sería la primera princesa, en la primera fila. Yo iba a bailar con un *hacky* amarillo, que se suponía era una manzana dorada del manzano encantado. Vería todo como una donnadie. Al final no habría una ovación de pie para ninguna de las bailarinas de fondo. Nadie me recordaría.

Cuando le pregunté a la profesora Willow por qué, me dijo que presentía que algo me molestaba últimamente. No sabía qué. Algo me estaba distrayendo y se notaba cada que bailaba.

Yo sabía qué era. No era una distracción: eran dos.

—Quiero matarlas —le conté a Ori una noche, era tarde, y estoy segura de que hubiera llorado si mis ojos produjeran lágrimas como una persona normal. Cuando me confesé con Ori, sí albergaba sentimientos. Estaban ahí, aunque ahora me cuesta trabajo encontrarlos. Al recordar me siento fuera de control. Siento frustración, sobre todo conmigo misma por haberlo permitido, por haber permitido que me descubrieran, por tener hormonas, por ser tonta, por creer que me gustaba un chico o si no era eso, por querer gustarle a un chico, igual que Ori tenía un chico que la quería, y por pensar que así se hacía. No dejaba de ver el flash. Seguía recordando que había rebotado en todos los cristales y había parecido como muchos destellos de luz. Tal vez eso había sido, no podía estar segura. Seguía esperando recibir un mensaje de un número anónimo, abrirlo y encontrar la esperada foto —peor, un video con sonido— y sería yo y todo el mundo sabría que era yo, mis padres lo verían, los chicos de mi escuela lo verían, la profesora Willow lo vería; la yo bailarina, la persona que había sido durante años, desaparecería por una cosa que hice un día, en el salón de ensayos, una sola vez.

Ori y yo subimos a mi habitación. Si mis padres escucharon mis gritos, el odio, como espuma, que echaba por la boca mientras Ori y yo dábamos tragos a una botella de Bacardí, no subieron al descansillo de las escaleras —lo más lejos que habían llegado en la vida— ni se asomaron por el pasamanos para preguntar si estábamos bien. Ni siquiera llamaron por el interfono ni a mi teléfono. Podría haber estado descuartizando un cadáver allá arriba y no se habrían enterado hasta que el olor bajara.

—Quiero que se mueran —anuncié—, de la manera más atroz posible.

—¿Quiénes? —preguntó ella—. ¿Todos? ¿Harmony, Rachel... y también Cody? —se le veía muy preocupada y no estaba segura de si estaba más preocupada por mí o por ellos.

—Cody me tiene sin cuidado. No es más que un chico, además juega futbol. Me refiero a ellas. A Harmony. A Rachel.

Asintió. Tenía años escuchando mis quejas sobre ellas. Desde hacía mucho había renunciado a intentar analizarlas, imaginar traumas del pasado que explicaran su conducta maliciosa o por lo menos imaginarlas mitad humanas. En general escuchaba mientras yo las insultaba. Pero esa noche tenía preguntas.

Recuerdo el edredón y las cortinas rosas. Recuerdo que en cierto momento me dejé caer de la cama y me extendí como una estrella de mar en la alfombra afelpada color rosa, me sentí como me había sentido en el salón de ensayos cuando Cody se fue con Harmony y Rachel, cerraron la puerta y dejaron las luces apagadas. Pesada. Las bailarinas no debían sentirse como plomo.

Ori me acompañó en la alfombra, se sentó en flor de loto a un lado de donde estaba recargada de espaldas. Me acarició el brazo.

—¿Pero ahora qué hicieron? —preguntó.

—¡No sé, pero algo! —creo que grité en tono agudo. Creo que se tapó los oídos.

—¿Además, por qué te metiste con Cody? Ni siquiera sabía que te gustaba.

—Tú tienes a Miles —dije, como si las dos cosas tuvieran que ver.

—¿Y? ¿Eso qué?

—No sé —respondí, perdiendo la paciencia.

Tenía los puños cerrados. La vista nublada. Sólo quería hablar de Harmony y Rachel.

—Quiero desollarlas vivas con su plancha para el pelo. Quiero cortarles las orejas y mandárselas a sus madres. Quiero dispararles en los pies y obligarlas a bailar toda la noche. Quiero colgarlas de una cuerda y verlas ponerse moradas y asfixiarse, y les tomaré fotos.

—Okey, pero estás bromeando —dijo Ori—, tomaste mucho ron.

No me entendía. A ella nunca la molestaban. Nunca la seguían con sus teléfonos para intentar atraparla en una situación comprometedora. Nunca le decían zorra, trol ni que bailaba como un elefante drogado. Nunca, ni una sola vez, pusieron pipí en su bolsa de ballet ni le metieron vellos púbicos a su bálsamo labial. Nunca le dijeron que no sería lo suficientemente buena para entrar al Ballet de Nueva York y que quizás algún día la saludarían desde el escenario, eso si recordaban quién era yo cuando fueran famosas.

—Quiero tomar esto —levanté el cúter de mi bolsa de ballet, en donde lo guardaba para hacerle arreglos a nuestras zapatillas de punta viejas, les quitábamos la plantilla para ensayar porque cada dos semanas más o menos nos terminábamos un par—. Y... —moví el cúter, pero estaba muy afilado y la cubierta plástica estaba floja, así que mejor lo volví a guardar en mi bolsa. Y olvidé lo que iba a decir.

Ori nunca había estado tan callada, tenía los ojos cafés muy abiertos.

—¿Y qué? —preguntó—. ¿Por qué no lo guardas en un cajón o algo?

—Y... cortarles la cara —dije sin mucho ánimo. También me estaba asustando a mí misma.

La noche siguió su curso. No hicimos gran cosa más que decir cosas odiosas recostadas en mi alfombra rosa —yo las dije, ella escuchó— y no escondimos lo que quedaba del Bacardí porque mis papás no iban a subir las escaleras a buscarlo.

En un momento se escucharon golpecitos en mi ventana, piedritas del jardín de rocas que golpeaban mi ventana una por una. Puse los ojos en blanco, pero mi estómago rugía demasiado como para decirle que se fuera.

—Yo me encargo —dijo Ori—. Le voy a decir que se vaya —verificó su aliento a ron contra su mano y bajó por la ventana abierta. Miles estaba abajo en mi patio, esquivando adornos en el jardín, con ganas de escalar la celosía.

Escuché que ella le pedía guardar silencio y él le respondió susurrando a gritos, pero dejé de poner atención a lo que decían. Eran cursilerías que me provocaban náuseas. Él no había dicho "Nos vemos", no había cerrado la puerta y no la había dejado sola en el piso de un salón a oscuras con su top hecho bolas en la cintura, la boca adolorida y su cuerpo caliente por todas partes, aunque no lo quisiera. Miles y Ori llevaban seis meses juntos. Habían tenido relaciones sexuales y él no la había cortado después. Incluso le había dicho que la amaba, aunque me contó que ella aún no se lo decía.

Estaba pensando en la presentación, en lo que había ocurrido. No estaba segura de qué me dolía más: que la profesora Willow me considerara tan insignificante o que Harmony, Rachel y, sin duda, Cody lo creyeran. Tal vez era todo, y todo tenía que ver. Quería ser importante para alguien. Importar. Tener los reflectores sobre mí, que nadie pudiera apartar la mirada de mi espléndida silueta bajo la luz roja y fascinante.

De hecho, que alguien me mirara como Miles miraba a Ori.

Cerré los ojos y dejé que el cuarto diera vueltas. Incluso con las vueltas, tenía la mente clara y pensamientos sangrientos. Las imágenes eran vívidas, iluminadas en el escenario de mis fantasías más ocultas, en donde, como siempre, era *prima ballerina* del Ballet de Nueva York y me ganaba a todos los directores y coreógrafos. Aunque el escenario también mostraba otras cosas.

Cosas malas, asesinas.

Cosas que nunca haría. Y cosas que olvidaría por la mañana porque despertaría sintiéndome mucho mejor. Sabía distinguir entre el bien y el mal; Ori y yo lo sabíamos. No éramos horribles. No éramos tontas.

Plumas rojas por todas partes

El pájaro de fuego es sólo un cuento de hadas.

La historia del ballet es ésta: en un jardín encantado hay un ave hembra en cautiverio. Un mago malvado tiene control sobre este jardín y no liberará a la hermosa ave de plumas rojas, que brilla como la luna en la oscuridad del jardín. Sin embargo, un día, cuando un príncipe solitario pasa por ahí, ve la deslumbrante ave roja del otro lado del muro del jardín y decide que debe tenerla.

El príncipe escala el muro para cazar al ave, la persigue entre los árboles encantados, resuelto a robarla. Ésta le ruega que la deje en paz —quiere quedarse en el jardín, en donde ha pasado toda su vida—, sin embargo, él no se detiene, así que el ave debe pensar en un plan para ahuyentarlo.

El ave le regala una pluma de su propio cuerpo: roja, reluciente, como su piel. Dice que si algún día necesita ayuda, debe sacar la pluma y llamarla. Entonces el ave huye deprisa.

El resto del ballet se centra en el príncipe, cómo encuentra el amor y derrota al mago malvado con ayuda del Pájaro de Fuego, que acude cuando él saca su pluma. El ballet termina con un final feliz. Sin embargo, yo no dejo de pensar en el ave.

Toda la atención —y los reflectores del escenario— recaen en el príncipe y su hermosa novia, en su final feliz. Todo el mundo olvida que todo eso fue gracias al ave. ¿Acaso se va volando en el cielo azul o se queda quieta en el jardín ahora que los muros se han venido abajo? ¿Muere, sola, porque ha regalado demasiadas plumas y la gente siempre le pide algo, le arranca las plumas y ella no sabe cómo pensar primero en ella y decirles, lárguense, malditos avariciosos? ¿No sabe decir "no"?

Es sólo un cuento, un cuento de hadas adaptado para el escenario.

Porque si fuera real, con personas reales, ella hubiera dicho cualquier cosa para salvarse. Hubiera mentido. Y después, cuando el tipo la llamara, cuando pidiera su ayuda con la pluma mustia en la mano, ella lo hubiera ignorado.

No se puede culpar a nadie por velar por sus propios intereses.

En el mundo del ballet, el papel del Pájaro de Fuego es intimidante. Debes ser potente con los pies y en las vueltas. Necesitas fortaleza. Debes merecerlo. No bailaríamos el ballet completo en nuestra presentación de primavera, sólo algunas variaciones, pero Ori, a sus quince años, tenía el papel principal.

La profesora Willow quería probarle el vestuario del Pájaro de Fuego por si requería algún arreglo, y cuando Ori salió del vestidor con el traje, se hizo un silencio en el estudio. Era rojo sangre, con lentejuelas en las secciones transparentes, como en la piel de su pecho, y sus brazos y espalda eran carmín, brillaban de manera natural. El tutú era rígido y con plumas rojas, los zapatos estaban teñidos de rojo, como un vodka con cereza, los listones hacían marcas incisivas en los arcos y tobillos.

Mi traje para la presentación era soso. Azul pastel. Una falda plana, caída, sin tul. Yo veía a Ori por el espejo, como todas. Anhelaba el rojo, la silueta rígida de su tutú. Me imaginaba en su traje, como ella, resplandeciente, nadie me volvería a abandonar en un cuarto oscuro.

—Da miedo —dijo Ivana, otra de las princesas bailarinas, mientras veía el reflejo rojo en el espejo—. ¿Se supone que el Pájaro de Fuego debe dar miedo?

—¿O más bien *asco*? —dijo Harmony—. Y también parece una zorra, ¿no crees?

Ivana estuvo de acuerdo, como todas las chicas solían hacer cuando Harmony o Rachel les pedían su opinión. Ori parecía una zorra asquerosa en su hermoso traje rojo y nadie podría ver al Pájaro de Fuego de nuestra presentación de otro modo.

No creo que Ori haya escuchado, pero ni siquiera le hablaban a ella: Harmony estaba viendo mi reflejo en el espejo cuando lo dijo. La Harmony del espejo estaba haciendo algo con la boca y la lengua, algo pornográfico. Quería que supiera que no había olvidado y que haría uso de lo que tenía (¿fotos? ¿video?) después. ¿Cuándo? Quería preguntarle. ¿Cuándo? Sonrió y se lamió los labios rosas. Nunca diría cuándo.

Le tocaba a Rachel pasearse por el estudio, vestida con su traje de princesa; de algún modo se veía mejor que yo. Su silueta delicada se veía grácil y refinada en el sencillo traje, y le habían dado una pequeña corona de oro para el pelo; nadie me había preguntado si quería una pequeña corona de oro para el pelo.

A Ori tampoco le tocó corona, pero no la necesitaba porque tenía el tocado. El diseñador de vestuario había creado ese artilugio que parecía estar hecho completamente de plumas rojas, como el plumaje de un ave tropical. También tenía una estructura de alambre oculta gracias a la cual las plumas se asomaban de la parte trasera del cráneo de Ori y descendían por su espalda. Las plumas se movían a su ritmo. Cuando ella respiraba, parecía que las plumas también lo hacían. Así la recordaría siempre: de rojo. Y no sólo porque era el color del vestuario.

El diseñador quería ver cómo se movería el artilugio. Ori dio una vuelta sin mucho entusiasmo. Se encogió de hombros y dijo que el tocado se sentía bien, se movía bien, después fue a los vestidores a cambiarse, se puso su leotardo sencillo. Cuando salió, nuestras miradas se encontraron en el espejo y me di cuenta de que la atención la avergonzaba. Ella sabía que yo estaba triste. Sabía que esto me importaba muchísimo más que a ella y por ello se sentía culpable. Le hubiera gustado que fuera yo quien vistiera el traje con lentejuelas brillantes y ella, el traje de lechera. Creo que se habría salido de ballet hace años de no ser porque era lo que más teníamos en común.

De todas formas, sin importar lo buena que fuera sin esforzarse, la más flexible en clase, quien hacía *splits* envidiables y tenía los arcos de los pies cuya silueta aspirábamos alcanzar, estirando y deformando los nuestros, no creo que nadie en el estudio odiara a Ori. Era imposible odiarla. Una noche había ayudado a Chelsea P. a buscar un juego de llaves durante una hora después de clases. Ese año las chicas de prepa la trataron como mascota porque mientras estaba en el baño, había escuchado sin querer que una de ellas iba a abortar, y ni siquiera me contó a mí quién era porque no quería revelar el secreto de otra persona. Su lealtad revelaba algo sobre su carácter.

Sin embargo, me era mucho más leal a mí.

El plan era quitarles sus teléfonos para borrar las fotos, si existían. No estábamos seguras de que había fotos. Aunque necesitábamos sus claves para entrar a sus álbumes de fotos, y no era algo que pudiéramos pedir. Teníamos que engañarlas de algún modo. O amenazarlas un poco. Debíamos pensar bien las cosas y yo no había agotado las opciones para cuando inició el ensayo con vestuario.

Ori se me acercó tras bambalinas, entre números, para advertirme.

—Las escuché hablar, estaban un poco raras, se callaron cuando entré.

Me invadió el pánico. Imaginé una foto mía en una posición reveladora. La imaginé alargada y proyectada en el escenario durante la presentación. Me vi dando una pirueta frente a ella, sin darme cuenta. Levantando los brazos, apuntando los dedos de los pies, sin darme cuenta. Y todo el público suprimiendo un grito. A mi madre vomitando en su bolso y a mi padre demasiado conmocionado como para taparse los ojos.

Los ensayos con vestuario siempre traían algo inesperado. Algún problema inusitado que el director tenía que solucionar antes de la presentación. Coreografía que resulta demasiado complicada para los decorados y debe cambiarse. La presentación final nunca termina siendo lo que pensabas que sería, no del todo. El ballet es un ente vivo, que respira. No es pregrabado y definitivo, impreso en el celuloide. Se vive en el momento. Es en vivo.

A veces olvidaba que también la vida es así.

Harmony y Rachel se comportaban con total naturalidad. Estábamos en el escenario. El número estaba marcado y listo, en la formación en V de las princesas bailarinas la profesora Willow me había dado el lugar del centro.

Cualquier cosa pudo haber pasado en el escenario durante el ensayo. Rachel me podía haber golpeado en la cabeza con una de las manzanas doradas que nos lanzábamos durante la escena del jardín encantado. Tenía buena puntería. O Harmony —la décimo tercera princesa, la que cautiva el corazón del príncipe de la misma forma en que él intenta capturar al Pájaro de Fuego, interpretado por Ori— podía haber inclinado su arabesco ligeramente hacia la izquierda, para darme directamente en el ojo con la caja de su zapatilla de punta.

Sin embargo, ensayamos con el vestuario una vez, dos veces y nada. Estaban muy bien portadas, la profesora Willow estaba sentada en el auditorio, señalando ajustes, asintiendo con la cabeza, sonriendo un par de veces.

Ori hizo su solo y no recordaba la mitad de los pasos. A veces cuando esto pasaba, los inventaba y otras improvisaba hasta que llegaba a la parte que sí recordaba, la siguiente secuencia en donde daba varias vueltas. En las butacas vacías, la profesora Willow ya no sonreía, pero incluso ella tenía que ceder y limitarse a mirar cuando Ori agarraba el ritmo y la música iba *in crescendo* para envolver la silueta electrizante de su movimiento y con ello descendía la magia.

Yo también estaba observando, me puse a buscar en mi bolso de ballet un pedazo de queso o algo que comer. Supongo que bajé la guardia.

La notita estaba dentro de una de mis zapatillas de punta. Estaba escrita con descuido en la parte trasera de un programa viejo. Cody quería verme afuera, detrás del teatro, durante mi descanso. No decía más.

Salí sin decirle nada a Ori. Ella seguía en el escenario. Tenía otras cosas que hacer: ser brillante sin esfuerzo. Y yo estaba entre bastidores, esforzándome muchísimo por ser yo misma.

Sabía a dónde ir. Me llevé mi bolso de ballet. Fui al túnel para fumar detrás del contenedor de basura en donde las chicas se escondían para fumar, después se rociaban con Febreze con aroma a jardín y regresaban al estudio, alegando que necesitaban aire fresco por tanto bailar.

La entrada al túnel estaba cubierta, la habían tapado con unas ramas frondosas. Cuando las hice a un lado para entrar, las encontré en los leotardos que llevaban debajo de sus trajes de princesas. Esperándome.

—Hola, Vee —dijo Rachel, levantando y extendiendo su pierna para estirar los músculos, era capaz de hacer varias cosas al mismo tiempo—. ¿Buscas a alguien?

—No —mi expresión debió haber revelado que mentía.

—No se ha dado cuenta —dijo Harmony. Tenía la costumbre de hablar de mí con los demás cuando me tenía enfrente y bien podía hablarme directamente.

—Cree que él le dejó esa notita —dijo Rachel.

—No sabe que se fue.

—¿Cody se fue? ¿Por qué? —dije.

—Ay, ya sabes... —contestó Rachel, seguro ella tampoco lo sabía.

Harmony tenía una hipótesis.

—A lo mejor le daba vergüenza ponerse mallas. Lo que debió darle vergüenza era ligar con *eso*.

Me señalaron, como si fuera uno de los árboles del túnel.

Las dos se estremecieron con dramatismo. Harmony fingió vomitar llevándose un dedo a la garganta. Después siguieron hablando como si yo no estuviera a unos centímetros de distancia en un espacio que parecía una celda en una cárcel. Era tan aburrido, cansado, innecesario. ¿Continuaría durante los ensayos que faltaban? ¿Se estaban guardando el gran final para la presentación del sábado en la noche, cuando mostrarían la foto y yo estaría tan avergonzada que querría morirme?

Debí haberme dado la vuelta e irme, pero algo me mantuvo pegada a ese sitio. Algo dentro de mí no quería que me fuera y les permitiera ganar.

Bajo la luz tenue de la tarde, protegidas por los matorrales del túnel, parecía que estábamos montando nuestro propio espectáculo. Sólo que en él no habría baile.

—Harmony —no respondió, siguió parloteando, cubriéndose la boca con la mano.

—Rachel —tampoco contestó y siguió asintiendo, con las cejas levantadas, diciendo "ah" mientras Harmony le susurraba al oído.

—Oigan —dije.

A la distancia, casi imperceptible, percibía el sonido rítmico de la música que provenía del estudio. Era la última pieza, antes de la muerte del mago malvado. Antes de que el Pájaro de Fuego revelara el secreto de cómo matarlo. Antes

de que todos en el escenario pudieran bailar alegres, cele-
brando su libertad y la ruina del mago. Ori también bailaba
esa pieza. Ori no estaba aquí, yo tendría que hacerme cargo
sola.

—¿Qué quieren de mí? —dije. Mi voz sonaba desesperada, parecía la voz de alguien más. Alguien que lloriqueaba.
Supongo que es lo último que recuerdo con claridad, del
interior del túnel, antes de que sucediera.

Tal vez me respondieron, dejaron bien claro qué querían y por qué les divertía tanto molestarme. Pero me falla la
memoria. Estamos hablando —yo estoy diciendo algo y ellas
están diciendo algo, yo estoy de pie mientras hablan de mí—
y llevamos puestos nuestros vestuarios, con los calcetines
sobre nuestras zapatillas suaves para que no se ensucie el raso
rosa, y nos tapamos con chamarras sobre los leotardos para
eludir el frío primaveral. Harmony lleva una gorra como de
trailero sobre el chongo y Rachel lleva su chonguito impecable y la corona de oro. Está así y luego se rompe.

Desaparece.

Cuando una bailarina se encuentra en el escenario, ante el
público, y se enfrenta con ese momento temible que le puede
pasar a las mejores, cuando su mente se queda en blanco y
no recuerda la coreografía, cuando la invade el pánico, hay
tres posibles reacciones. En cada una ella es como un animal
salvaje bajo los reflectores, sin embargo, la pregunta es ésta:
¿qué animal salvaje será esa noche? Podría ser un conejo teme-
roso que corre a guarecerse bajo la oscuridad entre bastidores.
Podría ser un venado, paralizado, con los brazos levantados
como antenas. O podría ser algo con dientes, como un puma.
No se detendrá, marcará los pasos, los que sean, incluso si no
corresponden con la canción o la rutina. Podría bailar lo que
fuera porque por lo menos así engañará al público. En la mayoría de los casos la gente es demasiado ignorante como para
darse cuenta.

Hubiera creído que mi primer instinto en el túnel para fumar hubiera sido escabullirme como un conejo. Así había lidiado con esas dos desde hacía años.

Pero mi cuerpo tenía otros instintos desconocidos para mí y esos instintos se apoderaron de mí. La verdad, sin alardear, es que nunca he olvidado mi coreografía en un escenario ante el público. Siempre sé con exactitud lo que hago. Al menos mi cuerpo lo sabe. Mis músculos tienen memoria. Siempre hay una parte de ti que es consciente cuando se nubla tu mente. Tus manos actúan por ti, como los pies entrenados de una bailarina.

Parpadeo y cuando reacciono está en todas partes. En los árboles, en el suelo, en mis brazos, en mis ojos.

Sangre.

Mucha sangre.

Sangre en mi traje azul pastel, y después tierra en mi traje y mi pelo y mi boca porque nos estamos arrastrando Harmony y yo, empapadas de sangre y luchando en la tierra firme. Luego tenía a Rachel encima y me la quité. Quitármela fue muy fácil. El túnel nos mantenía cerca —a las tres—, también protegía nuestra pelea de la puerta trasera del teatro, si alguien salía y se asomaba detrás del contenedor de basura. Sin embargo, el espacio era tan reducido que nadie podía huir, si alguien quería ser el conejo y salir corriendo. Éramos tres en el piso y yo era pura memoria muscular, instinto, bilis y salvajismo.

Después éramos cuatro.

Ocho brazos, cuarenta dedos rasguñando, cuatro chongos y ninguno se deshizo. Había una gorra de trailero y una corona. Cuatro bocas, ocho piernas y ocho pies. Ramas filosas. Pasadores por todas partes. Piedras. Pájaros trinando en los árboles.

Ori me arrancó del cuerpo de Harmony y me sacudió.

—¡Vee! ¿Qué hiciste? ¿Qué hiciste?

Rachel estaba desplomada en el piso, tan diminuta que parecía una niña. Tenía marcas rojas en la garganta y en el cuello.

Harmony estaba de espaldas, mirando con los ojos bien abiertos hacia el techo oscuro del túnel, la boca abierta, la nariz aplastada, reducida a un bulto plano de pus y sangre. El centro de su estómago estaba lleno de plumas, plumas rojas, pero también sangre, que en mis ojos parecían plumas y, sobre nosotras, los pájaros seguían cantando, aunque ya oscurecía en nuestro túnel y no podíamos verlos.

De pronto Rachel se sentó, como un zombi que vuelve a la vida, y le agarró la pierna a Ori —cubierta con mallas rojas, el rojo ocultaba toda la sangre— y luego volvió a desplomarse como si no hubiera sucedido, abrió la mano y en la palma tenía una sola pluma roja. Casi me reí. Casi me reí por todas las plumas que cubrían nuestro propio escenario y porque a Rachel se le estaba olvidando nuestra coreografía. Después Ori volteó a verme, con la expresión vacía, igual que la mirada de Harmony era vacía, y me dijo que me lo iba a quitar.

—¿Quitarme qué? —respondí.

—El cuchillo —dijo.

Estiró la mano, me separó los dedos y me lo quitó. De la mano, me quitó el cúter. No lo había guardado.

Estoy recordando. Esto es lo que hice, en el transcurso de los años lo he pensado una y otra vez. A veces me cuento otra versión de la historia, para ver qué se siente.

Pero la historia es la que es. La asesina siempre fui yo.

Ori debió haber adivinado que estábamos en el túnel. Con seguridad nos vio salir, primero a ellas dos y luego a mí.

Primero tenía que terminar su ensayo —la profesora Willow hubiera querido que lo completara— y luego debió haberse disculpado. Debió haber salido del edificio en su traje, con las plumas rojas en el tocado.

Esa primavera fue la última vez que se usó el túnel para su objetivo principal y más inocente. No sé ahora en dónde fuma la gente, pero ahí no. Cuando al fin retiraron la cinta de la escena del crimen —desgastada, estirada y casi desprendida— y los morbosos dejaron de asomarse por ahí, lo único que quedó fue el túnel: un pasaje de la civilización hacia el bosque detrás del teatro comunitario.

Los cuerpos —había dos, en leotardos y mallas que alguna vez fueron rosas— habían yacido en el piso del bosque, cubiertos de hojas, tierra y agujas de pino. Ahora, quienes se escabullen por la puerta trasera, le dan la vuelta al contenedor de basura y se abren paso entre la maleza para pararse en el sitio en donde sucedió todo esto, pero no quedan señales. Aún hay pájaros, porque siempre hay pájaros. Pero no cuentan relatos, porque las únicas tres testigos que entraron al túnel están muertas.

Los recuerdos en este lugar se han borrado, casi como en mi mente. Y cuando no recuerdas algo, te aferras a lo que puedes. Cambias las cosas y las enredas.

Cuando desperté y Ori me estaba quitando el cúter, de inmediato comencé a enredarlas.

Me tenía en sus brazos y si yo me había estado sacudiendo y peleando, había dejado de hacerlo. Me había quedado paralizada, como un venado. Miraba hacia arriba, a ella.

Supongo que lo que sentí podía describirse como un shock. Y las personas en shock están confundidas. Y había sangre. Vi el color rojo, el color que yo anhelaba; tal vez lo tenía por todas partes, pero también ella.

Abrí la boca y lo dije:

—¿Qué hiciste, Ori? ¿Qué hiciste?

Me soltó.

—Espera, ¿qué?

—Ori —dijo mi boca, horrorizada, el enredo era rotundo—. Ori, no.

Ella tenía el arma ensangrentada en las manos. En esos momentos en los que volví en mí, vi el cúter y a quien lo sujetaba, y creí saber lo que había sucedido. Creí ver el arco de su brazo en el aire y el intestino de Harmony abierto, la puñalada, la puñalada, la puñalada del arma y los pájaros cantando y el túnel ahuyentando la luz.

—No —decía—. No, Ori. No. No. No.

Bajé la vista al piso. Había mucha sangre y en la sangre estaban las plumas rojas de su traje. Había plumas rojas en los cuerpos, en el piso y en las ramas de los árboles, plumas rojas sobre mí y sobre ella, plumas rojas empapadas de sangre en todas partes.

Manos limpias

No tuve que pasar la noche en la cárcel.

Me interrogaron y me liberaron, en muy poco tiempo, eso sentí, mis papás me consiguieron un abogado muy competente. Ori se tuvo que conformar con el abogado de oficio. Tuvo que quedarse esa noche. Se pospuso la presentación indefinidamente. Incautaron lo que quedaba de su traje glorioso como evidencia.

A veces no quiero pensarlo, pero es cierto. El dinero —el hecho de que mis papás lo tuvieran— hace milagros. Estaba en mi casa esa misma noche, quitándome las mallas en mi cuarto. Lavándome la cara en mi lavabo. Lavándome la cara por segunda, tercera vez. Lavándome, aunque no me sentía limpia en absoluto.

Me llevó años aceptarlo, pero el dinero *sí* compra la libertad, porque mírenme: estoy libre.

Mi madre ya estaba de pie en el descansillo de la escalera, lo suficientemente cerca para que la pudiera oír gritándome, pero no tanto como para ver cómo me lavaba la sangre en mi lavabo. Podía verle la coronilla de su cabeza rubia por los barrotes del barandal.

—Cariño —gritó del descansillo—, necesitas comer algo.

—Estoy bien, mamá —respondí—. No tengo hambre.

Aunque de hecho, me daba vueltas la cabeza. La sangre me había salpicado las mejillas y mi toalla blanca de manos ahora era rosa, mi color favorito. Había penetrado las mallas, así que tenía las piernas manchadas. La explicación fue que había estado presente y lo había visto todo. La farsa: seguro había intentado detenerlo, el asesinato de chicas tan jóvenes y talentosas, con toda la vida por delante. Seguro. Mi abogado me había aconsejado no responder nada, pues por ahora se asumía que así había sido.

—Cariño —dijo mi mamá—, creo que deberías bajar y cenar con nosotros esta noche.

Era su tema preferido. ¿Ya había comido? ¿Quería comer? ¿Quería acompañarlos en el comedor para comer con ellos?

En general, cuando subía al descansillo de las escaleras para decirme que debía comer algo, incluía la misma pregunta que hacía casi todas las noches. "¿Tu amiga se queda para cenar?". Aunque la mayoría de las noches se daba por sentado porque Ori cenaba en mi casa casi todas las noches, o no cenábamos y compartíamos una bolsa de M&M's. Ahora que lo pienso, yo ni siquiera sabía si había comida en casa de su papá. Sin embargo, mi mamá siempre preguntaba. Nunca le cayó bien mi amiga de la zona pobre de la ciudad. Nunca le gustó que yo fuera tan cercana a una chica que no tenía mamá, a una chica que vivía sólo con su papá, que sabía Dios a lo que se dedicaba, la chica que iba a una escuela pública y seguro tenía relaciones sexuales con su novio y metía lodo a la casa siempre que venía. Supongo que mi mamá anhelaba que llegara un día en que yo dijera: no, Ori no se queda a cenar, sólo seremos los tres, como antes. Esa noche era ésta.

—Está bien. Bajo, déjame limpiarme un poco más.

Mi mamá dio un aplauso fuerte, como si estuviera encantada. No hizo las preguntas que quizás otros padres hubieran hecho. Tal vez nuestro abogado le pidió no hacerlo. No preguntó nada y, al no hacerlo, reconocía que me creía.

Me quité una pluma roja suelta del brazo y la dejé en el tocador.

—Baja cuando estés lista —dijo. Después bajó por la escalera.

Tenía bastante hambre, raro en mí. Éramos tres en la mesa aquella noche. Cenamos puré de papas, asado y cebollitas con chícharos. Me tomé un vaso grande de jugo y el vaso tenía hielo. No dejé nada.

Al comer lo decidí. Me dije, esperaría una semana más o menos, y después hablaría con la profesora Willow sobre la presentación. Me sabía el papel de Ori tan bien que casi era su sustituta. Otras chicas serían las princesas bailarinas. ¿Por qué no continuar con la presentación, si yo estaba viva y podía interpretar el papel?

Mis padres, que eran generosos con el financiamiento, me ayudaron en la labor de convencimiento, pero cuando interpretamos las variaciones de *El pájaro de fuego* —la presentación de primavera se pospuso tanto tiempo que ya no correspondía con la temporada—, tenía un traje nuevo. Menos plumas. Pocas lentejuelas. Sin tanto adorno. De todas formas, ese fin de semana vestí toda de rojo cuando bailé el papel protagónico en la presentación. Era imposible no verme desde la zona más alejada del teatro, incluso desde la última fila.

Me dijeron que estuve despampanante. Me alabaron mucho cuando ella ya no estaba, al igual que Harmony y Rachel. Tal vez porque era la única buena que quedaba. Me dijeron que estuve deslumbrante. Transcendental, incluso, eso dijeron. Juro que lo leí en el periódico local al día siguiente.

Incluso ahora, tres años después, mi mente sigue zumbando. Me confundo con el tiempo. ¿Bailé esa noche, la noche en que esas dos chicas ocasionaron su muerte? ¿Lo bailé siempre? ¿Siempre fui la estrella?

Surgen los recuerdos y necesito tirarlos al piso, a la tierra, a donde pertenecen. Sigo viendo rostros. Al principio sólo el de Ori, con su pelo castaño oscuro y largo peinado en un chongo, su pelo que ahora lleva más largo y le llega casi a las rodillas, desde que ya no está. Procuro quitarme la imagen de la cabeza y me asaltan las otras dos, con su pelo color miel reluciente y peinado de forma impecable, las partes afiladas de sus pasadores resplandeciente, como si estuviéramos bajo los reflectores del escenario. Sus pestañas maquilladas parpadean en el espejo mientras me miran ejecutar a la perfección un paso y sé que desean que tropiece y caiga, y se lamentan cuando no sucede. Sus cabezas color miel estaban tan pegadas mientras susurraban de mí en el túnel, ¿y luego qué? Hay un salto en mi memoria y hay una parte que no recuerdo. Sus cabezas sangrantes, color miel, embarradas en el piso. Otro salto en mi memoria y otra parte que no recuerdo. La parte trasera de la patrulla. Las preguntas en el cuarto con espejos. La sensación extraña, casi ligera, cuando —con mis padres a mis costados, mis padres que llevan quince años donando al departamento de policía— el oficial me quita las esposas y dice:

—Gracias, señorita Dumont. Puede irse.

El tiempo salta una vez más y las estoy mirando en el trayecto en coche a casa, en el asiento trasero, extendidas sobre mi regazo, las estoy mirando. Mis manos, las mismas que me permitieron lavar en el lavabo después.

Mis manos limpias. Mi error.

Volteo mi cuerpo en el asiento trasero y coloco las palmas en el parabrisas, las presiono contra el cristal, la estación de policía se va alejando, el coche avanza, y mis padres me dicen que ya pasó, ya pasó, y el error va disminuyendo cada vez más a medida que nos alejamos de la estación, hasta que es irreversible, una mancha diminuta, y desaparece, ya no existe.

Su palabra contra la mía.

Sus manos contra las mías.

Es lo peor que he hecho en mi vida, por decir lo menos. Siempre las estoy mirando. Por ejemplo, cuando me amarro los listones de mis zapatillas de punta. Cuando le pongo pasta a mi cepillo de dientes. Cuando empujo a Tommy y le digo "ahora no". Cuando estoy viendo fotos en mi celular y se me ocurre que quizá Harmony y Rachel nunca tuvieron ninguna foto, en vista de que nunca han salido a la luz en estos años. Cuando me pinto las uñas de los pies de morado, sola. Cuando estoy sujetando la barra, practicando sola en mi cuarto. Cuando doblo mis leotardos para llevármelos a la ciudad. Cuando me maquillo. Cuando cierro el broche de mi pulsera de dijes y dejo que me caiga por la muñeca. Cuando como un pedazo de queso. Cuando estoy sola en mi cuarto sin hacer nada.

Las estoy mirando. Estudiando. Mis manos, las que nadie acusó de nada tan espantoso como matar a una chica. Dos chicas. Contemos a Ori, tres. Mis manos limpias.

Traidora

—Ahí estás —dice a mis espaldas.

Me encuentra en esta zanja de maleza verde y tierra detrás de la cárcel, en esta jaula, el hoyo en el que cabe un cuerpo a mis pies. Salvo que ahora estoy sola. El sol se está poniendo detrás de los árboles y se percibe la luna allá arriba, que ya quiere salir.

—Hola, Miles —ella se ha ido, seguro por él. Nunca te dijo "te amo", ¿o sí, Miles? Apuesto a que eso lo aniquiló.

Él está en el linde del jardín crecido, sin decir nada.

—¿Ya nos vamos? —pregunto.

—¿No escuchaste que te buscábamos?

Sacudo la cabeza.

—Te buscamos por todas partes. Sarabeth está llorando desesperada en el coche. No te encontró y se asustó. Nos ha rogado que llamemos a la policía.

Supongo que llevo mucho tiempo aquí. Sólo recuerdo a Ori de naranja, cavando este hoyo, y cómo me miró, traicionada. Ella sabe la verdad, incluso si ninguna la va a decir en voz alta.

—¿Sarabeth está en el coche? —reviso mi teléfono y veo una serie interminable de sus mensajes:

No es gracioso. Dnd estás?
Este lugar da MIEDO
En serio, dnd estás? Vamos?
Tommy quiere ir a McDonald's, sí?

Te juro que un fantasma intentó comerse mi pelo JAJAJA
no es broma

Me largo

Me asustas! Vienes o qué?

Y muchos más. Dejo de leerlos. No tengo ni un solo mensaje
de mi novio, ni uno, en toda la tarde, y no sé cuánto tiempo
estuve desaparecida.

—¿Dónde está Tommy?

Miles ignora la pregunta.

—¿Está en el coche? Vámonos. Creo que Sarabeth se
quiere ir desde hace horas —me encamino a la salida del enrejado, pero mi sandalia está atorada en la tierra suelta y me
tambaleo, otra vez me doblo el mismo tobillo que hace rato y
si se vuelve algo serio antes de Juilliard, una herida que me im-
pida bailar aunque sea una semana, me va a dar un ataque. Saco
el pie descalzo de la tierra y me lo sacudo. La sandalia no sale.

—¿Qué llevas en la mano? —pregunta Miles.

Por un momento —por un intervalo de tiempo similar a contener la respiración e intentar mantenerte erguida
y cargar todo tu peso en el dedo gordo del pie—, olvido en
dónde estamos y me da la impresión de que estamos en otro
lugar. Encerrados, rodeados de verdor por todas partes, y el
cielo es un techo oscuro cubierto por las ramas de los árboles. Creo que él me descubrió. Creo, fuera de mí, frenética,
desesperada, que me han descubierto ¿puedo librarme por
segunda vez? ¿Esta vez quién me quitará el cuchillo de la
mano? ¿Quién asumirá la culpa?

Aunque él no se refiere a eso. Es del mismo color, sí,
cuando levanto la mano y extiendo la palma. Sí. Es roja, del
color de la sangre, y se ve aún más roja con la luz que queda, y
al principio creo que me corté la mano y me pregunto por qué
no duele, por qué nada me duele, por qué no he sentido dolor
en tantos años. Después me concentro. Sólo es esa pluma de

su traje, está sucia con sangre vieja, estuvo oculta en mi cuarto tres años, todavía huele a asesinato y vergüenza; y lo reconozco: alivio. He tenido la pluma en el puño todo este tiempo.

—Nada —respondo.

Cae en la tierra. El hoyo es profundo. La pala que ella sujetaba está apoyada en la reja. Está oxidada y llena de lodo seco. El acero no deslumbra como lo recordaba.

Miles mira cómo cae la pluma. Tarda una eternidad en caer. Se queda suspendida en el aire como si un fantasma la estuviera manipulando como un títere, haciéndola bailar, y después cae en el fondo de la zanja.

Miles sabe lo que es. Miles sabe todo lo que Ori le contó. Y me está impidiendo el paso en el terreno enrejado. Me está bloqueando el paso. Y sabe demasiado.

Ori nunca habló mucho de Miles. Yo sabía que él estaba obsesionado con ella —era obvio— y sabía que le gustaba ocultarse en las esquinas para observarla —qué miedo—, pero era todo lo que sabía. Iban a la misma escuela, así que yo no lo conocía. No podía leerlo en absoluto. Podría estar borracho ahora mismo. Podría ser psicótico. Podría estar ocultando un arma detrás suyo, estar a punto de hacerme pedazos.

¿Quién está más cerca de la pala? ¿Quién puede agarrarla primero? En eso estoy pensando.

—¿En dónde dijiste que estaba Tommy? —pregunto, intentando distraerlo—. ¿Allá? —No vislumbro nada a la distancia—. ¿Ese es él?

Miles ni siquiera voltea.

—No quiere saber nada de ti —responde.

—¿Tommy no quiere saber nada de *mí*? Ja. Ja. Ja —digo.

—Así que si lo llamas no vendrá.

Ahora soy yo quien busca a Tommy en el lote o a Sarabeth. ¿Estarán en el coche? ¿Los dos? Ahora estoy revisando el extenso muro gris que recorre la parte trasera de la cárcel. Estudio la zona enrejada con los aros de basquetbol.

—Ah, por cierto. Te quería preguntar... —dice Miles. Es difícil no percibir el cambio en su tono de voz. Es como si estuviera actuando para un público que se ha reunido en la valla—. ¿Te gustaron las flores?

Las flores. El ramo preparado para hacerme gritar. Desde luego que fue él. Es todo lo que es: un chico tonto, molesto porque perdió a su novia. Ni siquiera sabe en qué centrar su energía, así que la dirige contra mí.

Debo ser inteligente, me digo. Además, está obstaculizándome el paso.

—Gracias por las flores —respondo—. Qué amable de tu parte. Espero que hayas disfrutado el drama. Entonces... ¿nos vamos o qué? Mantengo la voz en un tono entre suave y alto, con un aire despreocupado, los ojos en blanco y demás. Pero la cabeza me da vueltas. Escucho cosas. No puedo asegurar que lo que escucho provenga de la voz de Ori, pero tampoco puedo negarlo. Él sabe. Sabes que él sabe. ¿Crees que *si lo sabe te va a dejar ir a Nueva York?*

Ladeo la cabeza para estudiarlo. Sus párpados gruesos, su mirada impasible. La boca bien cerrada. Desde que Ori lo conoció se ha dejado esa barba de chivo desaliñada. Apuesto a que ella la odiaba, y si no yo me hubiera burlado a tal grado que ella también la hubiera odiado.

Aunque ahora mismo quiero arrancársela de la cara y si se le viene la piel, ni modo.

Doy un paso al frente, incluso sin mi sandalia. La pala se encuentra a unos metros detrás mío. Lo único que tengo que hacer es dar una vuelta rápida, en sentido de las manecillas del reloj, ni siquiera una vuelta completa, y agarrar el mango. Puedo girar así de rápido con los ojos cerrados. Ni siquiera requiere el esfuerzo de una pirueta sencilla y estoy equilibrada, con ambos pies bien plantados en el piso. No tiene idea de lo que le espera.

Lo que escucho después es extraño, fuera de lugar, y me doy la vuelta para ver de dónde proviene. Es un susurro, risas nerviosas. Respiración entrecortada. Alguien tose un par de veces. Una multitud de susurros que vienen hacia mí, detrás de mí.

Después el sonido se corta.

Entonces lo siento. Como si me hubieran golpeado la cabeza. Veo lentejuelas, estrellas. Estoy tirada en la tierra y lo último que mis ojos registran antes de que dejen de enfocar es mi sandalia. Una de las tiras está rota y necesito arreglarla.

Después siento a Miles merodeando por encima de mí. También siento a otros, rodeándome. Mis pies están en punta sin razón aparente. Un reflector se intensifica a mi alrededor y yo lo disfruto, levanto la cara para que me alumbre, es todo lo que esperaba que fuera. Pero luego el reflector se debilita. Oscurece sin aviso y me deja aquí sola por completo, se aleja como un traidor.

SEXTA PARTE

La inocente

Ningún organismo vivo puede existir, con cordura, por mucho tiempo en condiciones de realidad absoluta; incluso algunos aseguran que las alondras y las cigarras sueñan.

Shirley Jackson,
La maldición de Hill House

Amber:
Nos arrepentimos

Nos arrepentimos mucho. Nos arrepentíamos de lo que hicimos afuera. Nos arrepentíamos de burlarnos de alguien o lanzarle un huevo o de no hacer nada para detenerlo. Nos arrepentíamos de nuestra cobardía. Nuestras lealtades. Nuestro carácter irascible. Lo ingenuas que éramos, infantiles, lentas, descuidadas, insensatas, tontas.

Desde luego, la mayoría nos arrepentíamos de nuestros crímenes.

Nos arrepentíamos del cuchillo que sujetamos, las armas en nuestra pretina y las mentiras que salieron de nuestra boca. Nos arrepentíamos de cosas como pegarle a nuestra abuela. Levantar ese bat de beisbol. Romper esa ventana. Nos arrepentíamos de aquel día frío de invierno en el estacionamiento del 7-Eleven cuando tomamos la decisión que nos llevaría a todo un mundo de arrepentimientos.

Pero esas somos nosotras.

No estaba segura de si nuestra reclusa más reciente, Orianna Speerling, se arrepentía de haber salido a buscar a su amiga aquel día, si después de haber visto la sangrienta escena deseaba haberse dado la vuelta en su pesado traje rojo y corrido sin mirar atrás.

En nuestra opinión, debió haberlo hecho. Debería arrepentirse del día en que conoció a Violet Dumont.

A veces un detalle mínimo era capaz de estropear toda una vida y al final, destruirla. Cuando pensábamos en nuestras vidas —los trece, catorce años que teníamos; quince, dieciséis, diecisiete— lo hacíamos desde una distancia lejana, como si estuviéramos en las nubes, en lo alto, percibiendo nuestra propia existencia como si miráramos un hormiguero. Era difícil distinguirla.

Bajamos la vista para ver quiénes éramos e intentábamos encontrar ese primer error enterrado en nuestra montaña de errores, como Mack se concentraba en el día que había robado esa bici rosa con borlas, su primer arrepentimiento. Cada una de nosotras tendría alguno. El de D'amour tenía que ver con un chico, igual que el de Cherie. Natty decía que no se arrepentía de nada, pero sabíamos que lo decía porque estaba confundida, tenía mucho de dónde elegir. La mente perversa de Annemarie no conocía la palabra *arrepentimiento*, aunque sí extrañaba a veces a su hermana, lo cual era más o menos lo mismo. Y yo pude haber cerrado mi diario antes de escribir una sola palabra. Pude haber tirado la llavecita de plata. Me arrepentía de eso.

Eran errores de entrada, que abrían la puerta al siguiente error, y al otro. Si Ori no hubiera ido a investigar el ruido detrás del teatro… aunque ese había sido su último arrepentimiento; hubo otros antes.

Hay que remontarse mucho más en el tiempo, mucho más, a un pasado en el que Ori es cada vez más pequeña, y la luz en su mirada es cada vez más intensa, intensísima, tenemos que pensar que si tan sólo no se hubiera precipitado para entrar a esa clase de baile a los siete años y no se hubiera puesto al lado de la niña delgada con demasiados pasadores en el pelo, entonces todo hubiera sido diferente.

Hubiera podido elegir otro lugar, sí. ¿Pero por qué obligarla a ir a la clase de baile para empezar? Pudo haberle insistido a su mamá que la dejara jugar futbol. Eso era lo que quería —patear una pelota en un campo lleno de pasto con un montón de niños— antes de conocer a Violet.

Ori me contó que ese fue el último año que su mamá estuvo en casa. Su mamá la había inscrito a ballet; a su papá, un camionero que realizaba viajes largos y que tuvo que cambiar su ruta cuando sólo quedaron ellos dos, nunca se le hubiera ocurrido.

Su mamá se fue sin previo aviso, entre el séptimo y octavo cumpleaños de Ori. Recuerda algo que nunca podrá olvidar, como todas. El tipo de recuerdo que queremos sacudirnos de la cabeza o retroceder y advertirnos a gritos. ¿Pero qué pudo haber hecho ella a los siete años y medio para detener esto? Era un arrepentimiento vacío. Lo que llamamos inevitable.

Su recuerdo involucra a una mujer de pelo largo, muy largo, en su recuerdo, y morena, en su recuerdo, era más morena que la tierra húmeda. La mujer en cuestión tiene dientes chuecos que le salen de la mandíbula, pero su sonrisa con la boca cerrada los oculta. Ella se acerca a la destartalada mesa de la cocina. Una de las patas es más corta que las otras, así que la mesa siempre se mueve. Sirve una rebanada de pastel helado del súper, quemado por el frío del congelador, del tipo que tiene flores decorativas, como de yeso, que ponen las lenguas azules. Sin velas, ni siete ni ocho.

—Vamos —dice la mujer—. Come.

La cuchara se llena. La mujer observa cómo se lo come a cucharadas. Hay una maleta flexible y amarilla en la puerta. Las cucharadas bajan el ritmo. La sensación de sueño. Un taxi del sitio Saratoga Taxi toca el claxon en la entrada. Una puerta que se cierra rápido. El clic de la cerradura. Los párpados pesados. Después el silencio de una casa vacía y la oscuridad de dos ojos cerrados.

Su padre la encontró horas más tarde, dormida en la destartalada mesa de la cocina. Los restos del helado en el plato, convertidos en sopa.

Por eso, para Ori, cualquier señal que indicara medio camino implicaba un desastre. Por eso no comía helado, por suerte, ya que aquí nunca nos daban helado.

Muchas habíamos perdido a nuestras madres (y algunas las habríamos corrido tan pronto como aprendimos a caminar, si hubiéramos podido pagar la electricidad y manejar). Ser huérfanas de madre no inspiraba compasión, era una pena común que varias compartíamos. Pero tener madre un momento y perderla al siguiente, sin explicación, sin cáncer, sin una puñalada en el estómago, sin un novio que le prometiera llevarla a las Bahamas sin los niños, sin siquiera una nota en la mesa que lo explicara, entendemos que eso puede provocar que una chica se venga abajo.

Cuando las cosas malas la habían ido a buscar, como habían ido a buscarnos a todas aquí en Aurora Hills, Ori no se quitó, como muchas intentamos. No se negó, aunque pudo y debió haberlo hecho. Dejó caer la cabeza. Soltó el arma que de algún modo había terminado en su mano y vio cómo reflejó la luz al caer.

Para ella todo tenía sentido, de forma perversa y perfecta. Violet la señaló. Violet lloró, gritó y señaló. Después rescataron a Violet de la escena del crimen y se la llevaron y ya no la volvió a ver.

A excepción de los cuerpos, Ori se quedó sola. Un policía le gritó que saliera con las manos en alto, pero ella no entendió, era muy lenta, demasiado lenta para entenderlo, después tenía al policía encima, obligándola a ponerse de rodillas, a entender por la fuerza. No forcejeó, como Jody hubiera hecho. No pateó, como Polly seguro hubiera hecho. No mantuvo la cabeza en alto, desafiante, como cualquiera de nosotras hubiera deseado haber hecho. Se dejó caer como un tronco. Su traje pesaba mucho y su cuerpo pesaba todavía más. La parte que más le pesaba era la cabeza.

Dejó que la levantaran y la llevaran a la patrulla. El asiento trasero fue la primera jaula a la que entraría; pero de algún modo el encierro le pareció familiar. Sus manos se sentían heladas, quemadas. Sentía su lengua pesada en su boca seca, azul. Se planteó enviarle un mensaje a Miles, pero se dio cuenta de que no tenía su teléfono.

Además, ¿qué le hubiera dicho? No tardaría mucho en salir en las noticias.

En el fondo creía que, para empezar, nunca había merecido todo lo bueno en su vida, incluido Miles. Los sentimientos profundos eran los primeros en resurgir. El odio hacia Violet vendría después. En esos primeros minutos tuvo un pensamiento fortuito, lento como una pluma a la deriva que tarda una eternidad en tocar el suelo. Se materializó en una maleta amarilla. Le sabía dulce, como crema mezclada con jarabe de codeína para la tos y sintió la pesadez del recuerdo en sus ojos. Su madre había hecho bien en irse. Su madre ahora vivía en Florida y tenía una familia, dos niñas pequeñas bronceadas (lo sabía porque la había buscado en Facebook). Orianna Speerling cerró los ojos y los mantuvo cerrados hasta que la patrulla llegó a la estación. Lo que estaba ocurriendo en su vida era lo primero que tenía sentido desde hacía siete años y medio.

¿Qué más puedes merecer si no mereces tener una madre? Yo no lo sabría. Cuando tenía siete años y medio mi madre todavía me quería.

Ahora sabía la verdad sobre el crimen de mi nueva compañera de celda y saberlo era como saberlo todo. Pero había algo que yo le seguía ocultando.

No podía contarle, no a ella ni a nadie.

Habían pasado varios días desde que me habían dado la noticia de mi salida inminente. La mujer responsable —mi madre— no me escribió y la idea de que me liberaran, de la nada, me apretaba cada vez más el cuello, como un lazo. No estaba segura del todo de qué era lo que me merecía. Estaba tan acostumbrada a lo que tenía aquí.

El siguiente día de visita me acerqué a la fila a preguntar.

Blitt estaba vigilando la puerta, repasando con sus nudillos blancos la lista de nombres autorizados.

—Nop —dijo, sacudiendo la cabeza con virulencia—. Nada para ti.

—Pero tal vez vino. Tal vez yo…

—No está en la lista —dijo, lo cual cortó toda posibilidad de comunicación.

Desde luego que mi madre no hubiera manejado hasta acá. Nuestras primeras palabras después de tres años, un mes y los días que se acumularan, se dirían en persona y no dentro de estas paredes. Y si ella no vendría a dar la cara yo tampoco la llamaría por cobrar, para intentar medir cuánto odio me seguía teniendo por el simple tono de su voz.

Se escuchaba a los visitantes en la otra parte de la pared verde, sabía que eran visitantes porque hablaban muy fuerte, muy rápido. Se reían cuando nadie más lo hacía. Se esforzaban demasiado. También hablaban de cosas del exterior, experiencias ajenas, como idas al cine y conciertos, ropa que habían comprado en una tienda. A través de la ventana reforzada, adornada con rayones hechos por las chicas mientras esperaban a sus visitas, me podía asomar.

Vi a Lola entrar a empujones a la zona de visitas. Y pisándole los talones entró Mack, que lloró apenas vio a su familia, que venía todas las semanas y le decía Mackenzie. Incluso Kennedy tenía una visita, una mujer rapada, debía saber del hábito de Kennedy y no quiso tentarla. Escuché que la mujer rapada —¿madre de Kennedy? ¿Hermana mayor? ¿Antigua supervisora de libertad condicional? ¿Amante? ¿Pastora? ¿Tía?— le preguntaba sobre su ojo morado, ya casi curado, y Kennedy le dio el mismo pretexto que alguna vez llegó a usar mi madre: que se estaba bañando en la regadera y por accidente se pegó con una barra de jabón en el ojo. Vi a Lola, en una mesa cercana con su visita, sonreír levemente con engreimiento.

Después vi a Ori.

Un chico adolescente estaba sentado en su mesa, encorvado, con el pelo en los ojos. Se agarraban de la mano debajo de la mesa, tenían las manos entrelazadas y fuera de la vista del guardia en servicio. Así que éste era Miles.

Me dieron ganas de romper el cristal con el puño, si ese cristal pudiera romperse, para empezar. Ni siquiera había mencionado que tendría visita. Evitaba hablarme de él, como si tuviera que mantenernos separados. Quería acercarme más para obligarlo a que se sentara erguido y se quitara el pelo de los ojos. Quería saber qué tanto sabía de ella y si sabía tanto como yo ahora. Pero Blitt vigilaba la puerta.

Aunque entrelazaban las manos en secreto, y no podía saber con cuánta fuerza se las apretaban, qué tan sudorosas tenían las palmas, sus expresiones me revelaron suficiente. La de él era rígida, roja, frustrada. La de ella demacrada, opaca como una tormenta turbulenta. Él intentaba convencerla de algo. Ella sacudía la cabeza. Me gustó.

Un adulto estaba cerca de ellos —¿su padre? ¿tutor?— y les dio una bolsa de papas de la máquina expendedora. Ori se estiró para tomar una papa, pero el adulto movió la bolsa para ofrecerle a Miles. Él tomó un puñado y se las dio a Ori. Ella las masticó. En todos los años que llevaba aquí, nadie había compartido nada de la máquina conmigo.

Ésta no era la típica imagen del amor, pero se acercaba lo suficiente como para que las otras chicas, en otras mesas con sus propias visitas, voltearan y los miraran.

Después le pregunté de qué habló con Miles.

Aunque ella no demostró estar sorprendida de que supiera, no me miró a los ojos.

—Le dije que no habrá apelación y que deje de presionarme tanto. Debería seguir con su vida.

—Pero... —de hecho, estaba de acuerdo con él.

Estábamos en nuestra celda, con la puerta de acero abierta porque todavía no era la hora de encerrarnos. El sonido de un guardia que se acercaba nos silenció. Vimos que se trataba de Santosusso. Sonreía y deseé que no lo hiciera.

—Amber —me dijo—. ¿Adivina? Ya tienes fecha.

Descalza, me acerqué a la puerta; mis zapatos seguían en el tubo del piso, mi nombre en la pared. Otras chicas del ala B se asomaron para escuchar. Vi a Mississippi. Le quedaban noventa y tres días para cumplir su sentencia, estaba haciendo abdominales contra la pared. Dejó de hacerlas. Vi que Jody (le quedaban más de doscientos días) tiró sus cartas.

Lo sabían.

Ori no lo sabía. La sentí detrás, tenía muchísimas preguntas.

Santosusso me dio la fecha de mi libertad. Era en septiembre, como me habían prometido. Ninguna de las chicas dijo nada.

—Prepárate —dijo Santosusso, con el brazo incluyó las celdas divididas en plantas, las puertas con barrotes, las paredes verdes, las mesas atornilladas al piso y duras como piedras, las sillas inamovibles—. Pronto dejarás todo esto atrás.

No lo podía imaginar.

Cuando se fue las demás se acercaron a darme su opinión. Me felicitaron; me desearon suerte, entre dientes; me pidieron escribir, aunque sabían que no lo haría; me pidieron entregar mensajes a ex novios, novios y amigos. Me pidieron comer en el White Castle más cercano y pensar en ellas.

Ori no dijo nada hasta que todas me dejaron en paz.

—¿Vas a salir? —dijo Ori.

Uno de mis hombros se sacudió.

—¿La próxima semana?

—En diez días, sí. Supongo que ya es la próxima semana —qué pronto parecía, diez días y sólo diez, diez de los cientos que habían transcurrido. Quise vomitar y casi salgo corriendo a nuestro excusado compartido para vomitar mi almuerzo.

—¿Desde cuándo lo sabes? —preguntó.

—Desde hace tiempo —reconocí—, iba a contarte.

—Te lo mereces —dijo, qué equivocada estaba—. Se comportan así porque están celosas. Todo el mundo sabe que no deberías haber estado aquí —otro error.

Miro sus pies horrendos. Todas las bailarinas los tienen, me explicó. Me pregunté cómo habían sido esos pies antes de moverse y volar en el aire, antes de que su cuerpo hiciera figuras hermosas para el público. Parecía absurdo, pero Ori hacía que lo creyera. Y ahora nunca lo vería.

—Amber, te va a ir bien allá afuera —dijo, presintiendo mi miedo—. Te irá bien. En serio. Volverás a la escuela y te vas a graduar. Verás a tu hermana, que te extraña muchísimo. Y conocerás a alguien, ya verás. Algún chico y me tendrás que escribir y contarme todo.

Quería decir que no. No a todo. Sobre todo a conocer a alguien, porque ¿por qué? ¿Quién?

—¿Y tú? —respondí.

—¿Qué hay de mí? —se sentó con las piernas cruzadas en la litera inferior. El gris dominante resaltaba sus ojos—. Nunca voy a salir —respondió—, al menos hasta que cumpla cuarenta y cinco. Ya lo sabes.

Lo sabía. Era lo que la corte había decidido. Cuando su sentencia como menor de edad terminara, la transferirían para que cumpliera el resto con las delincuentes adultas más violentas del estado. Eso era lo que nos ocurría cuando se terminaban nuestros días en Aurora Hills y nuestra sentencia era más larga de lo que podíamos cumplir aquí. Ella se convertiría en adulta en la cárcel, como creí que me pasaría a mí. No se parecería nada a la persona que era hora. En treinta años ni siquiera la reconocería.

No estaba segura de si ella pensaba en su vida futura en el encierro y quería lo que yo me convencía de que quería: un lugar que pudiera llamar propio dentro de estas frías paredes de piedra.

Lo único que ella sabía

Lo único que ella sabía era que quería ayudarme. Ori me había regresado el carrito de la biblioteca, o eso creyó porque mi traslado de la cocina aún no era oficial. Y con la fecha de mi liberación confirmada no estaba segura de que hubiera tiempo.

Nada en Aurora Hills era tan sencillo. Algunos esfuerzos parecían interminables y otros llegaban con tal velocidad que no dejábamos de mirar por encima del hombro para corroborar si era cierto. Aquí todas las acciones tenían consecuencias, sólo era cuestión de cuándo.

Ori comenzó a regresar de sus labores vespertinas en el patio con plantas que debió haberle prometido a Peaches a cambio del carrito. Día tras día consiguió transportar pedacitos de enredadera para hacer su entrega, y ninguno de los guardias escuchaba el crujido dentro de su overol cuando pasaba frente a sus cabinas ni se dio cuenta de los pétalos que a veces tiraba en el piso de piedra, quedaba teñido de rosa por el pigmento y pegajoso.

Se reunía con Peaches, hacía la entrega y luego Peaches nos visitaba, se detenía en el marco de la puerta de nuestras celdas o en el pasillo afuera del taller de carpintería y quienes queríamos lo que vendía le ofrecíamos artículos de nuestras cuentas de la cafetería o hacíamos promesas que no tendríamos tiempo de cumplir. Había muchas formas de pago.

Algunas buscábamos un escape, sobre todo después de la noche en que las cerraduras se descompusieron y nos pusieron en libertad para después arrebatárnosla: olvídenlo, fue un error. Sin embargo, yo no quería que ninguna droga me atontara, como Peaches y su grupito nos querían a todas, como D'amour anhelaba en el pasado, quizás todavía lo hacía. Quería tener claridad mental.

Creí tenerla.

Sin embargo, conservaba cierto recuerdo. Acechaba en una esquina, esperando salir.

Vi el aturdimiento de muchas chicas y después de que alguna sucumbía, un cierto aroma a sacarina permanecía en el aire. La droga nos ayudaba a olvidar. Me pregunté qué pasaría si alguna tomaba demasiado, ¿recordaríamos? ¿Exactamente qué recordaríamos?

Peaches aceptó su parte del trato, sin embargo, eso no le impidió reprocharle algo a cierta persona, y esa persona era yo. Era mitad de la semana, unos días antes de que me liberaran, se me metió en la fila de la cafetería, tomó una bandeja y una taza, era la roja. Se tomó su tiempo en la fila para que le sirvieran la bebida, platicaba, se chupaba el labio inferior, estiraba la espalda y se rascaba.

No podía empujarla, tampoco podía decirle que avanzara. Eran reglas que conocíamos tan bien que no era necesario escribirlas. Aquí el poder se tomaba y una vez que alguien lo poseía con firmeza, a quienes no lo habíamos exigido o quienes sí lo habíamos hecho pero lo habíamos perdido, nos derribaban, nos masacraban. Y podría haber estado tirada en el piso, boca abajo, y ella parada sobre mí, con un pie en mi nuca y los brazos extendidos formando una V de la victoria.

Seguí formada esperando que avanzara.

—¿Qué? —me preguntó Peaches, a punto de ponerme la mandíbula en la cara.

—Nada —dije entre dientes. En esta situación no podía responder de otro modo. Si decía otra cosa, lo que fuera, incluso alguna bobada, correría el riesgo de perder uno o más dientes frontales. Llevaba años aquí y todavía conservaba mis dientes originales. Esperaba conservarlos.

—No, ¿qué? —Peaches insistió—. ¿Qué ibas a decir? ¿Qué?

—¿Dijo algo? —Jody intervino, mucho más alta que Peaches y yo, nos ensombreció—. ¿Qué dijo?

—No dije nada.

Me miraron fijamente.

—No dije nada.

Lo había hecho a sus espaldas. Era lo que Peaches y Jody querían comunicarme. Tenía mi adorado carrito, ¿no? ¿Ya estaba contenta? ¿Qué tan contenta? Porque si estaba demasiado contenta, entonces me harían miserable, como merecían serlo quienes se atrevieran a ser felices aquí dentro.

Dejé mi bandeja como si no tuviera hambre y me fui a la mesa en donde me sentaba con las chicas del ala B. Cuando me acerqué se levantaron, sólo quedó mi compañera de celda, Ori, quien me miró inquieta. Intentó compartir su comida conmigo, pero me negué. Ya empezaban las represalias.

Cada vez más chicas estaban en mi contra. Estaba acostumbrada a que me dejaran en paz, a que me ignoraran para que yo pudiera pasar desapercibida y escuchar lo que decían, catalogarlo, reflexionar, guardarlo para después. Pero se había trazado una barrera y Peaches y Jody estaban de un lado. Yo me encontraba en el otro.

Estaba en la biblioteca durante el tiempo libre, acomodando los libros, sacudiendo los lomos y portadas, limpiando las portadas lustrosas y alisando las esquinas dobladas. Aunque oficialmente ya no era mi trabajo de habilidades para la vida diaria, era inevitable querer tener todo en orden.

El sonido de sus pisadas me asustó. Dejé una pila de libros.

—Hola —dijo Jody. Peaches sonrió. Supe que debía cubrirme la cabeza.

Jody lanzó el primer golpe. No usó los puños, apretaba un calcetín blanco con los dedos y el calcetín guardaba algo pesado. Podría haber sido una barra de jabón. Un trozo de ladrillo. Incluso el libro más pequeño de las repisas, uno de los clásicos de bolsillo. Lo único que sabía era que el impacto dolió y que dio un buen golpe.

Siguió Peaches, ella llevaba dos calcetines.

Me hice bolita para encogerme todo lo posible, pero no lo logré del todo. Metí la cabeza, quería conservar los dientes. Me invadió una sensación de todo y nada al mismo tiempo, supongo que eso sucede cuando el dolor es tan fuerte que te desmayas.

Tal vez fue entonces que decidí hacer algo, en ese estado entre la consciencia y la inconsciencia. Porque incluso entonces, incluso después de esto, supe a dónde pertenecía en el mar de todos los desconocidos que vivían la tierra.

A dónde pertenecíamos todas.

Cómo sería la justicia si yo la ejerciera dentro de estas paredes, en donde nadie me miraba ni me ponía atención, pues ahora lo harían.

Me pareció inevitable, calculado a la perfección y destinado a encajar todas las piezas, sin dejar huecos. Era como si tuviera la llave de todas las cerraduras.

Me paré titubeando. Recuperé el aliento que me quedaba en los pulmones y empecé a respirar acompasadamente. Me apoyé en un librero y me fui.

De camino me detuve en nuestra celda en el ala B; tal vez sabía lo que hacía y a dónde me dirigía porque ya lo había hecho antes, y tal vez no sabía nada. Todas deseábamos declararnos "no culpables".

De algún modo llegué a la cocina. Era un jueves por la tarde, o martes, lo que sí es seguro es que era por la tarde y me esperaban en la cocina para cumplir mis labores de habilidades para la vida diaria. Me encontré a mí misma en la parte trasera cerca de los fuegos, como sabía que lo haría. Me encontré revolviendo los chícharos. La cazuela de los chícharos. Se suponía que los chícharos eran verdes, pero se veían grises. La espiral gris y verde en la olla. Tenía la cuchara en la mano. La cuchara formaba círculos. Los círculos de la cuchara.

Tal vez eso provocó que mi memoria girara, se despejara y comenzara a mostrarme algo visible en el fondo de la olla, pegado como la base quemada de la olla, que no podía quitar con la cuchara. Algo que había olvidado. Algo que había intentado recordar todo este tiempo.

La olla era inmensa, se podía cocinar en ella un estofado humano. La cuchara era igual de larga que una lanza para cazar. Me dolía el brazo y me punzaban partes de la cara, uno de mis ojos no abría del todo. De algún modo nadie en la cocina se dio cuenta. Vieron lo que querían ver. He escuchado que afuera, en el mundo más allá de Aurora Hills, es todavía peor.

Escuchaba el ruido de la actividad de la cocina a mi alrededor. Kennedy lavaba los trastes, tenía las manos muy metidas en el fondo de la tina como para agarrar un mechón de pelo para comérselo. Seguía sin conocer su crimen, pero estaba segura de que era culpable. Ahí estaba D'amour. ¿Había salido de la enfermería y le habían asignado una nueva compañera de celda? ¿O tenía permiso para devolver su propia bandeja después de comer? Pasó arrastrando los pies junto a mí, arrastrando una venda detrás suyo. Sin duda era culpable. Natty tiró una bandeja de tazas en la tina, asintió y se fue. Una de las tazas era la roja, aquella que a la fecha no había encontrado en mi bandeja, aunque la buscaba todos los días. La taza flotaba hasta arriba y hacía a las demás a un lado. Natty era culpable.

Se escuchaba que un grupo de chicas caminaba por el pasillo, todas y cada una eran culpables. Por la ventana de la cocina veía las ventanas con barrotes del ala D, pobladas por suicidas y cualquiera que tenía algún tipo de restricción. Culpables.

¿Y yo? Culpable entonces y culpable ahora.

Revolví los chícharos, asomándome a la olla. Al principio no había nada que llamara la atención. Sólo los chícharos y el color gris.

Pero después el gris se intensificó cada vez más. Adquirió distintos tonos de gris. Gris como las piedras que habían apilado para que nuestras paredes fueran sólidas y grises. Gris como la pintura blanca después de años de no limpiarla. Gris como el corazón de una chica obligada a reflexionar sobre lo que ha hecho y nadie cree en su culpabilidad. Ese tipo de gris.

Después entendí por qué. Era por el ángulo de mi cabeza, que apuntaba al techo. Veía arriba y no abajo, en donde estábamos todas.

Había algo debajo, algo que exigía mi atención. Mis ojos se desviaron y parpadearon, para enfocar. Uno no se mantenía abierto, pero con el otro veía bien.

Mi nariz percibió el olorcillo abominable.

Cuando volteé el cuello despacio, los tendones crujieron como si no hubiera usado esta parte de mi cuerpo en años, primero vi los pies. Nuestros pies. Nuestros zapatos de lona eran blancos, pero en este lugar el blanco no duraba mucho, así que eran grises. Algunas yacían en el piso de losa, otras se habían desplomado mientras caminaban, otras más yacían apiñadas. Los pies de muchas chicas que reconocía —del ala C, ala A y ala B— yacían en el piso como si estuvieran jugando a algo, a hacerse las muertas.

¿Y yo dónde estaba?

Me abrí paso entre la multitud, mirando hacia abajo, lo suficientemente alejada para no embarrarme, pero no tanto como para no percibir el hedor. Era asqueroso y también dulzón. Era espantoso, amenazaba con asfixiar todos mis sentidos

Las chicas no estaban jugando. Ésta era la cafetería en donde nos reuníamos tres veces al día a comer, por lo menos quienes no estábamos en Aislamiento. Estaban las mesas y las charolas, pero no se escuchaba el escándalo de siempre. No había ruido. Reconocí a la Pequeña T en un asiento al final de la mesa. Se había desplomado de lado en su banca, la cabeza le había caído en las rodillas, de modo que tenía la cara oculta. Sus brazos no tenían vida, le colgaban a los lados, pero los dedos seguían aferrados a su cuchara de plástico.

Peaches se había caído de cara en el piso verde, el pelo le cubría la cabeza y la cara, y dejaba al descubierto el tatuaje de la nuca que siempre ocultaba. Eran flores trenzadas, ligeras y delicadas, un tatuaje muy hermoso. La saliva que le salía por la boca también era verde, y tanto verde me hizo pensar en el bosque que rodeaba el recinto, las enredaderas del jardín y el terreno en donde trabajaba Ori, en la droga que muchas habíamos ingerido ese verano, la droga que había teñido los sueños de verde y nos había cubierto los ojos con una capa verde durante toda la mañana, pensé en todo el verde de este sitio gris que nos ocultaba del mundo que se regía por las leyes.

Éramos parte de este sitio como nunca antes. Éramos igual de esenciales para su existencia que el musgo, el pasto y los árboles.

Vi a Cherie. Se había caído de espaldas de su banca. La caída, que debió haber sido repentina, y por la que había aterrizado en el borde afilado de otra banca a sus espaldas, le había roto el cráneo. Así que el líquido verde y viscoso que le salía por la boca, pero que se le había encharcado en torno al cuello, y le salía por las orejas, era rojo. Y el verde y el rojo mezclados se convertían en café.

Observé esto impasible, como si las cosas insignificantes tales como los sentimientos me los hubieran quitado de igual forma que a los melones les quitamos las semillas.

Si tan sólo pudiera recordar en dónde estaba sentada y en dónde comí aquel día, podría localizar el lugar en el que había caído.

Caminé por los pasillos tapándome la nariz. Las bandejas en el piso habían regado cosas por todas partes, algunas eran redondas, por lo que habían salido rodando. Otras estaban aplastadas y habían formado una pasta, pero muchas seguían intactas y seguían rodando por el piso hasta los rincones exteriores del comedor y de vuelta, más activas que mi propia memoria.

Algunas eran verdes, grises, en realidad, porque estaban enlatadas. Chícharos.

¿Mezclados con qué? ¿Con la pulpa de esa planta cuyo nombre nunca supimos porque no estaba en nuestros libros? ¿No debía habernos provocado alucinaciones, como antes, viajes de ida y vuelta al cielo y ligeros soplos en el corazón, ataques de risa? ¿Acaso alguien sabía que en cantidades mucho más grandes podía tener consecuencias mayores? ¿Acaso nadie se dio cuenta del sabor dulce de los chícharos, del sabor azucarado, casi delicioso, como gomitas mezcladas con tierra?

Después recordé quién había estado frente a la olla, revolviéndolos. Recordé mi propio brazo, mi propia mano. ¿No debería haberme dado cuenta de que los chícharos tenían algo? ¿O siempre lo supe?

Alguien se acercaba y me encontró cerca de los cubos de la basura. Aún no desaparecían del todo las quemaduras de su cara, así que tenía un tono lavanda.

—Lo hiciste —dijo D'amour, aunque no estaba sorprendida, como si siempre hubiera sabido que esto pasaría—. Ahora nunca nos podremos ir.

Nunca nos podríamos ir. No fui capaz de afrontar el hecho de que D'amour había visto nuestro futuro, debió haber predicho esto. Igual que yo. Sólo que yo lo había olvidado.

Ahora las puertas estaban abiertas, las cerraduras estaban abiertas, pero no podíamos irnos.

Eché un último vistazo. Me había equivocado respecto del gris, porque cuando parpadeé había desaparecido.

En donde alguna vez estuvieron las paredes grises ahora había enredaderas verdes, desbordantes, y en donde alguna vez hubo divisiones y secciones acordonadas para evitar que las reclusas se alejaran del campo de visión de los guardias, había terreno abierto y enmarañado. La cerca tenía hoyos por lo que cualquiera podría escaparse al bosque. Había grafiti en lo que quedaba de las paredes de cemento, que revelaba la presencia de desconocidos que habían entrado. Este lugar se había venido abajo y lo único que quedaba éramos nosotras: las chicas envenenadas durante la comida por alguna de nosotras. Resistiríamos más tiempo que las propias paredes.

—¿Quién hizo esto? —pregunté a D'amour—. ¿Fuiste tú? ¿Fui yo?

Ella sacudió la cabeza. Estaba absorta, miraba todo como si recién bajara del autobús pintado de azul, como si hubiera venido a ver una de las Maravillas del Mundo.

Yo no debería estar aquí. Me habían liberado, dentro de pocos días me iban a sacar por la puerta de entrada para liberarme. Me iban a dar ropa de civil. Me iban a dar zapatos de verdad y saldría caminando a la banqueta con esos zapatos. Iban a liberarme, a dejarme bajo el cuidado de mi madre. Se suponía que iba a ver septiembre.

Me pudieron haber apoyado contra la parte trasera del edificio y ordenado que un pelotón de fusilamiento me disparara a la cabeza. La última vez que estuve allá afuera, en el mundo, tenía trece años. La última vez que vi a mi madre me había dado la espalda, como si yo fuera una bala.

No quería irme. No quería que ninguna se fuera, nunca. ¿Acaso por eso lo había hecho?

Entonces vi el cuerpo en una mesa apartada. No era el mío. Las dos piernas largas vestían de naranja. A uno de los pies le faltaba un zapato y el pie estaba desnudo y ampollado, uno de los dedos gordos tenía un callo protuberante, morado.

¿Acaso no le había advertido que nunca se comiera los chícharos? ¿Acaso no había sido ese el consejo que le di en su primer día?

D'amour no quería decirlo, tampoco las otras, que estaban a punto de despertar y acompañarnos, ninguna lo quería decir, y de mi ojo sano comenzaron a brotar lágrimas, de modo que vi la cafetería envuelta en una nube.

Sólo una de nosotras no merecía estar aquí ni siquiera una noche. Orianna Speerling era la única inocente de nosotras.

Fue demasiado para mí. Mi error. Hacerle frente a mi destino, que concentraba todos nuestros destinos en uno, incluso el suyo. Verlo a plena vista. Verme, aunque todavía no encontrara mi cuerpo.

Regresé a la olla, estaba revolviendo lo que sería nuestro veneno y no pude detenerme.

Porque ya había sucedido.

Porque está sucediendo ahora mismo, mientras estoy aquí de pie. Me estoy viendo revolver los chícharos en este momento.

Y siento una descarga eléctrica en la piel. En todo el cuerpo. Toda la cocina se ilumina con el resplandor de la luz azul que quemó a D'amour y mi memoria, que me hizo confundirme. Mi cerebro se pone negro, es una pared sin ventanas, mi cuerpo se desploma en el piso como una última bolsa de carne inútil.

Esto me pasa cada que me permito recordar lo que hice. Esto pasa siempre.

Siempre lo haremos

Siempre buscaremos culpables. Jugaremos a ser detectives, veremos a quién atrapamos con las manos en la masa, a quién atrapamos diciendo una mentira rotunda.

Peaches asegura que tiene que ser Kennedy. Peaches encontró un pelo en su bandeja, eso dice, un pelo rizado del color de Kennedy, en sus chícharos. La mitad culpamos a Kennedy, y si hubiéramos tenido las llaves de nuestras celdas la habríamos encerrado en Aislamiento hacía mucho y la habríamos rapado. Unas cuantas decimos que fue Annemarie, aunque como estaba encerrada en el ala D es imposible explicar cómo pudo haberlo hecho. Otras decimos que fue Peaches y algunas más, que fue D'amour.

Nadie cree que haya sido Ori. Si ayudó a alguien a conseguir las plantas, si las metió de contrabando una tarde después de trabajar en el jardín, fue sólo para ayudarme; no tenía idea de lo que haríamos con ellas.

Nadie sabe que siempre he sido yo.

Aquí estamos, buscando culpables y discutiendo, y esas discusiones pueden durar toda la noche, ahora que tenemos una eternidad. Porque cuando lo pensamos en esos términos, ¿fue hace uno o dos días?

No sabemos qué se dice de nosotras allá afuera. No nos llegan los periódicos.

Éramos las delincuentes adolescentes de Aurora Hills pero, —aunque a muchas nos internaron por haber cometido los crímenes más inimaginables, en su mayoría— los crímenes que sellaron nuestros destinos empezaron siendo diminutos. Para algunas, nuestras infracciones primerizas eran risibles: escribir nuestro nombre en una pared que ya estaba grafiteada. Entrar al metro sin pagar. Robarnos un labial.

Nuestra infamia fue posterior. Antes de que niños de catecismo escribieran nuestros nombres con crayola en angelitos de cartulina y los dejaran en la reja en las faldas de la colina, no muchos hubieran recordado nuestros nombres.

La escena cuando las ambulancias subieron la colina, se abrieron las rejas y la policía nos encontró no se podría haber ocultado al público. La tragedia viaja rápido. A la gente le fascina la muerte. La cafetería fue un caos después de nuestra muerte. Trajeron oficiales para contarnos, así como nos habían contado muchas veces al día.

Contaron cuarenta y un cuerpos, incluidos los que habían cenado en Aislamiento en el ala D y la que seguía en cama en la enfermería. Cuarenta y uno.

No podía ser, eso dijeron los guardias de Aurora Hills, pues no tenían conocimiento de ningún escape, todas las reclusas estaban en el recinto, así que deberían ser cuarenta y dos.

Los que contaron regresaron al principio de la fila de cuerpos, con el listado. Una, dos tres. Cuatro, cinco, seis. Éramos suficientes como para formar un pequeño ejército, si hubiéramos podido combatir. Suficientes como para dejar huella en el mundo, buena o mala, de haber estado vivas. Diez, veinte, treinta. Treinta y siete, treinta y ocho, treinta y nueve.

Cuarenta.

Cuarenta y una.

Ese fue el conteo. Tenían que contar otra vez.

Cuando casi terminaron de contar otra vez, hicieron una pausa. ¿Habían perdido a una de las chicas en la confusión?

¿Acaso habían enviado a alguna a la morgue sin notificarles a las personas indicadas? ¿Quién iba a responder? ¿Se tendría que contar otra vez? Ah, lo siento.

Tendrían que haber contado mal porque de repente el resultado era el correcto. Llegaron al último cuerpo y era lo que esperaban: cuarenta y dos.

Hubo tanta actividad tras nuestra muerte que debimos haber empeorado las cosas con nuestra confusión. Algunas nos llevamos las manos a la garganta, para escupir el veneno. Otras anduvimos sin rumbo. No necesitábamos las piernas para caminar, sino orientación para escapar de la multitud, y al principio fue difícil tener el control. Fuimos a la cocina, pero ninguna pudo encontrar a la culpable. La histeria en torno a los platos y ollas tiradas ocasionó que los sobrevivientes —los uniformados que intentaban realizar la investigación forense— vomitaran con sus cubrebocas puestos y salieran corriendo de la cocina.

Inmediatamente después de la muerte las emociones están al rojo vivo. Estábamos pálidas y lívidas, pero también era demasiado tarde como para detener lo que ya había sucedido. Los cuerpos que dejamos bajo las sábanas en la cafetería se habían asfixiado y puesto verdes.

La histeria del descubrimiento duró mucho tiempo y cuando al fin nos tranquilizamos, no quedaba nadie en la cocina con nosotras. Los vivos se habían ido. Se habían ido y se habían llevado nuestros cuerpos. Nadie vigilaba las puertas. Nadie trabajaba en las rejas.

Reinaba el silencio.

Fuera de estas paredes, el tiempo siguió su curso. Morimos temprano en la tarde a finales de agosto, pero el mundo no permaneció estático en ese estado de humedad. Estábamos tan entretenidas aullando y llorando, sintiéndonos heridas y tratadas con injusticia, tristes, que supongo que nos tomó tiempo darnos cuenta.

Cayó una tormenta que después terminó. El viento limpió la colina y el aire enfrió. Las hojas cayeron y la nieve la cubrió. El hielo decoró nuestras ventanas y después se derritió. En el árbol, en nuestro patio de recreo, las flores color pastel habían abierto, y la hiedra que ascendía por nuestras paredes grises tenía espinas y colores llamativos. Llegó el calor y para el siguiente agosto el mundo afuera de nuestras paredes se había vuelto más salvaje, pero más allá de eso, no había muchos cambios. La única diferencia allá afuera, si analizábamos hasta los más mínimos detalles, era que nadie le había dado mantenimiento al jardín ni había podado el pasto.

El tiempo transcurrió, las estaciones cambiaron y la Correccional para Adolescentes Aurora Hills en la frontera norte de nuestro estado fronterizo cerró. No admitió a más chicas, y no liberó a más chicas. Llegó el segundo agosto. Y el tercero llegó y se fue.

Ahora otro agosto conmemora el día en que morimos de una sobredosis de una planta venenosa mezclada con chícharos, y ya no podemos distinguir en qué agosto estamos. Olvidamos en qué día estamos. Olvidamos que hay un motivo por el cual queríamos brincarnos la comida. Olvidamos lo que se avecina y que ya llegó, una y otra vez.

El mundo exterior no nos ha olvidado del todo, pero la gente ya no piensa en nosotras con frecuencia. Somos nombres sobre un montículo podrido de ositos de peluche afuera de una reja de hierro. Nos odian y a veces, quienes están dispuestos a perdonar, lamentan nuestra muerte. Hay creyentes que dicen que si hubieran pasado tiempo con nosotras antes de morir, nos hubieran podido salvar.

¿Salvar de qué?

De revivir estas semanas una y otra vez, o eso suponemos. O de olvidar y luego recordar, mucho peor con el paso del tiempo porque la última vez nos esforzamos mucho por no olvidar.

Tenemos nuestras opiniones sobre la vida después de la muerte, sobre por qué seguimos aquí. Cuando tu vida se ve interrumpida, no por elección propia, sin razón, sin ninguna pista, diagnóstico o amenaza, una parte de ti querrá quedarse. Eso hacemos. No parece que queramos irnos.

Cuando ella regresa

Cuando ella regresa nos reunimos frente a las rendijas de la ventana, seguimos su paso por el patio detrás de nuestro recinto. Nos movemos de una ventana a otra, de una pared a otra y la observamos cruzar nuestras cercas, pasearse por el terreno a la sombra de nuestro alambre de púas, al parecer inconsciente de que la observamos desde arriba.

La intrusa no levanta la vista ni una vez, aunque eso queremos. Unas cuantas le gritamos, pero parece que sólo escucha el viento.

Algunas nos inquietamos con su presencia, queda claro que es de otro mundo. Criticamos su ropa. Nos burlamos de su pelo engominado, de sus pasadores brillantes. Presumimos qué haríamos para bajarle los humos si sube y se acerca. Pero bajo nuestra burla se ocultan la tristeza, los celos. No lo admitimos, pero sabemos que ella está viva. Todos sus gestos —cómo camina, cómo se conduce— revelan que es libre.

—¿Alguien la ha visto antes? —preguntamos algunas—. ¿Quién es y de dónde viene? —nadie responde, sobre todo yo. Estoy esperando que Ori se acerque a la ventana y la reconozca. Después la ayudaré a explicar.

Ori viene corriendo al ala B y por su expresión intuyo que ya vio a Violet, la chica que ha regresado a perseguirnos. El fantasma de su pasado que ahora todas podemos ver.

Ori tiene los brazos y las rodillas llenas de tierra, seguro estuvo trabajando en el jardín otra vez. Entra corriendo para buscarme, como si yo pudiera hacer algo.

—Regresó —dice con pánico en la mirada—. No sé para qué vino. No se arrepiente.

La pregunta es por qué. Empiezo a presentir que la respuesta es inminente.

Estoy de espaldas a las demás así que al principio no me doy cuenta a dónde van ni lo que planean, aunque debí saberlo. Bajan más rápido de lo que esperaba, el ruido afuera me lo revela.

Aunque Ori no se mueve.

—No la quiero volver a ver en mi vida —dice, y un cosquilleo me dice que no tendrá que hacerlo. Que tenemos otros planes para ella.

Ori no tiene idea de lo que estamos a punto de hacer. No baja a ver, pero yo no puedo evitarlo.

Aquí están —aquí estamos—, en el patio de recreo detrás del recinto. Salgo por la puerta trasera y me acerco. Todas esperamos, observando.

La intrusa ya no está sola. Un chico la acompaña. Reconozco a Miles enseguida y me encanta ver lo que podría pasar si los dos se enfrentan, aunque sé que la mayoría de nosotras no lo entenderá. No saben quién es él, quiénes son, cómo entraron, por qué el chico está enojado con ella, por qué la chica resulta tan familiar, por qué ella se vuelve brillante como un faro mientras él se torna anónimo, olvidable, y ya nadie le pone atención.

Nos acercamos. La luz del cielo resplandece. La sentimos en los huesos. Es todo lo que somos: huesos. Presentimos que algo está a punto de ocurrir y más aún, que nosotras seremos responsables de ello.

Esperamos que Ori nos vea desde la ventana porque esto es para ella.

Jody es la primera. Natty sonríe al tronarse los nudillos. Pero es la pequeña Annemarie —salida del ala D, como si hubiera viajado como vapor a través de las paredes más endebles— quien piensa rápido y es más práctica. Tiene una pala y la azota con firmeza. Salen volando los pasadores. Por un adorable momento la intrusa parece girar en el aire, bailar para nosotras, y algunas nunca hemos presenciado ese tipo de baile, pero después cae a la tierra como un costal. Se le dobla la pierna. Un pie se le tuerce de forma peculiar. Se le abre la boca y le sale sangre. Se ha dejado de mover, incluso cuando Jody la patea.

Se cae una joya, y antes de que alguien pueda decir algo nos damos cuenta de que es demasiado luminosa para quedarse aquí. Tal vez sea oro, pero para nosotras no vale nada. Polly, la mejor lanzadora, la tira lejos para deshacerse de ella. No sabemos en dónde cae, pero es muy lejos.

Nos olvidamos por completo del chico. Ni siquiera sabemos en dónde quedó. Deseamos a la culpable. A la chica. Sólo los culpables pueden vernos, así como nuestros ojos ensombrecidos buscan a los culpables. Reconocemos la luz que ella emite —brilla, nos llama, nos revela qué ha hecho— como una hermana perdida que te reconocerá como familia después de años separadas porque tienen la misma nariz.

El cuerpo cae en el hoyo y hace mucho ruido. Al ver el cuerpo —tan compacto, con las piernas y los brazos largos—, pensábamos que pesaba un par de gramos, que sus huesos estaban hechos de bolitas de algodón y aire. Pero es como tirar una caja de platos. Hace mucho ruido. Y nosotras que siempre habíamos creído que las bailarinas eran gráciles.

La chica en el hoyo es la luz más radiante que haya visto. Nos pertenece.

Bajo a la zanja. Mississippi me da un brazo para ayudarme.

Coloco la cabeza de la chica culpable en mi regazo y le acaricio el pelo, ya no tiene pasadores ni decoraciones. La parte trasera de su cráneo tiene una hendidura enorme por la pala, cubro la mancha suave y viscosa con la mano. Brilla tanto que siento los mechones que le caen del chongo.

Las dos estamos heridas. Es la primera vez que me permito sentir lo que soy. Mis manos trazan los rasgos de su rostro. Tengo las manos rojas y le dejo manchas en la cara. La estoy conociendo como conocí a Orianna Speerling antes de ella y a D'amour Wyatt antes.

Las otras se van. Dejan que me la quede.

Ella despierta, pero se convulsiona, expele su último aliento. No le puede quedar mucho aire en los pulmones y la hendidura en el cráneo será su fin, está perdiendo mucha sangre.

—¿Ori? —escupe, la última palabra que emite. Sigue pensando que soy su amiga. No soy su amiga, nunca lo seré. Pero supongo que ahora somos familia.

—No —respondo—, no soy Ori. Pero me conocerás pronto.

Escuchamos las sirenas a la distancia como si llamaran a alguien. Hasta que las sirenas se acercan nos damos cuenta de que sí, está sucediendo de nuevo. Vuelve a ser nuestro último día y este sonido nos pertenece.

De nuevo.

La multitud en la cafetería nos dificulta seguir la pista de todas. Nos llamamos, pero hacemos escándalo con nuestros alaridos, llanto y lamentos de pánico, como siempre. Cada vez que llegamos a este día lo revivimos en un estado aún más alterado, y luego lo olvidamos. Queremos olvidar. Y también olvidamos eso. Olvidamos que eso queríamos.

Otra vez estamos formadas para que nos cuenten; es eterno. El guardia tiene una lista larga con todos nuestros nombres. Estoy en ella y soy la primera. Ori está en la lista, pero no la encuentran. No sé en dónde está.

Los escuchamos contar. Observamos desde el techo, miramos desde arriba. Llegaron a la treinta. Treinta y uno, treinta y dos, treinta y tres.

Llegan a la cuarenta, ¿cuánto les puede tomar recorrer una fila y contar todos nuestros cuerpos? Estamos impacientes, ya llegaron a la cuarenta y uno.

Aquí hacen una pausa. Aún no la ven, pero yo sí. Sé que es ella por la curva peculiar de su pie. No me escuchan cuando la señalo, no son tan sensibles.

Cuarenta y dos. Está aquí, volteen. Cuarenta y dos.

Por fin una cabeza gira. Uno de los guardias, aunque todos se ven grises y borrosos, como espíritus distantes, y no sé de quién se trata. Ahí. Ya la vieron. Se reúne un grupo pequeño. No trae puesto un overol como las demás. Está cubierta de tierra, como si hubiera estado enterrada y la hubieran desenterrado para reunirse con nosotras. Tiene sentido que estén tan confundidos.

—¿Cuál es ésta? —dice uno de los guardias.

El otro lee nombres de la lista. Somos muchas, pero ninguno de los nombres que lee corresponden a la chica.

No han visto su pierna chueca, cómo se dobla hacia atrás en un ángulo que desafía a la ciencia médica. No la han volteado para verle la hendidura en la cabeza.

Lo único que sabemos es que ahora es una de nosotras. Perdimos un número y nadie se dio cuenta, pero qué rápido lo recuperamos. Parece que nuestro destino es estar a nuestra capacidad completa, en este recinto caben cuarenta y dos chicas.

Se llevan los cuerpos en los autobuses pintados de azul. Esto les toma tres viajes. Vemos la zona del descansillo desde nuestras ventanas, nos amontonamos como hacíamos los días en que llegaban nuevas reclusas.

Los vemos sacarnos en bolsas y desde esta distancia no podemos identificar de quiénes son los cuerpos dentro del plástico opaco. Sólo podemos adivinar cuál nos corresponde, de quién es el brazo o el pie colgante, de quién es el cabello que se atoró en el cierre.

Amontonan nuestros cuerpos en la cajuela. Ahí estamos, inmóviles, dóciles, ya no necesitamos cadenas. Nos cierran las puertas, el autobús se aleja por última vez de la banqueta y se dirige a la reja.

Violet Dumont (asesina despiadada de dos chicas de quince años, traidora y mentirosa impenitente; nunca descubierta, nunca sentenciada, nunca presa, no hasta que nos visitó y nosotras lo corregimos) es nueva y no conoce bien nuestros hábitos ni reglas. Se niega a asomarse a la ventana como las demás.

Le está costando adaptarse y muchas nos identificamos con eso. Nos preguntamos cómo pasara su primera noche y ofrecemos sugerencias, silbidos y apuestas para pasar el tiempo. Me abstengo, pues ahora ocupa la litera superior de nuestra celda compartida y no quiero que me saque los ojos mientras duermo.

Creemos que desvariará y pateará y peleará en su primera noche, cuando las cerraduras se cierren de golpe, pero con el tiempo se va a acostumbrar. Tendrá que hacerlo. Ahora por fin recibirá el castigo por lo que hizo.

Lo único que podemos contarle sobre la eternidad es lo que tenemos enfrente.

De haberlo sabido

De haberlo sabido quizá no habríamos estado tan enojadas, tan iracundas, tan dispuestas a patear a una chica derribada, y nos habríamos dado la vuelta.

Es de noche. Por fin hemos ubicado a la que se llama Ori.

El calor de finales de agosto se cierne sobre ella mientras desciende la colina y se pone de rodillas para cruzar el hoyo de la reja a rastras.

Si pudiera verse en un espejo en la noche —un espejo mejor que el aluminio que colgábamos con fines de vanidad en nuestras celdas— le sorprenderían los cambios. Cuando la enviaron aquí, después de su sentencia, tenía las mejillas regordetas y el pelo larguísimo y negro. La correccional la obligó a cortarse el pelo; el estrés, el shock y el miedo a ser acusada y declarada culpable por un crimen que no había cometido le quitó las manzanas en las mejillas y la mayor parte del brillo en sus ojos. Si veía en quién se convertiría fuera de nuestras paredes, al salir por el hoyo de nuestra reja, se hubiera sorprendido.

Ha pasado tres años afuera. Fuera de nuestras paredes, tiene dieciocho.

Ahora la vemos desde aquí. Vemos cómo sale del otro lado del hoyo en la reja.

Hay una mano, la mano de un chico, que se extiende para ayudarla. Los sonidos nocturnos van acompasados con su respiración, el lamento de los insectos, el crujir del bosque, sin embargo, no hay pájaros más allá de un búho solitario. Si levanta la vista, podría ver las estrellas. Queremos decirle: *Mira hacia arriba. Búscanos. Mira hacia arriba.*

—Oye, ¿estás bien?

Miles sigue tal como los recordamos, pero con los ojos un poco más desorbitados. El pelo más largo, barba de chivo desaliñada e incipiente. Parece aturdido, pero sólo se quedó sin aliento por bajar la colina corriendo. ¿Vio lo que ella había visto? No sabemos. Pero podemos asegurarle que es él, absoluta e inexplicablemente él, aunque ella no necesita que le digamos.

Sabría con certeza que se trataba de Miles cuando le tomó la mano y sintió su palma, la cual estaría tibia y seca, firme, tal como la recordaba. Ella podría seguir las líneas en la palma de su mano. Podría estirar la mano y perfilar su rostro, dibujar las espirales en sus orejas, y meter los dedos, aunque él odiaba cuando lo hacía, se apartaba y le decía que dejara de hacerlo. Ella se podría acercar y aspirar el aroma particular de su cuello, que sería tal como lo recordaba pues seguía usando el mismo jabón. Podría rozar su boca con la de él y fingir que estaba a punto de besarlo, pero sólo chuparía su labio inferior, se lo metería a la boca como si no fuera a soltarlo, se lo quedaría un momento, un pedazo suyo. Ha dejado de hacerle tantas cosas en tanto tiempo.

Pero ella no ha salido para estar con un chico. Ella lo sabe, igual que nosotras. Toda una vida la espera. Incluso los zapatos le quedan.

Miles intenta ayudarla a ponerse de pie, pero es demasiado para ella, demasiado. Por un momento le falta el aliento. Se le doblan las rodillas y se desploma, sus piernas, aún musculosas, aún fuertes, se vuelven de gelatina. Está en el pasto, en el piso húmedo afuera de la reja. Y el piso aquí está lleno de ositos de peluche, cuerpos de muñeca sin cabeza y cabezas de muñeca, velas extintas que no se podrán volver a encender. Hay hojas de papel de color maltratadas, hechas bola, que le dan los mejores deseos a las muertas en la eternidad, en el cielo (o el infierno), aunque lo que existe más allá de esta valla de hierro no es ninguna de las dos cosas.

Miles se acuclilla a su lado.

—Vamos, ya se quieren ir.

Él señala un coche verde deportivo que ella nunca ha visto en su vida.

Él sigue tratando de levantarla.

—Te despediste como querías. Tenemos que regresar. Juilliard espera, creí que tenías que empacar.

¿Recuerdas? Insistimos para que recuerde.

En aumento, partícula a partícula, poco a poco, ella empieza a recordar. Después, mientras se vuelve a poner de pie, la ve. Como un destello en la noche más oscura. Se agacha a levantar la delicada cadena de oro de donde debió caerse. La reconoce enseguida, es de Violet.

De la cadena cuelgan bailarinas miniatura, tintinean. Qué dedos de los pies tan diminutos, qué brazos tan delgados, son tan minúsculos que no pueden tener dedos. Pero la cadena tiene un nudo que no puede quitar, es un grumo de lodo seco, hongo o algo en el broche. Es sangre, pero no se da cuenta.

La pulsera le queda como si hubiera sido para ella. Violet nunca dejó siquiera que se la midiera porque era costosa, decía, y esos dijes eran especiales, se los había comprado su padre y a sus papás no les parecería bien.

—Vámonos —dice Miles.

Alguien se asoma de la ventanilla abierta del coche verde, alguien a quien reconoce con dificultad, de hace mucho tiempo. Violet era cruel con esta chica y la llamaba Gallito.

—¡Esperamos años! —dice la chica—. Estábamos superpreocupados. ¡Íbamos a llamar a la policía!

Y otro chico, en el asiento del conductor, le hace señas con la mano, impaciente. Tiene hambre, dice. Quiere detenerse a comer algo.

Y Miles de nuevo. Miles.

—Ya se acabó —le susurra al oído.

La jala del brazo. Y él carga su peso y ella lo deja ayudarla, y después ella ya no necesita su ayuda y quiere caminar sola, lo suelta.

Ella es más ligera que el aire. Camina como en una nube hacia el coche. ¿Acaso él no sabe en dónde ha estado ella? ¿Acaso nadie sabe en dónde ha estado ella? ¿Y por cuánto tiempo?

Ella no tiene idea de que seguimos observándola. Se ha ido, se ha separado de nosotras, así que no siente nuestra mirada cuando voltea a ver nuestra reja de hierro por última vez y regresa para enderezar algunos ositos que se han caído y para ver las tarjetas y los letreros que dicen nuestros nombres, y busca el suyo.

Nunca lo encontrará porque cuando salió por la reja, su nombre desapareció en un instante y lo sustituyó otro.

Siempre seremos cuarenta y dos exactas.

Se sube al coche. Se pone el cinturón de seguridad, porque para ella la seguridad es primero. Tommy prende el coche y Sarabeth la abraza. Miles no le suelta la mano. Cuando sube al coche ya no voltea.

Obtuvo justicia gracias a nosotras, y gracias a ella nosotras siempre estaremos vigilando el camino, para ver quién sube por la colina y reemplaza a alguna de nosotras. Para ver quién se adjudica nuestra culpa para que también podamos ser inocentes.

Para nosotras siempre es agosto. Despertamos en las celdas, sudando. Traemos puesta nuestra pijama verde porque es de noche y nuestros overoles verdes están colgados en los ganchos, para mañana. Escuchamos la lluvia y el viento.

No escuchamos cuando se abren las cerraduras, por razones que nunca sabremos, pero sí escuchamos los gritos de Lola. Escuchamos a Jody estrellar su cabeza en la puerta y escuchamos cuando se abre la puerta y su grito de placer cuando comparte las noticias.

Salimos de nuestras jaulas. Somos libres y sentimos que lo hemos sido antes. Estamos vivas, ¿verdad? Por lo menos sabemos que ella lo está.

La perdemos la vista cuando el coche da la vuelta. Vemos el coche deportivo verde, con rayas, mientras sigue avanzando por nuestro camino, pero cuando alcanza la carretera, sale de nuestro campo de visión. Ya no podemos seguirla. Nuestro mundo termina en donde termina nuestra reja. Nuestros pies no pueden correr en esa carretera.

Desearíamos verla en la ciudad en la que algunas hemos nacido y en donde algunas hemos cometido nuestros crímenes y en donde otras nunca hemos estado pero desearíamos al menos haber subido a la Estatua de la Libertad. Violet nos contará a su debido tiempo. Estuvo muy cerca.

Pero Violet ya no nos interesa. Es Ori a quien desearíamos ver.

Vestirá de negro, en nuestro honor. Así la imaginamos cuando sale al escenario y cautiva al público. Será todo lo que nosotras no pudimos ser y más.

En nuestra mente la ovacionaremos de pie. Desde el pie de la colina, al sur del estado y a horas y años de distancia y recuerdos, esperamos que pueda oírnos. Nuestros aplausos. Lo orgullosas, felices, envidiosas que estaremos. Le aplaudiremos. Nos pondremos de pie en nuestros asientos. Gritaremos, silbaremos, vociferaremos. Haremos un estruendo en su honor. En nuestro honor.

En el cielo que se cierne sobre las ruinas de lo que alguna vez fue la Correccional para Adolescentes Aurora Hills, habrá rayos, truenos y después la lluvia nos arrastrará.

Agradecimientos

Mi agente, Michael Bourret, creyó en mí y en esta idea de entramado peculiar, además me ayudó a ser valiente. Mi editora, Elise Howard, me brindó un nuevo hogar hermoso y vio el corazón de la historia que quería contar, gracias a su guía, el libro es todo lo que esperaba que fuera. Me honra y agradezco haber trabajado con ambos.

Gracias a mi maravillosa editorial Algonquin: a Eileen Lawrence, Emma Boyer, Krestyna Lypen, Kelly Bowen, Elisabeth Scharlatt, Emily Parliman, Connie Gabbert, Donna Holstein, Jay Lyon, Shayna Gunn, Sarah Alpert, Craig Popelars, Lauren Mosely, Brooke Csuka, Debra Linn, Brunson Hoole, Jane Steele y todos los que trabajaron en este libro.

Un agradecimiento especial a estas mujeres asombrosas: Libba Bray, Camille DeAngelis, Gayle Forman, Michelle Hodkin, Kim Liggett, Micol Ostow, Julie Strauss-Gabel y Courtney Summers.

Gracias a mi taller de Brooklyn, en donde escribí algunas escenas clave: Aaron Zimmerman, Libba Bray, Ben Jones y Susanna Schrobsdorff. A los organizadores de la serie de lectura KGB Fantastic Fiction, Ellen Datlow y Matthew Kressel, y a todos los que acudieron a escucharme leer estas palabras por primera vez. A Lauren Abramo de Dystel & Goderich, Asale Angel-Ajani, Cat Clarke y Caroline Clarke, Lavonne Cooper, Rachel Fershleiser de Tumblr Books, Barry Goldblatt, Margot Knight del programa de residencias artísticas Djerassi Resident Artists Program

(¡y a todo el equipo!) Kelly Jensen, David Levithan, Martha Mihalick, Molly O'Neill, Cristin Stickles, April Tucholke, Sara Zarr, the Binders y mis escritores de Djerassi quienes me animaron durante la escritura y publicación de este libro. Por último, en especial gracias a mis lectores que siguen apoyando mis historias raras. Agradezco a cada uno de ustedes.

Este libro fue escrito gracias a las becas del Hambidge Center, Millay Colony y a una milagrosa residencia de emergencia en MacDowell Colony, en donde escribí más de 43,000 palabras del primer borrador en dos semanas relámpago, sin ello nunca hubiera cumplido mi plazo. (¡Muchas gracias a Karen Keenan!) Gracias también a mis lugares favoritos: Writers Room, Housing Works y Think Coffee, casa de los mejores baristas de la ciudad de Nueva York.

Los epígrafes son de escritores y libros que me influyeron en mi juventud y como escritora en busca de su voz. Un agradecimiento especial a Margaret Atwood, Heather O'Neill y Alice Sebold, así como a los fideicomisos y editores de Edna St. Vincent Millay, Shirley Jackson y Jean Rhys por permitirme reproducir estas citas de obras que son tan importantes para mí.

Mi amor y agradecimiento para mi querida mamá, Arlene Seymour; mi hermano Joshua Suma; y mi hermanita Laurel Rose Eng.

También a Erik Ryerson, mi cómplice y pareja: gracias por las madrugadas dedicadas a leer este manuscrito, por tu apoyo incondicional, por siempre creer en mí, por la genial trama, por el sitio web, por la paciencia con mi desorden y por el título.

Los muros que nos encierran de Nova Ren Suma
se terminó de imprimir en mayo de 2018
en los talleres de
Litográfica Ingramex, S.A. de C.V.
Centeno 162-1, Col. Granjas Esmeralda, C.P. 09810,
Ciudad de México.